# EN SISTA APRIL
## - och andra korta arbeten i första person

**Mattias Stolt**

# EN SISTA APRIL
(Människans gryning)

Förlag: BoD – Books on Demand, Stockholm, Sverige
Tryck: BoD – Books on Demand, Norderstedt, Tyskland
ISBN: 978-91-7969-295-7

**1.**

Vårt liv är fyllt av så mångahanda intressen
att det inte är alldeles ovanligt att grunden läggs
till en lycka som ännu inte existerar,
samtidigt som en redan förefintlig smärta fördjupas.
- Marcel Proust -

Länge hade jag vanan att ligga kvar i sängen halva dagen. På den tiden då jag gick i skolan, när jag var student. Jag såg med ett halvvaket öga på klockan halv nio och igen vid elva, utan att för den sakens skull faktiskt förmå mig att stiga upp. Jag kan inte minnas att jag låg där och tänkte på någon bok jag läste eller film jag sett eller frammanade någon erotisk fantasi att befläcka mig med, en krok att vrida mig på som en mask. Det var bara ett drömmande tidvatten, in och ut i den grunda bukten av medvetande, ända upp till den skuggiga, talldoftande kullen och sen åter ut till havs, ett saltstänkt rullande mellan två inten.

Jag kan inte minnas några drömmar från den här tiden även om känslan av passivt sökande, en ensam vandrare med händerna i byxfickorna, verkade vara ett återkommande tema. Det att inte vara på väg någonstans, inte ens dras eller knuffas i någon särskild riktning, inte falla, ingen rörelse alls.

Det fanns ingen risk att få en godnattpuss på den här tiden. Den närhet som stod tillbuds var tragiskt familjär och

5

ursäktande på ett förkrossande sätt. Alla tog adjö av mig på gatan eller i dörrar som stängdes. Jag var inte ensam, jag var omgärdad av otillgängliga väninnor som jag vunnit med min känslighet, och med min känslighet gick jag under. Varje väg jag tog ledde till ytterligare en platonsk samtalspartner, ute på Allen Ginsbergs branta brandstege. De var de bästa vännerna för den ledsamma åldern, men jag led av att inte förstå hur man istället för meningsfull kontakt någon gång fick knulla lite. I min hunger fick jag bara lyssna på vad andra frossade i, fick kvällens meny återgiven i detalj, inte bara sex, utan hela den komplexa relationen som var utom räckhåll för mig, och vad det verkade, utom räckhåll bara för mig. Det patetiska snacket är ett givet symptom på den ömhetssvultne onanisten.

Jag hade länge vanan att sitta på kaféer, när drömmarna inte räckte till för att dölja ledan, dagarna i ända med vännerna inveklad i långa sessioner där vi enträget uttömde varje ämne och händelse, varje relation och stavelse som haft den minsta påverkan i våra liv. Det var som om vi förlorat synen och hjälplöst trevade fram bland de skrämmande former våra föreställningar och känslor tog. Vi plockade isär varje beslut som om det vore en automatkarbin, ner till sina oigenkännliga beståndsdelar, utan att någonsin få ihop det och komma till skott.

Jag lät år förflyta med dessa vanor och kom inte att medvetet bryta dem förrän världen hade rört sig omkring mig och gått vidare av sig själv. Jag förändrades för att jag inte fanns kvar längre, inte för att den ensidiga självrannsakan var outhärdlig i längden eller för att det tog slut på känslomässiga problem.

Där sitter jag på Ovfandals efter en föreläsning, på Linné istället för lunch, med en telefon som man bara kan ringa och skicka textmeddelanden med liggande bredvid en bok ovanpå ett anteckningsblock. Jag föredrog rutat papper därför att de tätare raderna passade min lilla handstil bättre. På bordet ligger sex tärningar, en tändsticksask och ett litet block Maxi-yatzyprotokoll.

På bordet står också min vita, generiska kaffekopp med en svart, rostad arom av bra kaffe som stiger i de tunnaste slingor mot en dunkel rymd. Mitt emot mig står en vågig tekopp, fylld till bredden med mjölk, och ett glas som det står en nyss doppad tekula i.

Jag sitter i en stor stol, med höga karmar och en stoppad sits som bestämmer saker åt mig. En stol med en egen topologi och en akut känsla för när jag vill luta mig fram eller falla tillbaka mot den avlägsna ryggen. Är det här ett rum när det har regnat? Det doftar av ytterkläder och det är lite skumt i lokalen. Ett värmeljus som jag tittar rakt på vid ett annat bord slocknar med en puff av rök medan hon pratar om honom och henne. Det är inte ouppmärksamt eller frånvarande jag väljer att slå om alla tärningarna.

Det skymmer om oss märkbart när jag tänker tillbaka, som om det har blivit kväll och andra saker har kommit fram på bordet. Madeleine plockar pärlsocker från en halväten gigantisk kanelbulle, en äkta Linnébulle, som ligger på ett fat. Det är mat som räcker i flera dagar och vi uppfattar inte att påtåren är begränsad, även om vi inte skamlöst tänker mjölka den.

Jag älskade att sova och att inte komma någonstans. Jag älskade att hänga på kaféer hela dagarna med Madde och Sarah, hela gänget. Jag var så hängiven det sentimentala samtalet. Det betydde något viktigt och vi var unga väldigt länge i Uppsala.

Det är Maddes tur att slå tärningarna nu, och hon behöver femmor. De vita kuberna med de svarta prickarna gör knappt något ljud när hon rullar ut dem på den grå kartongbaksidan på anteckningsblocket. Vi gör det alltid till en poäng att uppträda dämpat på vårt håll. Hon genomför slaget med alla ritualer, sättet att hålla tärningarna, rulla dem mellan händerna och sen släppa iväg dem med en mjuk handledsrörelse. Hon får några femmor men inte tillräckligt, så hon börjar offra sina sparade extraslag, vilket är den finess som gör att vi spelar maxivarianten och inte vanliga Yatzy. Hon får nöja sig med de

7

femmor hon redan fått och la full av grämelse tillbaka tänd-stickorna, som står för sparade slag, i asken.

Vi spelade så ofta att vi inte spelade mot varandra längre. Vi räknade baklänges från den ideala omgången, hur långt ifrån eller hur nära vi lyckades komma. Det var repetitivt och lagbundet, och det är borta, tiden är förbi. Det här är inte berättelsen om vad som kom istället, de vanor som ersatte den långa ungdomen. Det här är högvattenmärket, men inte en höjdpunkt på något vis.

Om vi kom tillsammans till Kaféet eller gjorde sällskap därifrån efteråt platespottade vi, jag och Madde. Vi nära nog hälsade varandra med frasen, "vad ska du ta för nummer," om vi kom på skilda vägar till vår fikasession. Det här med plate spotting var en besatthet som gripit oss och dikterade villkoren för våra vardagsval på ett mer fundamentalt sätt än vad vi kunnat ana när vi inledde leken. Det går ut på att spana efter registreringsskyltar på bilar. Deltagaren ska på plats och personligen se de tresiffriga kombinationerna från 001 i ordning upp till 999. Det kan ta år att gå igenom hela serien nummerplåtar. De skulle komma att ta mig sju år. Det kom till en punkt när jag behövde se fler och fler plåtar. Många promenader gick till parkeringar ute vid stormarknader. Det värsta som kunde hända var att det inte gick att urskilja med nödvändig tydlighet en bils nummer. Folk som inte borstar bort snö från sina registreringsskyltar borde få fordonet be-slagtaget. Många parkeringar har en eländig bräda precis i spottarhöjd. Det är svårt att jämföra frustrationen som infann sig när jag inte lyckades finna det nummer jag stod på, med trycket från någon yttre pålagd föresats. Det är lustigt hur en lek, utan någon praktisk belöning eller egentlig nytta, och som bara kommer från den egna personen kan utvecklas till en så omfattande besatthet. Det var inte en slump att det var jag och Madde begav oss uppför floden mot Mr Kurtz, med vår benäg-enhet att utforska djupen av hängivenhet och besatthet. Besattheten kan inte förklaras bara genom bekräftelsen eller

8

tävlandet som gemenskapen med Madde gav. Den verkliga drivkraften ligger på ett outgrundligt, högst personligt plan. Alla korta infall, som i sin skenbart genomgripande meningsfullhet ofta tas för insikt, och värre som kunskap om vår själsliga natur, leder verkligen inte någonvart. Inget tankeinnehåll eller psykologisk yttring kan sägas vara mer sant än något annat som uppehålls i vår person. Jag vet inte om det vi knyter an till under vår levnad återspeglar något särskilt alls. Det verkar vara viktigt när man är mitt uppe i det, men man kan alltid lämna vilken situation som helst, när som helst, hur som helst. Det kommer an på mönster våra liv, inte avsikter.

Fem dagar innan jag träffade min hustru vaknade jag ensam i ett eländigt litet rum som jag låtit förfalla under en lång vinter. Den var den sista april i Uppsala, den eviga ungdomens stad, vilket är en stor sak. Det är den enda dagen på året som en student frivilligt stiger upp före lunch, bara för att hinna till champagnefrukosten.

Rummet var en etta med kokvrå i den lilla hallen. Den var inte större än ett korridorsrum, som jag hade bott i året innan, men utan de gemensamma utrymmen en studentkorridor erbjuder. Det fanns ingen dusch i lägenheten, bara en toalett och ett handfat. Jag hyrde den här cellen i andrahand av en god vän som gett sig av ut i världen. Jag hade inte varit inskriven på någon kurs under våren, men hade en släpande kandidatuppsats. För att betala hyran tog jag timmar som vaktmästare på Akademiska Sjukhuset. De ringde, oftast samma dag, om det fanns jobb och då gällde det att kunna hoppa in med mindre än en timmes varsel. Det rörde sig om transporter i kulverten under klinikerna och var ett tungt och enahanda sätt att försörja sig på som inte utmanande sinnena. Det var ett tillfälligt påhugg och saknade helt djupare mening.

Det var nu första gången på fyra år som jag inte var en aktiv student och eftersom att jag inte hade några egentliga resultat att redovisa för dessa år kändes det som att det var dags att bryta upp. Jag hade en föreställning om Amsterdam som tillflyktsort och planen började bli så konkret att jag faktiskt hade löftet om att få bo i en lägenhet i Leiden, som strikt sett inte är Amsterdam men det är närmare målet än något annat som hade lovats mig om hösten. Leiden är oroväckande likt Uppsala när man väl kommer dit och jag har haft oroväckande mycket med mig i bagaget var gång jag sett staden.

Drömmar åsido, jag var fortfarande i Uppsala, den sista april. Morgonljuset strömmade in genom det enda gardin- och persiennlösa fönstret i lägenheten med en påträngande täthet. Jag delade rum med solen. Fick inte vara ifred och aldrig naken som vatten. Det här är ett mausoleum över min sömn. Det enda offret i det här partiet och det räcker från den väggen där till väggen här. Det var hög tid att stiga upp.

Med det solkiga fönstret öppet en springa tog jag på mig ett par jeans från klädhögen på stolen. Ett billigt par från fel affär. Klädhögarna dolde andra hemligheter, en stol i alla fall. Det satt ingen i stolen, ingen hade någonsin gjort det, och den gjorde inga beslut.

Jag staplade undan smutsdisken ur diskhon, ute i hallen och kokvrån, för att kunna komma åt att tvätta håret. Inte för att jag hade så mycket hår kvar. Det känns alltid bättre efter en schamponering, det slår till och med tandborstning. Jag diskade tallrikarna och kastrullen medan håret torkade när jag ändå stod där.

Jag ville göra mig redo för dagens övningar. Sista April i Uppsala är en ren gonzofest, man tar med så mycket alkohol som verkar vara nog och börjar dricka tidigt. Kanske vill man ha med något att sitta på, eftersom att det är blött och lerigt ute i backarna, men sittunderlag är inte nödvändigt. Grunden är alkohol och kläderna på kroppen. Den intensiva känslan av äventyret. Hettan och doften av äventyrets fitta. Det stegrar min puls.

En god idé var att göra Sangria. Maja sa att vi borde ha

10

Sangria på sista April. Hon hade en vision. Vi köpte fyra liter rödvin med oss från Barcelona, som kostade oss 70 cent litern. Vi införskaffade en stor grön vattenkanna för att frakta och hälla upp Sangrian i fält. Maja är fulla av goda idéer. Det var hennes idé att åka till Barcelona också. Efter att jag tvättat håret skar jag upp apelsiner och hävde köttet i vattenkannan. Sen kom vinet, Sänjår Tinto. Vi försökte dricka det rent en gång men aldrig mer. Det är ett vin som behöver vänner. Jag tog en Napoleon cognac som får ögonen att tåras och tömde i bålen.

Barcelona hade varit fantastiskt. Jag och Maja hade tagit ett lågpris flyg till Girona och bodde på ett Youth Hostel vid en tvärgata till Ramblan i höjd med Liceu. Vi var där över fyra nätter. Jag följde med Maja om jag ska vara ärlig. Vi hade ett odefinierat men platonskt förhållande. Ett medbrottslingars samförstånd. Jag var den formbare och hon den handfasta. Det var en god idé. Vi förstörde inte Barcelona med några trängande behov.

När jag var klar med bålen var det ändå inte dags att gå. Jag lade mig på sängen. Sträckte mig efter en bok, boken jag läste. Någonstans i mitten av Harry Potter sagan. Jag kände av erektionen i hjärtat och försökte läsa runt den, men jag fick till slut ta hand om den. Många bilder i mitt huvud. Jag kom utan ceremonier rakt ner i toaletten. Skakade av mig det och beslutade mig för att gå, att ta mig an den här dagen.

*Hon,* Saga, skulle komma till U-A den här dagen för att fira Valborg, med sin pojkvän den här gången. De skulle komma med en bil från västkusten någon gång under dagen och det hade något med den nedstämdhet jag kände vid den här tiden att göra. Det handlade om den oförlösta, obesvarade kärlekens kraft, som mestadels är en kraft mot oss. Det kan lätt missas för kreativitet eftersom den pressar fram tårar och leder till ett lättigenkännligt tematiskt ältande av lyckans möjligheter. Om bara... Den här gången så... och då sa jag till henne... vad betyder det att hon... i all oändlighet. Tecken på tecken i jakt på själva essensen. Hon är min Isis. Återuppväckande mig gång på gång utan att någonsin hitta mitt kön. Det var hopp. Det var alltid Saga.

Jag kom ut på Årstagatan. Det kändes kallt i luften. Solen måste i sin helhet trätt in i mitt rum. Jag vet inte om jag hade tänkt bära sangriakannan hela vägen till Djäknegatan. Den var inte full men vägde trots allt en del. Hur det nu var satt jag mig på en buss och åkte till Vaksalatorg åtminstone. Nu när jag kommit ut bland folk kändes det att det var något i luften. Stod jag i hörnet på torget kunde jag se hela vägen upp till Carolina, lagd med ljusa stenar och kantad av vad staden har att erbjuda av fasader och skira träd i slottsbacken. Det var ännu tidigt på dagen, men massorna var på fötter. Vi hade valt att börja frukosten klockan nio. I senaste laget. Många börjar vid sju. Många av studenterna jag såg längs Vaksalagatan och vidare uppför Drottninggatan hade säkert redan hunnit med en omgång. Jag låg helt klart efter.

Jag tog Väderkvarnsgatan norrut mot Djäknen. Det är en av Uppsalas större studentghetton så det gick en ström av upptända studenter på väg ner till stan och en ström av oss som stod i bestånd att tändas, som vandrade mot ghettot. Det var en av de få gångerna i mitt liv jag var delaktig i ett större sammanhang. Oftast ligger jag stilla i det grumliga vattnet med ett eller två sinnen ovanför ytan som en krokodil. Här är jag ute och gör saker. Viktiga saker, med viktiga människor.

Vad kan man säga om den här gatan. Väderkvarnsgatan är en av de gamla utkanterna av stan. Fält och grisbönder fanns det här i ett inte så avlägset mannaminne.

Staden ligger inte djupt här. Det är som att allt som kommit av människohand här har pudrats som tunt florsocker, ett täcke på den gamla sura Uppsaleran. Alla träd och buskar verkar nedstuckna som papperslätt pynt i den torra mossan i en adventsljusstake. Grusgångarna är krattade vid de nyrappade husen omkring Höganäs. Varje tunn kvist i buskagen är gulgrå av svamp och lavar och trädstammarna är svarta av den stigande fukten.

Det här är inte en gata i staden, den leder bort och den leder norrut. Den norra porten. På den andra sidan av en bred trafiklösning ligger studentghettot Djäknegatan. Bakom de vita höghusen ligger Kantorsgatan och Väktargatan. Du känner säkert någon som passerat genom rummen där. Min far har berättat att han var med och drog in telefonledningar här på 70-talet. Det är som om staden ännu höll på att bli till när jag föddes.

Det här var Gamla Uppsalahållet, ut mot högarna, och det andra hållet var mot Flogsta. Historiskt sett var det Flogstahållet som var den viktigaste, som hade starkast dragkraft. Den västra vägen. Saga hade bott längs den vägen, i Studentstaden ovanför kyrkogården när jag först lärde känna henne. I Flogsta, på Sernandersväg, i höghusen där, bodde, för att nämna några huvudkaraktärer, min Bror och Maja. Flogstahållet kunde börja med Slottsbacken, och leda in förbi Carolina, och gå över kyrkogården, förbi Triangeln och Studentstaden, Ekebybruk, och Vänortsgatan på gränsen till Hågadalen. Man kan lika gärna utgå från s:t Johannesgatans kullerstenar och många avsatser från Fyrisån upp över åsen, och gå på andra sidan kyrkogården, Triangeln, Studentstaden och bruket. Olof, som hyrde ut sin enkla kvart till mig medan han dvaldes, i mer eller mindre armod, någonstans på den Amerikanska östkusten mellan Boston och Baltimore hade haft sin replokal på bruket, som blev något av en ljudisolerad punkoas. En rad märkligt kreativa upplevelser och mycken öldrickande hade utspelat sig under och omkring Ekebybruk när det begav sig.

Till fots eller cyklande mötte man alltid intressanta människor på väg till eller ifrån Flogsta. Elskåp och Anakronistiska telefonkiosker var översållade med affischer och flyers som vittnade om den rikedom av klubbar och konserter som gav Uppsala en viktig indiescen vid millenniskiftet. Det var en bra, jämställd plats att i förbifarten snacka om band och

13

musik, med klubbvärdar och coola brudar, som i skarpt läge inte hade tid med en lågrankad wannabe.

Väster, mot Flogsta, och norr, mot Gamla Uppsala, var de två riktningarna under min studenttid. Saga bodde under en tid på Väktargatan, och det jämnade ut dragkraften av de två hållen. Nationerna och kaféerna i mitten var ändå var vi spelade våra roller.

Jonatan och Ellen hade det mest ordnade livet, av alla, som kunde bjuda in till en champagnefrukost på Sista April, i den lilla krets av vänner jag valde att underhålla. Jag hade vuxit upp med Jonatan ute i Alsike, som grannar och han var jämnårig med min bror. Alsike är ett sånt där litet samhälle man växer upp i och allt man sedan möter i världen vänder på det man trott sig förstått där hemma. Onani är det enda jag lärde mig där som jag fortfarande har användning för.

Jonatan var tillsammans med Ellen, och de hade hållit ihop i åratal. De bodde i en riktig lägenhet med olika rum och allt, badkar för guds skull, så det var där vi kunde samlas när vi behövde markera samhörighet i sederna, som en champagne-frukost på Sista April.

Det finns ingen hiss i deras hus så jag fick ta trapporna med sangrian. Jonatan öppnade dörren när jag på översta våningen ringde på. Han är längre än många men ingen basketspelare, och smal för sin ålder. Han sprejar och tuperar sitt svartfärgade hår som Robert Smith och snörar sällan sina kängor, som böjer sig ut som vissna blomblad från stretchjeansens magra stjälkar. Jonatan är en person man kommer bra överens med. Han är inte en ryggdunkare men han är en naturligt sympatisk människa som gillar uppmärksamhet. Han lägger aldrig huvudet på sned om han inte menar det.

"Det var bara Em", ropade han över axeln in i lägenheten, "fortsätt bara med det ni gjorde."

"Är det lugnt," frågade jag medan jag fick av mig skorna, några billiga men fransiga Converse kopior.

14

"Nej, det är ju fest," sa Jonatan, "du kanske tänker på askonsdagen, men här är det Valborg!"

"Blandar alltid ihop dom... är askungedagen den med äggkastning och drunkningstillbud i Fyrisån?"

"Nej, det *är* Valborg. Askonsdagen är egentligen första maj, då alla vårkasar brunnit ut."

"Vad då, *bara Em*," kom Ellen ut i hallen och sa förebrående. "det är inte så bara." Hon kramade varmt om mig och sa, "Men har du tagit med dig sangria. Jag trodde ni skämtade. Ska du gå runt med den där kannan hela dagen?"

"Nej, inte hela," sa jag, "jag räknar med att den tar slut i Ekonomikumparken."

"Du är så konstig."

Ellen är som en Gertrud Stein, utan det korta romerska håret eller den sapfiska inklinationen. Hon agerar alltid som om hon hade en salong med tidens främsta företrädare, och hon själv är den självklara solen i universums mitt. Hon är inte bara självcentrerad, hon behandlar alla som om de vore ytterst speciella och intressanta individer. Hon kommer alltid att hävda att hon var först med att upptäcka våra genier. Den som inte följer den stjärna som hon sett skina över ens huvud får erfara förmaningar och tuff kärlek.

Jag var varken först eller sist till festen, och det var redan många i lägenheten, utspridda i köket, vardagsrummet och ute på balkongen. Det var ännu en försiktig optimism som verkade på följet, eftersom ingen hade kommit förbi det första glaset. Den sociala berusningen hade dock helt inträtt och sällskapets belöningssystem genomfors av löftet om alkoholens äventyr. Man kan föreställa sig att de nyöppnade flaskorna porlade som vårbäckar genom ett Arkadien där också jag brusar.

Jag klev över påsar och högen av skor in till vardagsrummet, som är en bra plats att börja på. Det låga soffbordet var utdraget i rummet och det var en tät ring av de som satt runt på golvet. I själva soffan satt med uppdragna ben Madde och Sarah tillsammans med sina pojkvänner. Tjejerna var

15

punkiga partydjur, fast blonda Sarah hade börjat bli allt mer 80-tal. Den mörka Madde, som egentligen är naturligt blond, vilket jag med stor förvåning upptäckte när hon visade mig ett gammalt skolfoto från hennes Sandviken, var mer spikig med kedjor och nitar. Hon lipade åt mig från soffan när jag kom in i rummet och skrattade gott. "Em!," ropade hon, "Visa musklerna!"

"Kan jag få bli full först, kvinna."

"Okej då, men det ska gå fort." Hennes pojkvän, Rasmus, satte upp en hand och sa ett "Tja!" Jag hade inte känt honom så länge, men han är en av de goda. Han växte upp på andra sida Dunlandet och lärde sig spela gitarr ute i Beggar´s Canyon. Han närmar sig allt och alla med en uppriktighet hos helgon. Minsta cynism i hans närhet, man skulle råka yppa, förvandlar en till en hemsk person. Han ser förfärad ut och kan inte se en i ögonen, men han skulle aldrig döma dig, säga något. Han lämnar domen åt dig själv.

Sarah kom ner från soffan, hennes långe och tyste pojkvän satt kvar utan åtbörder. Hon slog sig ner på knä vid mig.

"Du har ju fått lite färg," sa hon som hon synade min Katalanska solbränna, "hade ni kul i Barcelona?"

"Det var otroligt skönt att komma iväg," sa jag, "Barcelona är overkligt bra. Konst och arkitektur överallt... skumma barer och coola klubbar i trånga gränder... man kan inte bli mätt på det och maten... Det var bra."

"Tyckte Maja att det var bra också?"

"Hon flängde runt med kameran och fotade all street art hon kunde hitta, och alla elskåp, alla bakdörrar och gatuskyltar var täckta med graffiti och komplicerade schabloner. Hon ledde vägen genom stadsdel efter stadsdel, letade efter papegojor i parkerna. Det var kul att svepas med."

"Har du tatuerat dig?" frågade hon och jag höll fram den ljusare insidan av min högra arm.

"Jag hittade ett gammalt vykort av en tjurfäktare och gick runt och frågade om jag kunde få den på min arm innan jag åkte hem, och på ett stället var det inga problem alls, det tog en halvtimme ungefär."

"Gjorde det inte ont?"

"Nej, jag grät nästan inget alls och sen fick jag en klubba av Maja"

"Skaffade inte Maja en också?"

"Jo, en svan... silhuetten från den där Mazzy Star skivan, hon har den på handleden... jag tror att det kändes mer för henne, för hon behövde fylla i mer... min är ju bara svarta linjer, lite skugga."

"Var du berusad när du gjorde det?"

"Tycker du att det är en så dålig idé?" sa jag full i skratt.

"Nej, jag tänkte bara... var det något du hade tänkt på innan, eller gick du in bara, liksom."

"Lite hade jag väl funderat. Maja hade förberett sig... hon hade med sig en utskrift av svanen till Barcelona, och jag hakade på... när jag hittade bilden och var där... du vet... jag gör som Maja."

Robert lutade sig in med en öl och sa, "Blir du inte torr i munnen av att prata så mycket hela tiden... ta en öl nu!"

"Inget återvändo nu," genmälde jag och sprätte upp min första öl för dagen och klockan var 9:12.

Robert är en jurist med ett stort huvud, bokstavligen ett stort huvud, som i hattstorlek inte i avsaknad av omsorg. Året innan var vi i hans föräldrars lägenhet på s:t Olofsgatan för en sillunch. Han hade däckat inte långt efter vi ätit och han skulle bara vila ögonen fem minuter. Han vaknade när han borde bära fanan på någon viktig funktion. Med andan i halsen hade han kastat på sig en kavaj, inte pingvinuniformen och ordens- bandet, eller vad man nu har på sig som fanbärare. "Dom sa att jag inte behöver vara fanbärare om jag inte vill," berättade han frustande av skratt efteråt. "Jag var så dragen, och stod där med skjortan halvt nedstoppad i byxorna och mumlade, "Jag ska nog göra nått annat."

Vi skålade, "För Fankonventet," och drack djupt.

"Du och Maja drack nästan upp all öl jag hade köpt hem till valborg i fredags."

"Jag lovar att inte nästan dricka upp din öl nästa gång," svarade jag, "Jag minns att du tog fram öl och absinth... och att jag hade problem med att få på mig skorna i hallen när jag skulle gå. Jag kände mig förgiftad, inte berusad, när jag vinglade hem."

"Ni drack ju den där skiten som vatten."

"Nej, jag har aldrig druckit vatten på det sättet, men jag gillar dramat med absinthen, sockret och elden. Jag förstår varför man skjuter älskare och skär av sig öron."

Johannes kom in i bilden plötsligt. Han höll sin mobil framför oss och satt sin kind mot min, och sa, "Säg hej till Niklas," och så knäppte han ett kort.

"Var är Niklas?" undrade jag

"Han och Ylva är på väg från Leksand hoppas jag. Dom skrev igår att dom skulle komma så fort dom kunde."

"Inget säger Valborg som Niklas," ropade jag och började verkligen komma i stämning. En vördnadsfull tystnad kom över rummet när vi samtidigt envar uppfattade de första bastonerna i Devo´s *Mongoloid,* och när väl trummorna och gitarren tog vid var vi i position, skakande och skrikande. Det är en låt som inte vet om den är synt eller punk, oljud eller musik, om den är politiskt korrekt eller inte, vilket är precis som vi. Vi kan texten och lever oss in i den.

Maja var ansvarig för *champagnen,* som inte var något märkvärdigt mousserande vitt, men som det bubblade i plastmuggarna. Hon kom in genom dörren någonstans mitt i *Mongoloid* och var där plötsligt. Vi sågs varje dag med en otvungen kraft, en outtalad sammanstrålning av himlakroppar mot natten som är Uppsalas nationer och korridorer. Vi sågs oftast tillsammans ute utan att vara tillsammans i någon egentlig mening. Hon och jag var sällan överens om några omdömen, men delade uppfattningen om vad som var värt att

18

ha någon uppfattning om, och vi utmanade varandra en tid att sätta vår prägel på tillvaron.

När jag lärde känna henne, kände alla Maja från förr, då hon växte upp i Uppsala. Jag kände henne inte då, jag kände ingen då, i mitten av 90-talet när de var bleka tonåringar. När hon hade bott i London, gått på någon folkhögskola i Blekinge och jobbat i Norge, kom hon tillbaka till Uppsala, mest som en mellanlandning, och alla kände henne utom jag. Vi hamnade till slut på samma fest; en liten överbelamrad tillställning till någons ära. Vi var packade som sillar i det rum jag nu hyrde i andra hand. Hon kom att praktisk taget sitta i mitt knä, vilket gjorde att vi öppenhjärtigt började prata med varandra. Jag är en *sucker* för all uppmärksamhet, men jag togs verkligen med storm av Majas energi, hur hon associerar och accelererar sina tankesprång för att göra livet intressant på riktigt. Jag gjorde ett billigt trick och satt snart med armen runt henne, efter att jag sträckt ut armen och låtit henne luta sig mot mig i den fullsatta soffan. Det var ett internt skämt bland mina vänner att jag var svag för flickor i kräftans tecken. Jag är den ende i sällskapet som över huvud taget kan något om astrologi och jag kan ha nämnt det sammanträffandet att de jag faller för är uppseendeväckande ofta födda i kräftans tecken. Så en hjälp-sam vän, som var väl berusad och som uppfattade mina amor-ösa tilltag, frågade helt enkelt Maja om hon var kräfta, vilket hon är, men när hon svarade ja, var det svårt att på ett naturligt sätt förklara vad som föranlett frågan och vad svaret betydde. Kanske trodde han att jag kommit längre än jag faktiskt hade, eller så tänkte han inte alls. Hans flickvän som är väldigt beskyddande mot mig; hon ser väl mig som den sårbare stackare jag är, och hon kände Maja väl under tonårens såpopera följetong; försökte i all välmening under kvällen hålla mina förväntningar på Majas intentioner låga, men jag var hopplöst upplöst i passionen, trots att Maja egentligen inte gjorde något mer än att sitta nära och prata med mig, men prata med mig som om jag var den ende i rummet.

Det bestämdes sent omsider att festen skulle flyttas till en pub nere på stan och hela sällskapet började den långa berusade förflyttningen från Salabacke till centrum. Jag och Maja gick arm i arm och konverserade hela vägen och lade grunden till ett mångårigt intensivt partnerskap.

Nere på stan tog kvällen ett rejält krumsprång. Jag hade inte druckit någon alkohol, jag gjorde det sällan då för tiden, men mina vänner, och Maja i synnerhet, var på väg in i dimman. Det är svårt att delta på samma villkor när ölens personlighetsförändringar börjar göra sig gällande. Maja försvann, hon skulle väl gå på damernas, och när hon kom tillbaka efter en evighet rev hon hastigt åt sig jackan och väskan och sa "god natt," och gick.

"Vänta... ska du gå," kan jag ha sagt, men hon vinkade bara och gick.

Från fönsterbordet såg jag att en god vän till mig hade gått ut och stod och rökte en cigarett. Maja kom ut och gick upp till honom och de gick iväg tillsammans. De kändes som att mattan dragits bort från under mina fötter. Jag såg mig om i lokalen och såg att det var dags att ge upp och gå hem med den tomheten. Det kändes värre när min gode vän berättade den lustiga händelsen att han hade fått med sig Maja hem, hur han hade börjat prata med henne vid toaletterna och sen hur de gått hem och haft sex. Jag satt tyst och jag förstod inte, kan fortfarande inte förstå, varför det inte var jag som fick gå hem med henne, och det är väl det mest avgörande skälet; jag förstår inte. Jag vet inte om det är direkt sammankopplat, men jag började dricka avsevärt mycket mer och oftare kort efter den här händelsen. Det var ingen hjälp; det gjorde mig inte till en bättre person och gjorde mig inte heller något vidare mer tilldragande.

Jag träffade inte Maja på två månader, hon var i Norge och jobbade, och jag uppfattade det hela som något jag helt fått om bakfoten; att jag tolkat hennes signaler helt fel den kvällen, men så fick jag ett paket från Norge med ett handskrivet brev och ett blandband. Vem kan misstolka ett blandband? Jag tog *den* vägen igen och den ledde ingenstans.

Men där var hon nu, i slutet av *Mongoloid,* hemma hos Jonatan och Ellen på Sista April. Hon påminner mig om Lena Nyman i *släpp fångarne loss.* Hon har ett leende som ett barn som springer. Hon ger mig livsglädjen hos ett springande barn och hon ger mig handlingskraft, drar upp mig på fötter och ger mig en knuff ut i världen. Hon vill inte ha min kärlek. Hon vill att jag ska ge mig ut och göra saker, viktiga saker med viktiga människor. Hon lämnar dem som stannar upp och känner efter, som behöver en större omsorg och tålamod.

Maja hade en fjällrävenryggsäck med vår dricka med sig in i vardagsrummet där jag gjorde plats på golvet bredvid mig åt henne och hon slog sig lite andfådd ner.

"Har ni inte börjat," flämtade hon, "Farbror har en öl ser jag."

"På inrådan av min advokat," sa jag allvarligt.

"Nu har jag hämtat andan," sa hon, "ska vi öppna skumpan"

Jag såg mig om, men ingen verkade ha börjat på champagnen.

"Ge mig en flaska," bad jag Maja. "Väntar vi på någon eller är det fritt fram att öppna sitt bubbel," frågade jag Madde och Sarah i soffan. De gjorde en serie åtbörder för att visa att de inte hade den informationen, varken att bekräfta eller vederlägga frågan. Jag började ta av folien runt korken och vred upp ståltråden. Det kändes som att osäkra en granat. Jag ställde mig upp och tog en studentmössa från bordet och sjöng efter att korken till allmän glädje ljudligt farit i taket:

"...and he, wore a hat, and he, poured champagne, and he took a face from the ancient galary, and he walked on down the hall."

"MONGOLOID," skrålade Madde från soffan.

Jag tog några plastglas och hällde upp Törley Gala åt mig, Maja och min advokat, och de som lägligt höll fram en kopp.

Vi skålade och allt var i sin ordning.

Det finns alltid en spänning mellan kök och vardagsrum på alla fester, och den sätts i spel när de som kom först går för att hämta mer öl från kylen och de nyanlända lägger in sina på kylning, och då finns det ett ögonblick när soffan är ledig, men det är en fälla, man kan inta den men aldrig hålla den, inte efter att den första ölen eller drinken är urdrucken. Ingen är starkare än vad man har i handen på en lägenhetsfest. Så vardagsrummet är för de som gör sig hemmastadda och vill bli uppassade på, och köket är för de som likt hajar måste vara i ständig rörelse för att inte dö.

Jag var i köket med glaset halvfullt och svarade på alla "hur var Barcelona," med olika varianter på "Barcelona var bra," temat. Min bror, Fredrik, var där, och han stod som en stoisk fyrvaktare med glaset halvtomt. Fredrik verkar alltid ha antagit en subtil yogaställning utan namn. Bara han står med en kopp kaffe ljuder det av någon hälsning i det blå. Han har aldrig sysslat med yoga, eller kallat sig buddhist; det är bara hans naturliga tablå.

Min mobil signalerade att ett meddelande anlänt.

"Känner du någon som inte är här," sa min bror.

"Det är nog Madde... från soffan där inne... hon vill att jag ska strippa." Jag tog upp telefonen och utbrast, "Nej, det är Saga... hon är på väg från Göteborg."

Ute på balkongen avlöste rökarna varandra, och det är alltid en stor omsättning av samtal. Jonatan kom med en otänd cigg i handen på väg ut.

"Häng med, bröder!" anmodade han oss i steget. "Det är inte långt kvar nu," fortsatte han med oss i släptåg, "det är den 19:e den har premiär, va?"

"Midnattspremiärer är vår tids främsta kulturyttring." fastslog jag, "men jag har aldrig haft så låga förväntningar på något någonsin."

"Det kommer ju vara Wookies med har jag sett," sa Jonatan.

"Det enda jag vet är att den kommer att vara bättre än *Det Bleka hotet* och *Klonerna,* men det är ju bara som att säga att det kommer att bli bättre än att få stryk och betala för nöjet," sa jag lite mer uppgiven än jag avsett.

"Vad pratar ni om?," sa Ellen som kom upp på vår flank.

"Star Wars så klart," sa Jonatan.

"Men kan ni inte prata om någonting annat!"

"Inte förrän ni gör något intressant," sa jag

"Är ni så jävla intressanta då!"

"Vi står ute på balkongen och pratar om Star Wars!"

"Ja, just det!"

Vi var på väg in i vardagsrummet nu när tobaken var fimpad och glasen påfyllda. Ellens bokhyllor är överfyllda med klassiker, mest pocketutgåvor, som är lästa på riktigt. Jag tog ner *Swanns värld* och bläddrade fram till ett stycke.

"Jag ska väga upp Star Wars fadäsen med att läsa en av mina favoritstycken: […] madam Cottard som modigt slog in på Rue Bonaparte, med stolt vajande plym, lyfte på kjolen med ena handen och i den andra bärande sin en-tout-cas och sin visitkortsbok vars namnchiffer hon lämnade synligt, samt med muffen dinglande framför sig."

"Får jag se," sa Ellen och började syna sidan.

Madde kom och lade armen om mig, och sa till Ellen, "Em ska strippa sen."

"Jag kan inte garantera att ni kommer att minnas det sen... jag kan inte ens garantera att jag kommer att minnas det." sa jag och försökte att inte verka generad.

"Det uttalas an-tu-kaa," sa Ellen fördjupad i Proust, "varför tyckte du att det här stycket var så bra," undrade hon sen.

"Det är väl kul med någon som lyfter kjolen och dinglar med muffen antar jag, men det kanske bara är jag," ryckte jag på axlarna.

"Du kan inte stå och läsa jävla Proust," kom en av Ellens gamla vänner förbi och sa upprört.

"Ja, skärp dig, Ellen!," sa jag.

Jag drog mig tillbaka innan jag fick en smäll. Hälften av folket på festen, mina vänner, antingen pratade i eller skickade textmeddelanden med sina telefoner. Allting är uppbrutet i små delar, och närvaro är det enda betyget. Jag såg mig om och kunde bara se det välbekanta, med en skön känsla av att vara på en bra plats utan att behöva förklara mig.

## 2.

Vi, den tidiga sommarens barn, kom ut på den fuktiga jorden, spelade vår musik och höll upp himlen med våra händer; det var Guds land. Det var fattigt och naivt så som i himlen. Marken tog emot oss med förvåning, där gräset ännu inte hunnit börja växa, och vi fyllde parkerna med livet av en fri festival sittande på plastpåsar i ett så omfattning att landskapet förvandlas till ett människohav, och jag stod på stranden och såg.

Det var ett muntert följe som lämnade Djäknen vid tolv-tiden och det var avsevärt varmare i luften nu än på morgonen. Bra år är det snöfritt till Valborg, och exceptionella år har det varit torrt och soligt ett par dagar inför festligheterna. Det här året låg vi inte långt ifrån det exceptionella och gott och väl i linje med bra. De yttre förhållandena är av mindre betydelse än man skulle kunna tro, för det finns inget bra sätt att sitta på marken i April. Det var inte snöstorm, men jag har varit med om Sista Aprilfirande där snön kommit ner på tvären och det stoppade ingen nämnvärt. Det är väl inte helt och hållet sant, men poängen är inte förlorad för det, och poängen är att det här är vana festivalbesökare; alla är ärrade veteraner från skyttegraven som är Roskilde, eller Arvika, där man överlevt i dagar med bara en bandtröja mellan sig och elementen.

Så här dags finns det ingen ström av folk i någon riktning. En serie kedjereaktioner har skickat 100 000 berusade unga på

25

lika många odefinierade ärenden i staden. Man kan ta vägen genom Uppsalas lilla centrum om man inte vill komma fram till sin destination. Vi var tvungna, rent geografiskt, att korsa Fyrisån för att ta oss till Ekonomikumparken, och vi valde mindre omvägar för att nå fram till vår plats i solen. Jag bar den gröna sangriakannan och Maja hade ryggsäcken. En äldre arbetskamrat måste ha sett mig under den här promenaden för han frågade mig ett par dagar senare vad jag hade för mig med en stor tio-liters vattenkanna ute på Valborg. Jag förklarade den lysande idén att dricka sangria, "Ja, men varför vatten-kanna?," ville han veta. "Hur ska man annars hälla upp sangria i fält?," genmälde jag.

Ekonomikumparken är en öppen gräsplätt omgärdat av lite buskage; en asfalterad cykelväg, som är kantad av några bänkar och en hundbajstunna, korsar den. Den var, parken alltså, en mötesplats för studenter på Valborg vid den här tiden, på samma sätt som Slottsbacken var tonåringarnas slagfält. Det var senare år som en scen placerades i Ekonomikum-parken, och det blev en överbelagd och lerig amfiteater där man såg band. Mitt sista år i svängen var det fortfarande en spontan massyttring att fira Valborg där, utan arrangörer och program.

När vi kom innanför grindarna till parken upp vid observatoriet var det otroligt mycket folk i rörelse. Vi hade tappat åtminstone halva sällskapet från Djäknegatan, så vi stannade upp ett ögonblick för att samla ihop gruppen, för när vi väl tagit fältet finns det små möjligheter att hitta igen varandra om man inte sett exakt var man sitter. Vi stod vildögda, med fyllda glas i händerna, på gatan och väntade. Normal festtid hade motsvarat elva på kvällen, men här stod vi i fullt dagsljus och inte utanför en klubb i klädsamt skumrask. Madde var den första som hann ikapp oss i täten, och hon hade med sig Malin, Malin från Mora, som hon hade träffat på vägen. De hade känt varandra länge, sen lärarprogrammet, och Malin var en del av familjen, fast hon hade inte varit med på frukosten, och jag insåg när hon kom springande upp mot mig, ropade mitt namn och kramade om mig att jag hade saknat henne, att hon hade fattats. Hon är vad Kerouac hade kallat en gonest little chick. Hon såg ut som ett äpple, på ett rockigt, spretigt sätt. Efter att hon förhört sig om hur jag mådde, sa hon att hon och tjejerna hon delade lägenhet med skulle ha fest på kvällen. "Det låter utmärkt," sa jag, "Saga och några till är på väg till Uppsala, är det okej om de hänger på?"

"Klart de får... men, Em, glöm inte att det finns andra här också."

"Andra än Saga?"

"Jag säger det som en vän... du brukar glömma allt när du är med henne... som i Arvika."

"Arvika... ja, det var brutalt. Jag kommer inte att utsätta mig för något sånt igen."

"Så vi ses i kväll... ta hand om dig."

Madde och min bror stod och pratade i hopen av folk, Maja skrattade med någon hon kände från Blekinge som råkat komma förbi. Resterna av det förlorade sällskapet började samla sig och jag stod ensam med min gröna kanna.

Johannes stegade upp till mig och sa, "ge mig sangria!" och jag började ta fram ett plastglas, men han ställde sig på knä och manade mig att hälla direkt i hans mun.

"Hoc est Sangria meum," sa jag medan en försiktig stråle träffade Johannes, men båda två var berusade och inget försiktigt är en god idé då. Han hostade till när det kom lite fruktkött med på köpet och rödvinsbålen stänkte över hans vita skjortbröst. Han kom skrattande upp på fötter, "varför skulle du blanda in gud i det, och varför har jag vit skjorta på mig idag."

"Ta din tillflykt till Buddha, Dharma och Sangria."

"Ge mig ett glas, Em."

Ekonomikumparken var en kokande kittel i det där lycko-samma ögonblicket när den varken riskerar att koka över eller

27

koka torrt. Nu med hela följet samlat banade vi väg genom skogen till en liten idyllisk glänta där vi kunde dricka och fröjdas över vårens ankomst. Det här är en plats jag inte hör hemma på; mitt hår är inte rätt, mina jeans är inte uppvikta på rätt sätt, min spolformade sälkropp kan inte bära en rätt skuren t-shirt, jag drar inte rätt slutsatser av popfenomenet, jag har inte rätt steg, jag hänger inte på rätt sätt längst bak och jag klarar inte av att röja uppe vid scenen. Det är inte en ironisk skevhet, för sånt kan respekteras, nej, jag är fel som utgången mjölk och annan skämd mat. Jag är menad att förhålla mig till små varierade sällskap, inte fler än tre, fyra individer i taget och helst bara en.

Masshysteri ger mig alltid olustkänslor. Jag var på fotbolls-VM i Tyskland och hade mycket svårt att behålla fattningen på Sverige – Costa Rica-matchen i Berlin. Naturligtvis, utan något bra skäl, hade jag ingen matchtröja, som alla andra utan undantag dragit på sig. Det känns självklart nu, men jag åkte runt i Tyskland och sen var jag plötsligt på Olympiastadion i fel kläder. Den horden av fotbollssupportrar är det mest skrämmande jag någonsin mött. Det var med dödsångest jag omgavs av varelser som totalt gick upp i en massritual som jag inte hade någon tillgång till över huvud taget och FIFA-talibanerna hade ställt upp en gigantisk styggelse av ett fotbollshus på Brandenburger Tor som dolde triumfbågen och riksdagshuset. Fotbollen bestal mig på Berlin.

Resten av världen har ett gott grepp om verkligheten och det definierar den ordning som man förväntas följa. Jag vet aldrig vad som är vad i deras ögon, vad mina skor skickar för meddelande eller vilka rörelser som passar till musiken. Jag har skor och jag dansar, det är bara det att jag är så plågsamt iögonfallande och självmedvetet avvikande. Jag är den hundrade smurfen, och det enda jag förväntar mig är att den upprörda massan när som helst skall vända sig emot mig och slita mig i stycken.

Linda, som hade kontakt med ett gäng som redan var på

28

plats i parken, fick leda oss. Hon är, som jag, en infödd Uppsalabo från ett brustet hem. Det finns få bibehållna kärnfamiljer i den här stan, utan att det behöver betyda något. När jag var i tonåren var det anmärkningsvärt om någon hade föräldrar som levde ihop. Linda är en av ungarna som hängde utanför Grand och försökte föra över stämplar från hand till hand; som festade vid järnvägsövergången på s:t Persgatan när de inte ens kom in på Grand. Det här är de som känner vakterna på hårdrocksklubbarna, och vi hittade det slitna gänget i bortre änden av parken. Tjejerna såg ut som arbetslösa hårfrisörskor och killarna liknade inte så nogräknade råddare för ett band som sett bättre dagar. En del av dem satt på kartongen från ett sexpack, och en eller två hade kartongen på huvudet som en krona. Ölen och allt omkring den var deras buffel. De har en användning av alla dess delar i sin kultur, från ölringsdraperier till kronor. Jag har till och med på en fest fått förslaget presenterad för mig att det borde skapas en kombinerad buttplugkapsylöppnare.

"Bara den tyska och den japanska marknaden skulle göra en snuskigt rik."

"Säg att man är på en fest och behöver öppna en öl..."

"Det låter långsökt."

"Ja, men om utifall, då kommer en gimp och böjer sig fram, man sticker upp flaskan och *pssht*, klart, pengar på banken ur arslet!"

"Marknadsför den som den bruna belöningen."

"Vad kan gå fel!"

Vår trupp från djäknen slog sig ner på den lågt anlagda sluttningen som markerade slutet på parken. Från krönet sträckte sig ett ännu outslaget buskage ner mot Luthagsesplanaden, som var vår designerade pissoar. Det är alltid en livlig ström av folk som rör sig uppe i buskarna, och till allmän skadeglädje brukar det alltid vara någon stupfull rumlare som halkar i den urinmättade leran därinne. De som välsignats med en pip kan med enkelhet lätta på trycket ute i fält, men hukarna tränger ett visst mått av skamlöshet för att kunna hanka ner trosorna utan att kunna försäkra sig om insynen. Det finns två sätt för hukarna att gå till väga, och det första är att bara göra det med få betänkligheter, men ändå smakfullt, och det andra sättet är göra så stor sak av sekretessen att alla måste titta på, som om de passerade förbi en bilolycka.

Vi debarkerade som en invasionsstyrka på fiendemark, och Linda som var vår sambandsofficer meddelade att det fanns andra guerillaband nära utan omedelbart behov av understöd. Vi la ut våra plastpåsar, som måste vara matkassar, systemetpåsar duger inte hur liten rumpa man än har. Madde och Sarah delade på en Icakasse som systrar, efter att Madde rivit upp sömmarna i sidorna och gjort en långbänk.

Det var gott att vara i solen efter en lång vinter, så det var bara de med läderjackor som personlighet som inte hängde av sig. Det var t-shirt alert med besked. Jag gick ett varv med kannan, men blev inte av med särskilt mycket. Robert, min advokat, sjöng med en sorgsen röst, "Just a perfect day, drink sangria in the park." "You just keeps me hanging on," svarade kören två gånger.

"Nej, den var inte med på *Transformer.*" "...på *Berlin.*" "Den skrevs innan *Transformer.*" "Ja, den är med på hans första soloplatta, men den hör till *Berlin.*" "Nej, inte Bowie... Bob Ezrin." "Alice Cooper... Kiss." "Den suger!"

"Berätta något från Barcelona, Em," sa Madde.

"Det fanns en park där med en enorm fontän, tre våningar hög. Den var som en klippa, som var en slottsentré, som var en fontän. Vi låg i gräset och såg en perfekt blå himmel genom pinjeträden. Billigt rosévin rakt ur kartongen. I ena änden av parken såg man berg och Medelhavet fanns i den andra. Papegojorna flög fram och tillbaka från sina bon i den största pinjen. Duvorna ägde hela stan men den pinjen var gojornas. Duvorna är slackers, behöver inte bry sig om något, men papegojorna jobbade hårt med sin grej."

30

"Var det den där kända parken man hör om."

"Nej, jag tror du menar Parc Güell, och den är ett utomjordiskt sagolandskap. Det här var en annan park, och det finns många ställen att bara vara på i Barcelona, och var man än vänder sig finns det något unikt av Miro eller Gaudi att titta på. Som din Syo-konsulent råder jag dig att åka till Barcelona genast."

"Men det kategoriska imperativet är ju meningslöst i ett massamhälle... alla handlingar, om alla verkligen gjorde det, vore ohållbart och därför fel" "Immanuel Kant was a real piss ant." "You fucking Kant!"

"Hade ni bra väder?" frågade Sarah.

"Det var varmt för nordbor. Spanjorerna gick omkring i halsduk och parkas, strök runt i skuggorna. Maja brände sig, jag tog ett fantastiskt foto på henne, hon har vita strumpbyxor och vitt linne och ansiktet och armar är högröda, så solen tog verkligen."

"Var bodde ni?" frågade Madde

"På ett hostel nära Ramblan. Billigt och rent."

"Billig och ren, det är nog det raraste du nånsin kallat mig," sa Maja och tindrade med ögonen.

"George Lucas kommer att göra det mot oss igen." "Säg till honom att sluta... säg till honom att jag sa att han skulle sluta." "Vad skulle han dit och peta för... Han Solo sköt först!" "Crispo Greedo." "...och Coach vaknade till i *Episode IV* och påstod att de ändrat Aunt Berus röst." "Såg ni alla tre filmerna?" "Back to back."

I ett festivalläger uppstår alltid naturligt en catwalk. En plats där man visar upp sig och tar sig mellan olika öar av intresse. Fenomenet är dokumenterat och så allmängiltigt att det uppstår även under endagsfestivaler. Det är bara en tidsfråga innan man ger sig ut på catwalken, med något vagt uppdrag och dricka i handen. Rasmus hade ställt sig upp, han sträckte på sig och öppnade en öl. Knäppte med nageln på toppen av

31

burken innan han öppnade den.

"Fan vad stel jag blev," sa han till mig och jag sympatireste mig från den kalla marken. Jag försökte att inte ge sken av hur stel jag också hade blivit av sitta i den obekväma leran.

"Har ni spelat något?" frågade jag. Rasmus var sångare och gitarrist i ett svårplacerat postgrunge band som jag länge hade velat se i aktion. I Stuprör och bandana, och om han färgade håret rödblont, skulle han på pricken likna en ung, balanserad Axl.

"Ja, vi har haft några spelningar i hemma i Sandviken och i Gävle."

"Jag får komma upp och se er nån gång."

"Det skulle va skit kul! Vi har en grej på Kungen om ett tag, det blir ett par band som ska spela. Kompisar, men dom är bra, riktigt bra."

"Vi gör det!" "Fan va kul." "Madde, Em kommer till Sandviken när jag spelar på Kungen."

"Då ska du få se Sandviken," skrattade Madde.

"Ska ni till Sandviken," sa Sarah, "Kan jag följa med?"

"Jag har plats hemma hos mig," sa Rasmus.

"När är spelningen" undrade jag.

"Kristi himmelsfärd, men jag kommer inte ihåg datumet"

"Det kan vi kolla upp sen, men det här låter som något taget."

"Vi går en sväng och kollar läget," tyckte Rasmus

Det var bara jag och Rasmus som gav oss iväg. Det är som att hoppa på isflak att ta sig fram på ett festivalfält. Det är organiskt och trångt. Vi kryssade mellan och ibland över varje uttryck av fri berusning. Halvt medvetslösa punkare låg dansande på marken; en svartrockartjej som satt på en ölback hade dragit upp sin långa kjol till höften och med de vita låren brett isär höll hon en hand över sitt sköte, hade ett rejält grepp om den.

Ute på catwalken är det alltid någon som springer med bar överkropp, alltid någon som går omkring med en bandspelare på axeln. Musiken blandar sig från olika läger, rör sig från läger till läger.

"Gjorde du som jag och gick från Guns´n´Roses till Nirvana, från *Use your illusion* till *Nevermind,* från en dag till en annan," frågade jag Rasmus för att försöka sätta fingret på ett avgörande ögonblick i vår generations utveckling.

"Ja, det är konstigt... hur mycket Guns betydde innan Nirvana kom. Jag vet inte om det var från en dag till en annan."

"Jag tror att man med lite inlevelse faktiskt kan minnas den specifika dagen man släppte in Curt Kobain. Jag var väldigt sen... jag såg på en MTV countdown... de hundra bästa videorna, det måste väl ha varit 1992, och jag var helt clueless... Fredrik sa hela tiden att *smells like teen spirit* skulle ligga etta och jag tyckte han var så full av skit, men när den kom upp som etta fattade jag fortfarande inte något viktigt hade hänt. Det var senare, 93, som jag fastnade för *Nevermind* på allvar... jag kommer ihåg att Fredrik kom in på mitt rum och ursinnigt tog tillbaka skivan, *Den här är faktiskt min!*"

"Jag var Axl varje dag i skolan," log han när han mindes.

"Jag var ett argt fetto som lyssnade på blues, precis som Jim Morrison" sa jag.

"Hade jag känt dig då, skulle vi ha kunnat startat vårt första band tillsammans," sa Rasmus.

"Hade vi kunnat ha haft en trummaskin?"

"Trummaskin och kallat oss Killing moon." Rasmus tittade på mig och fortsatte. "Hur ser det ut... Kommer du att dra till hösten?"

"Ja, det är i stort sett klart... jag har boende klart under hösten där nere."

"I Amsterdam?"

"Det är målet, men jag kommer att bo i Leiden ett tag först. Det är inte långt med tåg till Amsterdam därifrån. Sagas syster pluggar där, så vi får ta hennes lägenhet ett par månader."

"Bor hon inte där då?"

"Hon är arkeolog, hon kommer att vara på en utgrävning i Syrien någonstans, Nineve tror jag."

"Låter schysst, skönt att komma iväg... ska Saga också åka?"

"Det är planen... hon har ju bott där nere tidigare, när jag var ner och hälsade på."

"Skönt att ha med någon som hittar och så... känner lite folk"

"Ja, jag är inte bra på att uppfinna hjulet på nytt."

"Men är det en så bra idé att åka med Saga... för dig... jag vet ju inte vad ni känner för varandra nu, men... är det okej, Em?" sa han med en klarhet som tog mig på sängen. Min hand hade inte blivit synad med en så rättfram fråga tidigare. Jag var själv mer tveksam än alla antydningar mina vänner försiktigt yppat.

"Det är inte okej... det kommer aldrig att bli okej, tror jag, men det är vad det är," sa jag med en trötthet som röjde bort alla tvivel om lindring.

"Är du fortfarande kär i henne?" frågade han försiktigt.

"Det kommer och går i vågor. Det kan vara lugnt länge... speciellt om hon är på västkusten och jag är på ostkusten."

"Hur kommer det då bli att dela lägenhet utomlands... där du inte känner någon annan?"

"Ibland så känns det som att jag är så nära henne att jag kan sluta andas, att jag upphör."

"Det är inte bra att vara så förälskad." Jag slog ner blicken, men han fortsatte, "det kan inte leda till kärlek, det du säger... det gör ont att höra... du tar bara smärtan, men det går inte att leva så."

"Nej, men vad... kan man göra." Jag visste att jag hade en helt vansinnig föreställning om hur det skulle bli i Nederländerna mellan mig och Saga, att vi skulle ge oss hän i en intensiv närhet och faktiskt leva tillsammans i den *incestuösa* relationen som börjat utvecklats innan hon flyttade västerut. Jag ville att vi på något stört romantiskt vis skulle komma att uppgå i varandra, att hon skulle behöva mig som jag behövde henne. Jag trodde att det var inom räckhåll om jag bara tog mig med Saga till Holland. Jag sa det inte till Rasmus hur jag värkte efter den drömmen. Han sa: "Åk, men försök att hitta något eget där nere. Häng inte bara efter henne hela tiden."

"Det ska bli kul att gå på klubbar, se lite spelningar och bli hö-hö-höög."

"Säg inte det till Madde och Ellen bara, dom är rädd att du ska börja knarka där nere," skrattade Rasmus, men menade allvar.

Runt omkring oss pågick catwalken. På en festival som Arvika samlar man poäng på hur många hairextensions man kan se på en minut, en annan sport är att upptäcka vintage bandtröjan, men på Valborg är det mindre dramatiska stilyttringar, det var många som verkligen försökte vara snygga, som om snygg är en stil. Det såg mer ut som om idoljuryn hade kräkts på vårkåta studenter. Jag och Rasmus pissade i rad med dussin andra bakom en lång häck, och drog tillbaka till vårt läger.

Mer oordning och mindre alkohol kvar var sakernas tillstånd *hemma* i lägret. En del folk saknades, som var ute och rörde sig, de flesta stod upp och pratade högt och tog mycket plats. Plastpåsarna började blåsta iväg. Jag tog en som verkade ren och slog mig ner vid Maja. Hon och min bror satt båda med korslagda ben, omedvetet antar jag, och pratade om film-klubben på Slottsbiografen. Jag kom in sent i en diskussion om Wong Kar Wai och kunde inte delta, men jag kunde hälla upp det sista av Sangrian. Jag skakade kannan men det var bara den vinindränkta frukten kvar.

"Den här gick åt i alla fall," sa jag och skickade Maja hennes påfyllda glas. Fältet började tunnas ut något nu. Det låg tomflaskor och chipspåsar bortkastade på marken överallt.

Det kom två slitna rockare genom bråten, som jag kände

från nationslivet.

"Hur var det här då," sa jag myndigt när de närmade sig.

"Inget, konstapeln... vi är bara ute och går."

"Ni är väl inte fulla, pojkar."

"Nej, lite trötta bara."

"Så vad händer?," frågade jag skrattande.

"Är det inte Sista April, vi har gått runt och druckit öl sen vad fan. Mindre folk nu, de börjar dra sig mot nationerna nu."

"Vad händer senare då?"

"Hem och fixa håret, och sen gå ut... gå på ett par fester. Spy på Sysslomansgatan."

"En ortodox valborg alltså, som Jesus firade."

"Rena Disney versionen!" Han tittade på den stora vatten-kannan som stod bredvid mig.

"Kom igen, du vill ju fråga," sa jag

"Vad har ni gjort med vattenkannan?"

"Det var det bästa sättet att bära och servera sangria på."

"Har ni sangria i kannan!"

"Den är slut..." sa jag ursäktande. Han tog kannan och kikade ner i hålet, lutade den lite och lät frukten glida mot en sida. "Har frukten legat i sprit hela dagen?"

"Ja, det går nog att krama ur den om man vill."

"Fatta att vi kan äta den här," sa han vänd till sin kamrat. De tog fram en papperstallrik och plastskedar ur en påse, sen försökte de få ut den saftiga frukten ur kannan, första genom pipen och sen ur påfyllningshålet på toppen. Det fick till slut ihop en rejäl portion kall apelsin- och äppelkompott, som marinerat i Napoleon cognac V.S.O.P, vilande på en spansk rödvinsspegel.

"Nice!" "*Nice*? Säger man det igen." "Ja, det har kommit tillbaka." De satt hukade över tallriken med varsin vit sked på den mustiga vårjorden och åt hastigt som makaker med varliga sidoblickar. Efter några tuggor väste den andre: "Alltså fy fan va äckligt... vi kommer att bli seriosly fackt app av den här skiten." "Ja, vi kan inte äta det här," samtyckte den förste, "senast jag hade en så här dålig smak i munnen var det klamydia."

"Kallar ni min sangria för klamydia, era skansgastar!" sa jag.

"Bomber och granater!" "Nej, om vi skulle ta och dra oss ner på nån galopp, Gubben." sa de och lämnade tallriken med frukten på marken och vinkande drog vidare mot stan.

"Vad handlade det där om," frågade Maja.

"De fick klamydia av din sangria."

"Så när den ger könssjukdomar är det min sangria?"

"Det var din idé."

"De fick det från din pip!"

"Nej, de kunde inte få upp den så de tog hålet."

"Fortfarande ditt hål!"

"Man kan inte få klamydia den vägen, så det så!"

"*Så det så,* tack doktor Em."

"Klamydia är en vaginal farsot, det vet alla. Den kallades Muttsoten på 1700-talet och var det avgörande skälet till att Jakobinerna avskiljde sig från den kvinnliga befolkningen och startade den franska revolutionen. Det är vedertagen historia ."

"Jako-vad då? Du är som en liten arg farbror." sa Maja och gjorde en hjulbent Pantalones dans för att visa hur jag ter mig i världen och referensen träffade mig.

"Vad fan, alla vet ju att det är jag som är Harlekin, med min brokiga dräkt, subtila spetsfundighet och oklara härkomst."

"En sån liten arg farbror," struttade hon runt och smekte sin hakspets med tumme och pekfinger medan hon rullade med ögonen.

"Har du kollat nått i Commedia Dell´Arte-boken jag lämnade hos dig," frågade min bror.

"Jag har öppnat den... och läst lite här och där. Jag gillade hans bok om Dante så jag tänkte ge den chans."

"Liten gubbe Ett," sa Maja och pekade på mig, och sa,"Liten gubbe Två," och pekade på Fredrik.

Vi tog det vi kändes vid i det nedskräpade lägret och slog upp. De få som ännu återstod av truppen från djäknen. Vi kollade våra mobiler men nätet brukar bli hopplöst överbelastat dagar som dessa. Sporadiska textmeddelanden slinker igenom och enstaka samtal man med svårighet kan urskilja ett enda ord av.

Jag var redan inställd på det som skulle komma härnäst. Det sms:et hade precis gått fram utan fördröjning som ett tecken från gudarna. *Vi parkerar nu. Är ekonomikum om 20 m.* Det var Saga. Jag skrev tillbaka att vi var på väg att lämna parken för stan och att vi kunde ses ute på Kyrkogårdsgatan vid ingången till parken där. *OK,* kom med det samma, som om hon stod bredvid mig.

När jag och Saga hade dragit från Roskilde året innan var det det mest kaotiska och ångestfyllda uppbrott jag kan tänka mig från ett festivalläger. Vi hade delat ett kupoltält i leran. Det hade regnat sen vi hade slagit upp tältet på tisdagen och kylan, vätan och smutsen hade totalt erövrat varje del av upplevelsen. Vi låg den sista natten och lyssnade på hur lägret runt omkring oss kollapsade, de som hade något drack och rökte det som fanns kvar av skaffningen. Att riva ett läger blir i det läget att stampa ner det i leran och tända eld på det. Det skapar en helvetisk atmosfär av påverkad förstörelse. Vi lämnade Sagas tält på fältet. Det var mer lera än något annat. Hon stod där med en ex-pojkvän som dykt upp utan någonstans att sova i regnet och större delen av festivalen hade hon pendlat mellan att undvika honom på dagarna och sova med honom på nätterna. Om vi ville ha tältet kunde vi ta det, sa hon med armarna i kors. Vi samlade ihop det lilla vi tänkte behålla och vadade till stationen. Saga sa till mig att hon inte skulle ta tåget hem till Uppsala med mig, att hon skulle stanna i Köpenhamn med honom några dagar. Jag minns att jag satt barfota på en perrong i Malmö, trött och smutsig, en bland många tysta festivalinvalider som också återvände från Roskilde, med en stor tomhet.

Fältet vi gav upp nu var inget som Danmark, och endast få

saker hade satts i brand, men det är bara på grund av det mer kortsiktiga upplägget på festen. Ekonomikumparken hade spelat ut sin roll, möjligheterna var uttömda så som ölen och sangrian.

Klockan började nu närma sig tre-tiden på eftermiddagen. Inga planer klarar sig längre än så. Föresatser och avsikter kan leda skeendet från och med nu som en hägring men det är Sista April som avgör vad som till syvende och sist kommer att hända. Vem och vad man kommer att förorätta och vem och vad man inte kommer att råka i strömvirveln.

Jag bar den näst intill tomma vattenkannan och en Sofiero jag blev stucken i handen med på vägen bort.

# 3.

Nedanför observatoriet växer gamla lövträd i den branta, steniga backen som helt och hållet följer årstiderna med en storslagenhet. Snart skulle Vårlök och Scilla täcka marken där fjolårslöven nu bleknade och lyftes som ett enda tunt skal av den ljusa grönskan underifrån. Jag hörde mitt namn ropas när jag kom till foten av kullen, där cykelvägen svänger av ut mot Kyrkogårdsgatan. Jag släppte vattenkannan vid mina fötter och öppnade min famn för Saga när hon kom springande som en skrattande sol. Hon sprang en god bit in i mig och jag höll henne hårt. Vi sa inget.

Saga var tillsammans med Johannes, min vän, när jag först lärde känna henne. Jag och Johannes var i slutet på 1900-talet intresserade av animé och manga. Det här var innan varken näthandel eller fildelning var något utbrett fenomen, så vi var tvungna att hitta faktiska återförsäljare i Stockholm, och det rörde sig om VHS, brittisk import dubbad till engelska. Det var vad som fanns att tillgå. Vi gjorde återkommande räder till huvudstaden på den tiden. På en senare av dessa räder, efter sekelskiftet, följde så Johannes flickvän med. Vi stod i hallen hemma hos honom och verkade inte komma iväg. "Väntar vi på något?" frågade jag. "Saga ville följa med." *Just snyggt* tänkte jag, *nu blir jag tredje hjulet när han går omkring med sin nya flickvän hela dagen.* Plötslig störtade Saga in i tamburen med andan i halsen, hon hade cyklat och nu när jag

40

känner henne kan jag föreställa mig hur det kan ha sett ut. Hon berättade att en gubbe hytt med näven och svurit när hon susat in på Bävernsgränd. Hon pustade ut medan Johannes hämtade något inne i lägenheten. Hon har långt blont hår, uppsatt i flätor den här dagen, och hon är smal men har former. Hon har en liten uppnäsa, fräknar och stora isblå ögon som ser på världen med en sån inlevelse och hjärtskärande mjukhet att inget av den består.

Vi gick iväg till stationen och tog bussen till Stockholm, eftersom den var billigast. Det här är den södra porten. Jag förväntade mig att tyst sitta själv och begrunda Mae West citatet på baksidan av bussbiljetten, men Saga satt sig av något outgrundligt skäl bredvid mig och inte Johannes, och började sen fråga ut mig om astrologi, tarotkort och kabbalismen som jag var helt insnöad på då. Jag kan knappt minnas något alls från den dagen mer än den omtumlande totala uppmärksamheten från denna änglalika varelse. Hon brydde sig mindre om Johannes och de gjorde slut inte långt senare, men inte på grund av mig. Nästa gång jag träffade henne visste jag inte att hon och Johannes gått skilda vägar. Vi sågs utanför Värmlands i mitten av April, så hon frågade naturligtvis, för det gör man i Uppsala, vad jag skulle göra på Valborg, och tyckte att vi kunde hitta på något när jag sa att jag inte hade några planer. Jag drack ingen alkohol alls på den här tiden, och hon tyckte om det med mig. På Valborg hängde vi ett par timmar innan hon hade fanbärarplikter och sa hej då vid Norrlands. Jag var så hopplöst förälskad från den dagen, den Sista April, och nu var hon hos mig igen på en Sista April. Bakom henne, en bra bit efter, kom försiktigt hennes pojkvän Finn och hans kompis Johnny.

Jag vet inte hur länge jag och Saga ordlöst stod och tog in varandra. Hon hade sitt blonda hår uppsatt i två flätor som var lindade i små kringlor, som trots allt inte liknade Leias kanelbullar. Hon hade mörkblå jeans, en midjekort svart läderjacka, en svart-och-vit randig tröja som gick ner på höften. Till slut släntrade väl Finn upp och hon presenterade oss.

"Det är varmare än jag trodde," sa han och drog av sig sin långärmade tröja. Det måste ha varit ett av hans partytrick att få en förevändning att ha bar överkropp. Han var vältränad, tribaltatuerad och vänstra bröstvårtan var piercad. Han lyckades stå i motljus och höll posen i ett skälvande ögonblick innan han dök ner i sin ryggsäck och fiskade upp en t-shirt. Johnny stod som en fånig Ed Dunkel i *On the road* ett steg bakom och sa inget, han bara nickade i min riktning med en lantlig charm. Saga verkade stolt över sin välbyggde pojkvän och slöt upp vid hans sida som en Ursula Endres.

Maja och Fredrik drog sig tillbaka och försvann mot s:t Johannesgatan till med löfte om att vi skulle ses på Malins fest. Madde och gänget gjorde snart lika och jag var ensam med västkustfolket, som om havet dragit sig tillbaka och lämnat en gnistrande saltbädd. Saga ville att vi skulle röra oss mot Slottsbacken, för att visa Finn festen.

"Klart vi visar grabben... det är precis som på tv," sa jag. Vi började röra oss i strömmen uppför sluttningen mot Carolina, med mig valsande runt Saga och Finn, som en yster Kaliban med vattenkannan, som om jag blivit avbruten när jag skulle vattna Prosperos rosenrabatter av att Ferdinand och Miranda i högtidsdräkt spatserat förbi.

"Varför har du en vattenkanna?" måste Finn till slut fråga.

"Jag har utsetts till Majkungen, så jag måste vattna Linnés lagerträd i Botaniska trädgården," började jag, men Saga gav mig en blick, så jag sa, "nej, vi har haft sangria i den."

När vi kom upp i höjd med kyrkogården slog det mig att jag kunde skänka kannan till kyrkoförvaltningen. Det brukar ju finnas stationer med lite redskap för anhöriga att sköta gravarna.

"Kan vi ta en sväng in på kyrkogården," bad jag och förklarade mitt ärende. "Var det hit ni gick och lajvade efter ni hade varit på *Svarta Staketet,"* frågade jag Saga när vi kom in på kyrkogården.

"Jag lajvade inte... men det var många vampyrer på *Staketet*"

"Det var en syntklubb," sa hon vänd till Finn. Jag hittade en flock vattenkannor som hängde i en metallram vid en enkel, droppande kran. Vad som var kvar av frukten tömde jag ut i en komposthög sen sköljde jag omsorgsfullt ur kannan innan jag hängde upp den på en ledig krok och sa, "ja men då så." När vi kom ut från kyrkogården sa jag, "nu tror alla att vi har varit inne och pissat på gravarna."

Utanför universitetsbiblioteket, det anrika Carolina Rediviva, var det ingen som sjöng när vi kom dit. Det finns en traditionen, någon återkommande händelse som varje år utspelar sig på den här stora trappen på toppen av Drottninggatan, men jag vet inte vad det är, jag har aldrig bevittnat det perenna fenomenet eller deltagit för den delen. Det kan ha något med mössor, påtagning och springande att göra, men jag kan inte med säkerhet säga på vilket sätt, vilket syfte det har eller hur det uppstått en gång. Den stora studentkören sjunger de sånger som traditionen bjuder, men jag har bara en vag uppfattning om de inledande stroferna. Många är historierna om utbytesstunder som den sista april, som vilken morgon som helst åker ner till Carolina för att plugga och möts av vad som nu pågår där. Det är ett tecken på hur vi tar vårt Sista April firande i Uppsala för givet. Jag har inte ens koll på den grundläggande ritualen för staden. Allt jag vet är rätt datum och att stan är upp och ned vänd. Jag har aldrig sett forsränningen, mösspåtagningen eller någon champagnegalopp. Jag var med om något liknande det som utsocknes utsätts för i Uppsala på valborg när jag var i Leiden en gång. Den andra oktober firar man där att en spansk invasion slogs tillbaka med ett tivoli på den avstängda huvudgatan och med att studenterna dricker hela dagen, äter inlagd sill och springer i samlad trop från en plats vid universitet till en annan, allt enligt traditionen. Alla mataffärer jag hittade i staden höll stängt den dagen. Det fanns sockervadd och kanderade nötter till salu på gatorna. Efter en stunds misströstan gick jag hem och lånade en konservöppnare av mina grannar, så att jag i alla fall kunde komma in i den mat jag hade hemma. Jag kollade i min guidebok senare på kvällen och läste om den historiska bakgrunden till *Andra Oktober* i en liten faktaruta vid sidan om huvudtexten. Det enda tecknet för den oinsatte den första oktober var att det stod långtradartrailers parkerade längs utmed en av kanalerna kvällen innan med det billiga tivolits scenografi. Hur ska man veta om det inte står i Bibeln?

Vi kom från Engelskaparken hållet till Carolina, Saga, Finn, Johnny och jag; svängde runt hörnet och fick en god uppburen vy av den branta Carolinabacken, den pittoreska Odinslund och den obeskrivliga Slottsbacken. Själva slottet tornande uppe på åsen.

Det var mycket folk samlade på den öppna platsen utanför biblioteket som bara var där, de väntade inte på något eller hade något särskilt för sig. Det syntes, tack vare mina fördomar, att de flesta här hade en koppling till universitetet. Unga män med fluga och äldre kulturtanter i sina märkliga kreationer. Det här är de hopplösa akademikerna som styr oss från anonyma befattningar på bortglömda verk, de som tar fram ogenomträngliga rapporter om sakernas tillstånd i riket och som sen tar ställning till de torra fakta som utgör förvaltningens verklighet. Tredje rikets Eichmann är den yttersta förlängningen av deras föreställningsvärld. Jämförde jag just den här överliggarklassen med ett nazimonster? Ja det gjorde jag, för de skulle sätta oss alla på tåget om deras inre logik dikterade det. Jag tror inte att de uppfattar sin hand i något av det som de bär in i världen. De är helt objektiva ett medium.

Saga gick först med Finn och sen kom jag och Johnny. Jag skrattade åt allt jag såg med glädje. Den fördömande tonen kommer ifrån skrivandets stund. Jag var full som en speleman och jonglerade med en mängd infall.

44

Johnny hade precis muckat, eller hade permiss, från värnplikten och härledde alla intryck genom granris, snuskburkar och försvarets hudsalva som alla nittonåringar som bara alldeles nyligen börjat tvätta sig under förhuden. Det var inget stort fel på grabben, han visste bara inget om något av vikt för en mjältsjuk svartalf som var på väg att straffa ut sig från den akademiska miljön i Uppsala. Jag var ändå tillräckligt upprymd för att lyssna på hans bandvagnshistorier.

Det är inte en radikalt annorlunda scenen som utspelar sig i Slottsbacken än den i Ekonomikumparken. Det är bara värre. Kidsen är yngre och fullare. Infödda uppsalabor från Eriksberg och Salabacke. Vilda hundar som jagar bilar.

Det är svårt att förstå varför det här ens tillåts av samhället. Varför tusentals underåriga kan samlas till ett offentligt fylleslag mitt i centrum av en ansedd storstad i Sverige utan att ordningsmakten ingriper. Det står någon polisbil på Nedre Slottsgatan som agerar fågelskrämma. Tänk om tre tusen ungdomar samlades i Slottsbacken den 20:e April för att röka cannabis i stora mängder, eller om det årligen bussades in prostituerade till Slottsbacken för en magnifik horfestival.

Alkohol är en blind fläck för det svenska samhället. Här behandlar vi allt osunt som omger alkoholen som om det är olösligt bundet  till vår kultur. Det är en svensk rättighet att supa skallen av sig. Den sociala misären, våldet och sjukdomarna som alkoholen ger är på något vis nödvändigt för den svenska modellen på ett sätt som inte gäller för cannabis.

Slottsbacken var fullbelagd när vi började strosa genom den branta parken. Många barn i lägre tonåren drev planlöst omkring på den leriga sluttningen med frånvarande blickar. Större ansamlingar av ungdomar satt i samma enkla läger som jag själv hade suttit i borta i Ekonomikumparken. De pratade högt, för högt, och de skränade som flockar av fåglar. Parkförvaltningen hade börjat röja bort sly upp mot själva slottet tidigare under April, och det stod en lång container uppställd för att samla ihop kvistar och löv som nu tjänade som pissoar. Kanten räckte upp till naveln på de längsta pissarna när de stod inne i containern. De fick gott och väl plats fem i taget. Ett problem var att komma i och ur pissoaren. Jag såg en kille som tog sats uppe i backen och sprang mot containern för att jämfota hoppa i. Han var berusad eller annars oförmögen att få stopp när han landade, så han tumlade runt och kom nedsölad av piss, lera och gamla löv upp på fötter som ett rituellt offer av det återkommande temat. Han kravlade sig över kanten till applåder och tjut, och drog vidare nedför backen. Kanske antog han den heliga rollen som "Bajsmannen" när han kryssade vidare i folkmassan.

Vi fortsatte också nedför backen, vidare på de asfalterade gångvägarna utan en Vergilius som kunde peka ut vad som felades de stackars själarna som var förlorade på avsatserna.

Under träden nedanför det norra tornet hade Saga och jag haft en picknick en gång i tiden. Det var på försommaren kort efter vi gjort vår första Valborg tillsammans. Hon hade kommit och plockat upp mig på biblioteket där jag satt och pluggade för någon tenta i värdeteori. Hon drog med mig ut i majsolen och lade ut en filt och dukade fram godsaker ur ryggsäcken. Jag var lycklig den dagen. Hon dränkte en törstande.

Uppsala är en stad med många nationer. Studenterna är organiserade i olika föreningar som är löst baserade på landskapen, och som kallas nationer. Störst är Norrlands. Det är svårt nu att se tillbaka och tänka på hur mycket tid jag spenderade på nationerna de första åren efter millennieskiftet. De mer intensiva perioderna innebar tre till fyra konserter i veckan, och ett par klubbkvällar. Det var få kvällar och nätter över huvud taget som inte innehöll någon utgång. Jag drack inte mycket på det hela taget, kanske en öl eller två per kväll, mer hade jag inte råd med. När jag var ute med Maja blev det blötare och mer oberäkneligt och när jag var ute med Saga var vi ofta på dansgolvet utan en droppe.

Vid foten av Carolinabacken ligger Stockholms nation.

Inget gott har nånsin hänt där. Det är en plats med design-vodka och tubtoppar. Jag gick dit för att de hade öppet på torsdagar, men jag gillade det inte. Musiken där var en konventionell uppstötning postmoderna hits. En gång när Saga dragit med mig dit för att spana på en kille som kanske skulle dit, var det ett sällskap där från en vändsexa. Killarna hade peruker, fulsmink och oklädsamma, otidsenliga klänningar, och jag hade läppstift, och mascara till min syntlugg. En gammal kursare fick syn på mig i baren och frågade vad vi hade för tema. Jag är vackrare än de flesta kvinnor, det är en del av min skevhet, och jag var ofta sminkad på något sätt när jag gick ut. "Jag ser ut så här," kan jag ha sagt, lite stött för att ha klumpas samman med en amatöruppsättning av *I hetaste laget.* Saga satt på helspänn med mobilen i handen om utifall han skulle höra av sig. Vi fick söka av alla dansgolv om och om igen tills hon fick syn på honom. *The botten is nådd* spelade när vi stod borta i hörnet och såg på när han stod i andra hörnet och såg cool ut i sin gröna träningsoverallsjacka. Hon sa hej när han långsamt gick förbi oss för att komma till baren. Det var en olidlig kväll.

När vi den här dagen svängde av vid foten av Slottsbacken mot Stockholms hade vi ingen avsikt att gå in. Det var lång kö ut på Drottninggatan och pojkarna hade inget kårleg för den delen. Saga och Finn gick före in på Ingmar Bergmansgata förbi kön. Det var mycket liv omkring Stockholms och krogen Wermlandskällarn. Äldre unga och helt klart studenter. Stockholms har en nedsänkt och omgärdad innergård som var i full fest. Vi stannade en stund som om vi var vid björngropen på skansen, och beskådade spektaklet nere på nationen innan vi drog vidare mot Domkyrkan. Den blågula fanan med s:t Erik vajade högt och ståtligt uppe på taket. Den närmaste fasaden ut mot gatan var en söndrig gul, rappning med förbommade fönster av reglade och gistna, gröna fönsterluckor med tunga gamla hänglås. Det är en förslitning av en fastighet man kan se utomlands.

Bakgrunden till scenen på Riddartorget är Domkyrkan, hela dess sida. Den Aristoteliska sidan, inte den kabbalistiska sidan som är vänd mot ån. Jag babblade på, "Där är Helga trefaldighets kyrkan... det där är Dekanhuset," som om det betydde något för Johnny.

Värmlandsnation som ligger vid torget är en enfaldig plats. Om lokalradion var ett uteställe skulle det vara det här tragiska högstadiediskot vid Riddartorget. Teknologer som står på led i sina overaller och gör inövade dansrutiner till *Hits for kids.*

Varför gick jag någonsin dit? Jag försöker komma ihåg den brutala tvångssituationen som måste ha skickat in mig på det där stället. Jag tror att Sagas syster var med. Vi fick till och med stå i kö för att komma in den gången. Det var någons födelsedag, inte Sagas syster. Någon som kände någon som var på värmlands, en vakt kanske.

Vi gick över Riddartorget och genom Skytteaneumvalvet. Vi tjoade som en förskoleklass när vi passerade genom den ekande gången. Uppsluppet gick vi runt kyrkan bort mot Saluhallen. Det kändes en smula planlöst och förvirrat, hela vårt upplägg. Vi var inte på väg någonstans just. Jag var ändå glad att inte behöva fatta några beslut som skulle ändra förhållandet att jag var ute med Saga på stan. Jag hängde efter henne som vanligt. Det var som att jag nu började uppfatta vad som faktiskt pågick omkring mig, och inte bara dansa med fantasin. Kanske lite nyktrare också.

Vi gick över Fyris Torg utan att varmkorv eller boogie kom upp i konversationen. Här började jag bli rastlös trots allt, mycket på grund av att jag upptäckt att vi roderlöst drev omkring nationerna utan att komma till skott, utan att finna några bekanta ansikten att förankrat upplevelsen av stadsfest i.

"Vi svänger förbi Snerkes, men sen måste vi hitta på nått, sätta oss nånstans," sa jag till Saga när vi verkade dra oss upp mot universitetet.

"Är det nån där?" undrade Saga.

"Det måste det," svarade jag.

48

"Vad är en snärk?" undrade Johnny.

"Det är gnällbältets nation. Det är bättre än man kunde tro."

Snerkes nation var inte en av de nationer som erbjöd något för många smaker, som Norrlands eller Östgöta, det var heller inte en plats för lägsta gemensamma nämnare som Värmlands eller V-dala. Snerkes var en plats för de inlyssnade i Uppsala, tillsammans med Kalmars, ett popställe helt enkelt. På somrarna brukade de anlägga ett trädäck över innergården och förvandla det till *Bryggan*. När vi kom bort till Snerkes var det inte uteserverings säsong men det var fullt drag på gården. Det stod vakter ute vid vägen, vid den stora järngrinden i det höga svarta staketet. Vi gick uppåt på den stigande s:t Larsgatan mot Göteborgs till men dröjde vid hörnet av Snerkes. Jag spanade genom staketet om jag kunde se någon därinne som jag kände. Det var visserligen många bekanta där men ingen jag ropar på, men så såg jag min advokat, med en plastbägare öl i varje hand.

"Em," kom han fram till oss, "och Saga. Kom in vetja!"

"Kan inte," sa jag, "Kårlegs problem."

"Nada problemos. Jag skaffar öl," sa han och skickade ut sina två så gott som orörda genom järngallret. "Vänta så kommer jag med mer." Han försvann skyndsamt mot den provisoriska baren.

"Vad säger vakterna," sa Finn oroligt och såg sig om.

"Det är ok, han är min advokat," sa jag samtidigt som en vakt kom upp bakom ryggen på mig.

"Ni får inte ta ut dricka, hörrni."

"Det är ok," sa jag, "Vi vet. Vi fyllde på med egen öl när vi kom ut. Vi sparade bara glasen."

"Jag såg ju när er kompis gav er ölen!"

"Ber om ursäkt. Vi ska gå nu," sa jag och Saga drog med sig Finn bort från vakten. Finn såg sig irriterat över axeln när vi skyndade ifrån platsen.

"Bara inte Robert får problem nu," sa Saga.

"Förr eller senare," sa jag.

Den gamla s:t Johannesgatan kommer i full fart och korsar s:t Lars en bit ovanför Snerkes. En vildmark av kullersten och sprickor leder i branta avsatser från kyrkogården ner mot ån. Med god fart och lite fantasi borde man kunna hoppa över först Sysslomansgatan och sen ån. Det finns en bro men varför betyder det att man inte ska hoppa. Det är som att satsa stort när man har korten.

Vi svängde i knapp styrfart ner mot Sysslomansgatan. Det var inte värt att hoppa. Där fanns ett tillräckligt vattenhål, en bar med eftermiddagsstammisar. Jag hade inte svårt att övertala mitt sällskap att slå sig ner på detta *Palermo,* som figurerat i en tidigare tillbakablick för den som känner igen historien och miljöerna. Jag ville inte riskera att Finn och Johnny skulle bli tvungna att visa leg, så jag beställde en kanna vid baren. "Give me a pitcher of whatever cowpiss passes for beer in this shitkicker hellhole you call a bar," önskar jag att jag någon gång hade modet att säga i en situation som den här. Vi slog oss ner i ett hörn man inte ser från baren.

"Konstigt att man inte ser mer bråk," sa Finn, "hemma i Uddevalla skulle det ju vara gruff hela tiden om så här många var ute."

"Jag sa ju att det inte är som i Uddevalla, här eller nån annanstans," sa Saga, "Folk är glada!"

"Ändå...," fortsatte Finn, "Vi hade ägt det här lama stället."

"Vad händer i Uddevalla då?" undrade jag, knappt nedlåtande.

"Skejtar, kollar snowboardklipp, du vet," sa Finn med en axelryckning.

"Det finns inga backar häromkring, eller snö, hur ser det ut på västkusten?"

"Man får åka en bit... Norge."

"En liten bit," sa jag och drack öl.

När vi hade druckit ur ölen på *Palermo* var vi inte långt ifrån festen hemma hos Malin, som av en händelse skulle börja

50

alldeles strax. Man behövde bara glida ner mot ån, hoppa över cykel- och gångbron, gå förbi de två Linnécaféerna och styra inpå den smala gatan längsmed planket till Linnéträdgården så var man där.

# 4.

Längst upp på Dragarbrunnsgatan, ända uppe vid Linné-trädgården, delade Malin en stor lägenhet på bottenvåningen med ett gäng gammalmodiga tjejer som alltid blev bjudna på drinkar när de gick ut. De var inga märkvärdiga flickor egentligen, men de förde sig med en djup förväntan att killen skulle erbjuda sig, öppna dörrar och lukta gott. Malin har en mer jordnära självständighet och aldrig högklackade skor. Hon hade hittat en fantastisk lägenhet att bo i och om hon behövde fnissa och pluta lite istället för att hämta sin egen öl så var det väl priset lika gärna som något annat.

Vi var trötta när vi till slut kom fram till Malins dörr. Det var redan många anlända från vandringarna på stan. En sexig lågstadielärarinna som heter Johanna öppnade dörren när vi som ett band Partisaner på flykt bultade på asylens dörr. Johanna känner mig, den person jag hade varit det senaste året, och var glad att se mig. Hon hade en blond 80-talslugg och ett plastbälte utanpå tröjan, stora ringar i öronen. Det verkade som om luggen vilade på hennes långa mascaratunga ögonfransar. Varje gång hon blinkade, vilket var ofta, rörde sig den sprejade luggen. Jag hade en längtan att slicka vispad grädde och chokladsås från hennes kropp, och bilden for genom mitt huvud när jag kramade om henne i hallen.

"Har ni haft en bra valborg än så länge?" log hon mot mig.

"Vi har hjulat fram på gatorna som gycklare och hoppat

över borgarna." Hon såg ut som om hon inte visste vad hon skulle svara. Vi sparkade av oss skorna i regnbågshögen av Converse och följde med in i salongen. Alla mina vänner satt på golvet och bratsen satt i lädersofforna. Rummet var stort och så sparsamt möblerat att det nästan kändes ödsligt. Det var många höga fönster ut mot planket som löpte längs Linnéträdgården. Vid sofforna fanns det ett lågt och tungt bord översållat med spritflaskor och glas med giftfärgad vätska. Det fanns en pampig, öppen spis med en sekelskiftesair. Eldstaden såg inte ut att ha använts på länge, det fanns ingen ved i rummet. I andra änden av rummet ruvade en fönsterlös alkov som var stor som min lägenhet. Alkoven brukade vara dansgolv när vi inte var dödströtta.

Det här var en annan affär än morgonens tillställning. Jonatan och Ellen är hemmaplansfördel. Hemma hos Malin var det ett lågintensivt ställningskrig av stilar och disponibla resurser. Hederliga indiemods och fattiga punkare å ena sidan och tillgjorda stureplansoffer på den andra. Malin rörde sig ansträngt däremellan.

Jag gick in och satt mig tungt vid Madde och Rasmus och öppnade en öl.

"Trollen har inte besvärat er va?" sa jag.

"Vi stampade på bron... ingenting," sa Madde och slog ut med armarna.

Vid en vit lövtunn lapptop stod två stekare och våldtog en spellista. Det var bara dansplågor och norska schlager-festivalbidrag. Stekarna var såna som säger att de lyssnar på allt.

"Vi kom in på Kalmar," sa Madde strålande glad, "Bakdörren var öppen. Vi stannade där sen. Vi har haft skitkul!" Rasmus hade inte kårleg, så det var inte helt oproblematiskt att komma in på nationer för honom.

"Ja, har man väl kommit in är det bara att klamra sig fast," sa jag, "klamra på Kalmar, när jag blir 1Q ska det bli mitt valspråk. Klamra på Kalmar with a baseball bat."

Stekarna vände sig garvande till soffan och sa, "Har ni hört den här?" Låten de lade upp lät som om Gullan Bornemark under vapenhot tvingat Amy Diamond sjunga på norska. Efter en liten stund ropade jag, "Kan vi inte sätta på någon riktig musik!" Soffgruppen tittade på mig som om jag förolämpat kungahuset, sen bytte de till Gwen Steffani, och jag sa, "...eller inte." Malin som inte hört mig kom strax indansande från köket. Jag stod nu upp och pratade med Robert, min advokat, som måste ha lämnat Snerkes med flaggan i topp. Malin kom åmande upp till mig. Hon sjöng med i texten, rörde sig som en katt och upprepade i takt, "kom igen Em." Jag drog henne intill mig, och hon pulserade.

"Inte till Gwen," sa jag lite plågat.

"Nej!.. inte Gwen... Em."

"The Roots är min skit, för vi är in the city where the pro shake rattle roll and I´m a goddamned rolling stone." Robert sa, "shame on the niggah who tried to run game on a niggah."

"Vi är så jävla vaniljglass," skrattade jag.

Saga och Finn satt nära varandra på golvet, långt ifrån sofforna i utkanten av vår grupp. Johnny satt planterad i en värld för sig själv utan att verka påverkad av avstånden, av omgivningen. Han skrattade kluckande åt skämten i sitt huvud när det behagade honom och brydde sig inte om vår initierade jargong. Han var så egen att alla lät honom hållas på sin kant.

"Berätta vad du fick ge för din lägenhet, Rasmus," sa Madde

"Tio tusen," lät han meddela med en ton som om han inte visste om det var mycket eller lite.

"I handpenning eller," frågade Johanna.

"Nej, den kostade tio tusen."

"I månaden?"

"Nej, jag ger elvahundra i månaden."

"Så lägenheten kostade totalt tie tusen?"

"Ja, jag gav tio tusen spänn för min lägenhet," sa han och la till för klarhetens skull att, "det är en tvåa."

"Man får inte ens en garderob för det i Uppsala," sa någon.

"Det måste vara så skönt att inte bry sig om var man bor, att det inte finns något på mils avstånd. Jag skulle inte kunna bo någonstans där man inte kan gå ut och dansa eller shoppa," sa Johanna.

"Det finns affärer i Sandviken," sa Rasmus lite stött.

"Rasmus... Nej," sa jag och skakade på huvudet, "Du kan inte vinna." Han pussade Madde och sa, "Jag har vunnit."

"Berätta vad din elev sa," sa Madde till Johanna.

"Jo, det var en av mina i första klass, jag skulle knyta hans skor och satt mig på knä framför honom och han såg rakt ner i urringningen, och han bara, *åhåhå fröken.*" Vi skrattade som galningar åt det och Johanna sa det igen med pojkens oförställda upphetsningen, "*åhåhå fröken.*"

"Jag måste berätta," sa Madde, "En kompis hade hem ett one-night-stand häromkvällen och hon brukar försöka att få sina ragg att ta ett bad innan de har sex, för att det är fräschare, så de tände lite ljus och badade och hade mysigt, men sen när han tog henne bakifrån inne i badrummet så hade det bara svartnat för henne, hon hade ju druckit och så var det väldigt varmt där inne av badet. Hon kvicknade till snabbt, men killen var lite skärrad."

"Han kommer ju att skriva det i sin CV, att hans kuk kan orsaka medvetslöshet," sa jag.

"Är det inte så för alla," sa Rasmus, "Man halar fram den och hör den där flämtningen."

"Är det där riktigt sant, Madde?" frågade jag.

"Jag behöver glidmedel bara att vara i samma rum som han."

"I de lugnaste vatten," sa jag.

Det fanns många rum i lägenheten på Dragarbrunnsgatan. De sex tjejerna som delade lyan hade varsitt. Festerna som tjejerna höll i brukade betyda att de många rummen allt eftersom under kvällen öppnades med olika prägel och tema.

Rummet närmast ytterdörren var tråkigast som den naturliga garderoben där alla kastade in sina kläder på sängen. Roligast var det lilla rejvrummet i änden av korridoren där man utan bekymmer kunde dansa i åratal.

När vi alla till mans hade tagit igen oss en smula och tillräckligt många hade kommit till festen orkade vi sprida ut oss i lägenheten. Jag fick höra att Jonas var på festen och fann honom i köket. Han är en av lärarstudenterna, som Madde, Malin och Johanna, och en hyfsad gitarrist från Åland. Jonas är en av de goda, en öppen optimist som älskar att skratta, men han har en bipolär flickvän av och till, ibland gör hon slut med ett röstmeddelande och ibland klamrar hon sig fast i honom som om hon inte har någon fallskärm. Man kan aldrig säga något om henne, för man vet aldrig var de står, om man ska hålla med när han trashar henne på förmiddagen eller när han prisar henne på kvällen. Man får vänta tills det är han som gör slut med henne.

Jonas satt i köket med henne. Hon stod bakom honom med armarna tätt slingrade runt hans magra bröstkorg. Han var på väg in i en berättelse.

"Jag gjorde en touchdown här om dagen," sa han, "ni vet, när bajset når ner till vattnet i toaletten innan rumpan klipper av, liksom. Jag hade inte bajsat på flera dagar."

"Jag är så stolt över dig, gubben," sa hans flickvän.

"Jag hade inte kunnat gå på flera dagar, så, jag började bli fundersam. Det kändes inte bubbligt eller så, bara stumt i kistan. Men efter tre dagar... på den tredje dagen, när jag gick in och satt mig föll den liksom ur mig, långsamt utan att jag behövde krysta ens. Den var varken för lös eller för hård. Helt perfekt. När den mötte vattnet hängde den där stilla, fortfarande inuti mig. Jag gråter nu när jag berättar om det för det är det vackraste jag varit med om."

"Jag är så glad att jag är din flickvän."

"När bajset släppte sen, måste det ha varit som när de filmar isbjörnar som dyker ner under polarisen."

56

"Tänk att få göra det i viktlöshet... få släppa ur sig ett sånt bordsben," sa jag, och tänkte att jag hittat ännu en användning för min slogan *den bruna belöningen*.

"Shit, nu vill jag bli astronaut," utbrast Magnus som också satt vid bordet. Han var en kille som folk kände. En blond tunnhårig student som ofta lyckades få ett ord med i laget. Han tyckte att jag var en karaktär och vårdade den lilla legenden som omgav mig, fotade mig på dansgolvet.

Johanna kom in i köket och gick fram till kaffebryggaren.

"Det finns kaffe nu," sa hon till oss, "Vill ni ha något i?"

"Jag tar mitt kaffe som jag har sex," sa jag, "ensam över köksbänken, för att stressa av lite." Johanna tittade uttryckslöst på mig medan grabbarna skrattade. "Svart, tack," lade jag till.

"Det finns koppar i skåpet," sa hon med en kort gest.

Någon satt en gitarr i händerna på Jonas, som krånglade sig ur flickvännens grepp och började finstämma instrumentet. En av Johannas kompisar kom fram till mig.

"Ska du åka till Amsterdam?" frågade hon med händerna på ryggen, vägande lite på tårna, guppande liksom, hävande bysten som en hovdam.

"Ja, jag tänkte dra efter sommaren."

"Hur kommer det sig? Varför Amsterdam?"

"Det är mer ett *varför inte*... Jag känner några där, och jag har ett ställe där jag kan bo några månader om jag vill. Det är den bästa möjligheten jag fått på evigheter. Det finns inget här hemma som slår det i alla fall."

"Vad ska du göra där?"

"Utforska... fortsätta. Alltså, jag vet inte."

Gitarren var redo nu, och den första sången klingade fram. Det är inte en fest förrän det är en visfestival i köket.

"Men Amsterdam, det är ju häftigt," fortsatte hon, "Kommer du röka nått då?"

"When in Rome så går man väl på coffee shop, antar jag."

"Har du något nu?" frågade hon dröjande.

"Neej... jag brukar inte... nej, tyvärr." Jag brukar vara den som ramlar på ett bloss eller två, eller tre på en fest, aldrig den som tar med sig röka. Jag tror inte det är snålhet, och jag vet att det inte gäller betänkligheter, jag har bara inte kontakterna som krävs.

Jonas hade börjat spela en Håkan-låt, och Malin sjöng med, *Det finns en gata,* och så vidare. Jag hoppades att gitarren skulle komma min väg under kvällen. Det är en perfekt sköld, men efter en kort stund tröttnade jag på att vara publik och strosade vidare. Jag gick in och satte mig på golvet bredvid Madde. Hon höll på att förklara något för stekarna.

"Man börjar på 001 och sen ska man ta dom i ordning, 002, 003." "Nej, det ska vara i rätt ordning och man måste se dom själv." "Ja, det är väl en hederssak, man vet ju med sig själv om man har tagit ett nummer eller inte."

"Vad ska du ta för nummer," frågade jag Madde.

"526."

"Tog du något idag?"

"Inte ett enda."

"Jag är imponerad över dig Madde."

"Jaså... vad är det då?"

"Så här dags förra året hade du gått vilse på gågatan, ringt ett klassiskt samtal till dina föräldrar och sen gått hem och däckat."

"Usch, tala inte om det... det året var hemskt."

"Ringde du till dina föräldrar," frågade Johanna förskräckt.

"Min pappa ringde... jag sa sen till honom att han inte kan ringa på sista april om han inte vill höra mig sån."

"Vart var det du hade trott att du var när ni kom ut från *Kebab House?*"

"Jag trodde att jag var i Tunabackar på något western ställe, och så kommer jag ut mitt på gågatan och ser Åhlens framför mig istället... det var liksom bara för mycket."

"Synatx error, ba," sa jag.

"Rasmus," sa Madde som kom på något, "berätta vad dom har på den där krogen i Sandviken."

"Poppers for friends... Det är liksom en snackstallrik."

"Poppers for friends... på allvar!" sa jag, "Vi måste ta Poppers for friends när jag kommer till Sandviken. Det är det mest gaya jag har hört på hela dagen. Helt galet gay!"

"Vad är det näst gayaste du hört idag," undrade Rasmus.

*"Ursäkta, nu kom det sperma i din mustasch,* och det kommer ändå efter *Poppers for friends."*

Många av de som kom till festen nu bar på påsar med hämtmat i. Jag och Saga hade inte något att äta, och hade inte ätit på hela dagen så vi beslöt oss för att gå en sväng till affären. Vi hittade Finn i soffan i vardagsrummet med stekarna. Han ville inte följa med till affären, men hade en lång beställning på vad han ville att vi skulle köpa. "Har du några pengar?" frågade Saga. Han skakade surt på huvudet. "Vi är snart tillbaka," sa Saga kort och så gick vi.

Ensam med Saga, arm i arm ovanför allt annat; det här är vad jag vill ha, allt jag någonsin önskat mig.

Vi kom ut på s:t Olofsgatan och gick österut mot Kvarnen borta vid Vaksala torg. Vi tyckte inte att det var värt att försöka handla direkt i centrum, och jag hade inget emot att dra ut på vår promenad så långt det gick. Fåglarna sjöng i lindarna, och björkarna på andra sidan järnvägen skimrade redan i ljusgrönt. Saga tog min arm och pressade sig mot mig.

"Det är så skönt att vara tillbaka i Uppsala," kvittrade hon, "du vet inte hur det har varit i Uddevalla... Finn och hans kompisar är så unga." *Så här kommer Nederländerna att bli,* tänkte jag lyckligt.

Gatorna och trottoarerna var dåligt sopade efter vintern och rullande grus låg kvar. Sandvirvlar drev i den ljumma vinden på parkeringen längs järnvägen.

"Nere i Leiden har väl träden slagit ut," sa jag.

"Dom ligger en månad före oss ungefär," sa Saga.

"Ja, när jag kom ner och hälsade på då i maj hade ju syrenerna slagit ut, kommer jag ihåg."

59

Vi svängde in på den 70-talsskumma s:t Persgatan. Det är en smal gata som blivit en gågata. Det går en cykelväg i mitten som är kantad av träd på varje sida, som vuxit sig större än stadsplaneringen en gång måste menat. Det är mörkt den här biten av gatan från järnvägsövergången till Kvarnen. Stora flockar av kajor övernattar dessutom i alléerna här. När deras bajs tinar på våren stinker området av ren ammoniak. Inne på gallerian Kvarnen finns det ett Systembolag, så på de flesta bänkarna på den mörka stinkande gatan sitter mängder av alkisar och fördriver sin rödnästa, blåtirade tid.

Arm i arm gick vi in på Kvarnen, som ett socialt oberört viktorianskt par.

"Där låg ett *Stor & Liten* förr," sa jag och pekade mot ett hörn i gallerian mitt emot ICA. "Nu är det en spelbutik där. Jag minns leksaksaffären som mycket större. Jag fick min Commodore 64 därifrån. Det var hit man åkte för att köpa dataspel. Jag köpte min Tac 2 joystick där. Jag hade fått lite födelsedagspengar."

Vi gick in på affären och jag tog en röd kundkorg.

"Jag vill ta några äpplen," sa Saga, "Vad ska vi ta och äta?"

"Ska vi köpa till mackor... det blir kanske lättast."

"Du får välja," sa hon.

"Är grabbarna också vegetarianer?"

"Nej, inte Finn i alla fall."

Vi plockade snabbt ihop smörgåsmaten och brödet. Vi var hungriga så vi fyllde korgen lite väl vidlyftigt. Mozzarella och pesto till humanisterna och gårdsrökt sotarskinka åt rovdjuren. Vi skred fram mellan butikshyllorna i vår ömsesidiga dans och fantastiska sammanhållning. Vi betalade, jag tror att det var jag som betalade. Vi gick ut från Kvarnen mot Vaksala Torg, inte den väg vi kommit. Det här var mer en paradväg, en boulevard, om någon sådan finns i Uppsala.

"Hur ser Moas lägenhet ut," sa jag och ledde in samtalet på vår framtid, och hennes systers boende, som storsint skulle upplåtas under hösten åt oss.

"Hon har flyttat," började Saga, "Hon bor inte i korridoren längre. Hon har en stor etta, med sovalkov och eget kök, man delar dusch och toalett med två andra. Den har en balkong också, liksom, inåt gården."

"Finns det plats i alkoven för två, eller tar jag soffan?"

"Hon har en dubbelsäng." Hon tystnade och i den pausen verkade hon ta sats. "Jag kommer inte att följa med." Hon måste ha bestämt att förklara det här för mig på den här dagen, och övat in det hon ville få sagt.

"Jag kan inte åka med dig till Leiden längre. Jag är med Finn nu och jag vill att det ska funka. Jag har redan varit där, klarat mig själv utomlands, det är inte vad jag vill nu. Jag behöver vara med Finn här hemma. Jag tycker att du ska åka, för din egen skull. Åk och ha kul, det kommer att gå bra."

"Tänker du inte åka med?" Sa jag som en osäker liten pojke.

"Nej, jag vill inte åka," sa hon bestämt för att inte lämna några tvivel. Jag kände mig lurad på kärnpunkten av äventyret och kunde inte säga något på en lång stund.

"Moa sa att de ska öppna ett nytt IKEA utanför Leiden snart, du kanske kunde få något jobb där, för att börja någonstans." Hon kramade min arm där vi gick längs Vaksalagatan, "Em, det kommer att bli bra. Det kommer att bli bra för dig att göra det."

Vi gick där på den ljusa gatan, där man kan se ända upp till Carolina Rediviva där festen i stort sett brunnit ut, och solen höll på att gå ner. Det var en livlig scen, en uppsluppen tillställning omkring oss på torget och på gatan. Berusning i en glad stämning, bland människor som är på väg. Kvällen tog sin början i Uppsala den Sista April.

"Hur är det, Em?"

"Det är ok... jag hade ju hoppats, men nu blev det inte så."

"Jag gjorde det, det kommer att gå bra för dig med."

Jag kände mig tillintetgjord och bedövad av hennes besked, men jag visste också att jag inte kunde visa mig sårad och få behålla henne nära. Allt är underbart så länge jag inte låter det bekomma mig. En gång när vi hade gått igenom en väldigt intensiv period av ömsesidigt beroende, som båda mådde dåligt av och hon hade sinnesnärvaron att ta ett steg tillbaka, och utan åthävor förklara att vi behövde vara ifrån varandra ett tag, gjorde jag misstaget att reagera starkt känslomässigt på vad jag uppfattade som ett grymt avvisande, och jag grät okontrollerat tills hon arg lämnade mig i en trappuppgång och vi sågs inte på månader. Jag trodde länge att jag helt förlorat henne. Sen när vi trots allt hittat tillbaka till varandra tog jag allt hon ville, och allt alla andra flickor sa, med en oblandad entusiasm och lyhörd välvilja utan att röra en fena. Det var tills den här situationen utanför Kvarnen, när hon berättade att hon inte ville följa med till Nederländerna. Det var svårt att dölja besvikelsen. Vad fan ska jag göra nu? Nu hade mattan ryckts bort från under mina fötter och jag har ingen kattlik grace som kan rädda mig. Utan understöd är det helt osannolikt att jag skulle klara mig i ett främmande land. Det är osannolikt att jag ens tar mig fram på hemmaplan utan att någon håller mig i handen. Jag är oförmögen att fungera i ett samhälle, de enklaste kraven paralyserar mig. Jag skulle gå och tyna bort under närmaste gran om jag skulle vara tvungen skapa min tillvaro utan att någon pekade med hela handen.

"Det är ok," hör jag mig säga, "Jag ska nog fixa det." Hon släppte plötsligt min arm och utbrast i ett förvånat och livfullt, "Hej!" Hon gick fram till en kille med en stor ryggsäck på ryggen som kom ifrån nerifrån stan. Han verkade först inte riktigt känna igen Saga. "Jag har inte sett dig sen Moa och jag jobbade på Orvars."

"Ja," sa han lättad över att ha fått den förlösande ledtråden till vem den här tjejen var, "Det var länge sen."

"Du har verkligen gått ner i vikt," sa Saga.

"Det blir väl så... Linda lämnade mig... behövde nått att göra."

"Du ser jättebra ut... men tråkigt med Linda."

62

"Hur är det med Moa nu för tiden?"

"Hon har sin forskartjänst i Nederländerna, hon blev kvar där, men hon trivs."

"Kul... kul att ses, men jag ska röra mig vidare... Glad Valborg." Saga kramade honom men kunde inte få armarna om ryggsäcken. Han kramade tillbaka med en arm och skyndade iväg utan att vända sig om. Saga pratade på om hur tjock han hade varit, hur länge sen det var de hade setts, men jag hörde inte på, var inte intresserad. Saga gick och småpratade om olika lättsamheter, som om inget hänt, allting var som vanligt och jag svarade fåordigt men aldrig ovänligt. Arm i arm gick vi snabbt tillbaka till Malins fest.

"Du känns lite nere, Em," sa Saga försiktigt när vi närmade oss slutet på Dragarbrunnsgatan.

"Jag är bara hungrig," sa jag, "Det ska sitta fint med en macka nu."

## 5.

Saga och jag släppte in oss själva hemma hos Malin. Vi gick direkt till köket och började dukade fram vår smörgåsmiddag med det samma. Visfestivalen var överstånden och det var få personer överhuvudtaget i köksregionen. Man kunde höra musik från den stora salongen, samma Stekarurval som tidigare. Jag var trött nu, less på hela upplägget. Helst hade jag nog gått iväg själv och kollat på en film, men man får inte låta påskina att något dämpat ens humör. Jag sysselsatte mig istället med min matiga ciabatta, mozzarellan och peston. Jag genomförde alla nödvändiga operationer med en vanlig enkel bordskniv. Skära upp brödet, breda ut pesto och se brödet suga i sig den gröna oljan, och skära upp tjocka skivor av den vita osten. Jag var verkligen hungrig, det var inte bara en sorts ursäkt för min dova förstämning. Ingen såg på så jag tog ett glas vin från en öppnad flaska på köksbordet. *Bröd och vin, och nog är det en cirkus,* tänkte jag.

Saga hade gått iväg för att hämta Finn och Johnny. Nu hörde jag någon uppståndelse, arga röster ute i den långa korridoren. Johanna kom bestämt in i köket, tätt följd av Saga och Finn, Johnny kom långsamt efter.

"Det spelar ingen roll," sa Johanna med hög upprörd röst, "Han ska ut härifrån!"

"Men vad är det han har gjort," undrade Saga lågt.

"Du får väl fråga honom!"

Jag tuggade hastigt ur munnen och torkade bort lite mjöl från mitt ansikte med baksidan av handen och frågade,

"Johanna, vad är det?"

"Vad skulle ni ha hit en sån idiot för," sa hon ilsket, men så lugnade hon sig och sa, "Du behöver inte gå, Em, men han där," hon pekade på Finn, "Han ska härifrån." Hon gav honom det onda ögat.

"Jag skiter i det här," sa Finn, "Dom är ju helt jävla dumma i huvet här."

"Alltså, jag ringer polisen om du inte går nu!" skrek Johanna. Saga och Johnny ställde sig mellan Finn och Johanna. Finn började vingligt, osäkert leta efter sina skor i hallen bakom dem.

"Vi ska gå," sa jag och reste mig, "det är lugnt Johanna."

"Du behöver inte gå, det är inte ditt fel."

"Det är lugnt," sa jag och kramade om henne, "vi reder ut det här någon annanstans. Vi får höras sen."

Saga fick på den berusade Finn jackan och schasade ut honom genom dörren. Han sprang ut på gården och skrek lite osammanhängande. Malin kom ut i hallen och såg att jag var på utgående.

"Ska du gå, Em?" undrade hon förvånat.

"Jag vet inte vad som hände, men vi är tydligen alldeles för fulla för Uppsala," sa jag skrattande, "Jag tog ett glas vin i köket och Johanna ringde snuten!"

"Nej, så var det inte!" utbrast Johanna när Malin förebrående såg på henne.

"Nej," sa jag, " en av pojkarna jag tog med verkar vara en idiot, inte mycket att göra. Vi ses!" Jag lämnade scenen åt vänster.

Nu var vi plötsligt ute på gatan, utkastade, jag hade aldrig blivit utslängd från en fest förr. Jag kände mig trots allt lite mer upprymd nu än för stund sen. Det är en bra *Bad Boy* grej att göra, att lämna en fest i tumult. Det är ett spel för damerna.

Finn var riktigt arg. Han stormade iväg ut mot s:t Olofsgatan med ryckiga gester och hotfulla åtbörder mot ingen alls. Han satte av åt fel håll, mot ån, som var fel håll om vi hade haft någon plan. Vi försökte bara hålla jämna steg.

"Vad var det som hände där borta?" frågade jag Saga.

"Han började tjafsa med dom där tjejerna, jag vet inte vad det var. Han har druckit för mycket, det går inte." sa Saga sammanbitet.

"Jag var inte där," sa Johnny sävligt, "Jag vet inte. Det är Finn liksom, bara."

Finn svängde turligt nog in på gågatan och vi hann ikapp honom.

"Du måste lugna dig lite nu, Finn," sa Saga. Han svor och fäktade med armarna, men han verkade kom ner lite på jorden igen. Saga gjorde inget mer för att stävja honom, och det var väl inte hennes uppgift heller. Johnny gick tyst några steg bakom oss. Jag gick mest och undrade vad tusan som pågick. Borta vid s:t Pers gallerian stod en korvgubbe. Finn vände sig till oss, "Alltså, jag är ashungrig." Saga drog fram en hundring ur byxfickan och gav honom utan ett ord. Hon såg knappt på honom. Finn gick upp till ståndet och köpte två med bröd. Johnny tog fram två öl ur sin ryggsäck och gav en till Finn och fick en korv tillbaka.

"Men drick inte mer nu," väste Saga. Grabbarna tryckte snabbt i sig korven och köpte varsin till. Saga och jag stod tysta och väntade på att dem skulle bli färdiga.

"Finn, kan du lyssna," sa Saga plågat. Han stod och vaggade lite fram och tillbaka och till och med jag kunde se hur berusad han verkligen var. "Vi går hem nu," sa hon bestämt. "Men..." började han innan hon avbröt honom. "Har du inte gjort tillräckligt tycker du," sen vände hon sig till mig och frågade, "Kan vi gå hem till dig och sova nu."

"Ja, men det är ju en bit att gå."

"Då kanske dom här två nyktrar till lite."

Johnny ryckte bara på axlarna.

66

Så Sista April i Uppsala var över för Saga och grabbarna från Uddevalla. Det återstod bara att ta sig till Årstagatan och sova ruset av sig innan de kunde ta bilen tillbaka till västkusten. Vi satte av österut mot Salabacke. Finn körde ner händerna i jackans fickor och gick surande bredvid Saga.

Jag försökte få rätsida på vad som hade hänt. De andra verkade ordlöst acceptera det som hänt hos Malin, att det var något som inte behövde redas ut. Saga hade varit i min lägenhet förr, det var inte nödvändigt för mig att följa dem hem. Jag hade kunnat bara ge dem nyckeln och sen letat reda på Maja. Planen var ju att Saga och grabbarna skulle sova i min lägenhet, och att jag skulle sova hos Maja. Det fanns ingen god anledning att gå med dem hela vägen ut till Brantan, vilket var helt fel håll för mig den här kvällen. Men jag gick med dem. Mörkret hade lagt sig. Alla omkring oss verkade valla en eller flera som druckit för mycket, och bara behövde komma i säng. Den festliga stämningen var nära nog bortblåst. Alla ville bara komma ifrån folk innan kvällen blev värre.

I höjd med Vaksala Torg försökte jag få kontakt med Finn.

"Vad var det som hände där borta på festen?" frågade jag.

"Dom började bråka om att jag skulle gå ut," sa han.

"Ja, men varför?"

"Jag tror att det var nån som skulle byta om eller nått."

"Och då ville dom att du skulle gå ut ur rummet, eller?"

"Ja, jag visste inte att det var någon som var där, liksom."

"Så, du var hemma hos någon på en fest, gick in i ett rum där en tjej skulle byta om, och kan inte gå därifrån utan att bråka om det?"

"Nej, jag var där, satt på sängen, och väntade på er, hade tröttnat på dom där rika jävlarna, och så kom dom in och börja tjafsa, ut, ut, ut bara."

"Men du kan väl inte gå på en fest hemma hos någon och bli störd av att det bor folk där."

"Jag ville bara vara i fred."

"Ja, men det var ju hennes rum, och så skulle hon byta om,

67

bad dig att gå ut."

"Hon var så jävla dryg."

"Så jag blev utkastad från en fest, som sex singeltjejer har på sista april, för att du inte kan hantera att det bor folk där." Jag började härskna till ordentligt på anledningen till att jag var på väg hem med en jävla 19-åring istället för att festa med mina vänner och deras attraktiva kursare.

"Vad är det för jävla fel på dig?" utbrast jag irriterat, "Här hade jag kunnat fått allt jag ville ha ikväll, men så freakar du ut och får oss utkastade, jävla idiot!" Finn stannade tvärt och vände sig mot mig och skrek, "Vad tänker du göra!" och sen, "Kom då!" Saga och Johnny kastade sig in emellan oss och försökte hålla tillbaka Finn. Han rallarsvingade mot mig, helt utan kontroll. Tursamt nog drog jag mig tillbaka i tid, vek undan. Jag skulle vilja säga att jag med min kattlika smidighet bara duckade för hans slag men jag har ingen aning om hur man slåss, eller ska reagera i ett gatuslagsmål. Hans slag missade mig i stort sett. Jag kände hans knogar stryka högt uppe på min panna. Jag såg på hur de drog bort Finn som skrek åt mig alldeles röd i ansiktet. Han sträckte sina knutna nävar mot mig. Saga höll fast honom själv och röt, "Nu räcker det, Finn!" Jag bara stod där utan att göra någonting, jag sa inget hårt, antog ingen stridsställning, som tranan i *Karate kid* eller vad som helst. När Finn väl slutat veva med armarna låg det ett kusligt lugn över platsen. Vi stod utanför en av ingångarna till Kvarnen. Där Saga och jag tidigare kommit ut med vår matkasse. Jag såg tvivlande på Saga och hon mötte min blick med ett sårat djup. Jag skakade på huvudet och kunde inte tro det, *är det den här du väljer framför mig.* Slagen vid den östra porten.

"Du kan inte ge dig på folk, Finn," grälade Saga. Finn körde surt ner händerna i jackans fickor och började gå igen.

"Så, låt honom bara va," sa Johnny obesvärat.

Vi fortsatte hemåt i den grå kvällen. Dagens värme var död i rymden. Jag drog min jacka tätare om mig och stack också händerna djupt i fickorna. Jag tänkte på Barcelona, Miros mysterier, den ofärdiga katedralen. Det här är bara ett sätt att göra sig färdig med Uppsala.

Vi begav oss ytterligare österut på Hjalmar Brantings gata.

"Gick det bra," vände sig Saga försiktigt till mig.

"Det är lugnt," sa jag illa övertygande, men jag menade det.

"Vi kan sova i bilen om du inte vill ha oss hemma hos dig."

"Nej, det är väl dumt," sa jag, "Jag sover ju i Flogsta."

Vi kom hem till Årstagatan utan incidenter. Finn och Johnny hade gått och småpratat och skrattat sista biten. De hämtade en väska i bilen som stod parkerad på gatan utanför Brantings-skolan, och så tog vi trapporna upp till min lilla cell. När jag släppte in dem hann jag inte stänga dörren förrän de hade gått ända in och vänt, och bara stod i vardagssovrummet med en klaustrofobisk obekvämhet.

"Det var inte stort," sa Johnny.

"Vi får ta sängen," sa Saga till Finn, och han klädde raskt av sig alla kläder och kröp ner under täcket, sen satt han sig upp med täcket över halva kroppen och började lägga in snus, det föll en del snus på täcket men han märkte det inte eller brydde sig inte.

Johnny sparkade av sig skorna och lade sig på en obäddad madrass på golvet, som jag tagit fram, med ytterkläderna fortfarande på, jag hade inte sett honom utan keps på hela dagen. Han såg faktiskt ut som om ett epagarage hade kräkts på honom när jag tänker på det. Jag tog fram lakan, täcke och kudde och visade honom, men han rörde sig inte så jag la sängkläderna på en stol närmast honom. Han hade slagit på TV:n och var letargiskt limmad vid rutan

Jag gick in på toaletten och tömde blåsan, och tänkte att det här är det mest tillfredsställande på hela kvällen. När jag kom tillbaka ut hörde jag Johnny säga, "Vad smutsigt det är här."

"Ni ska vara glada att vi har någonstans att sova efter hur ni beter er," fräste Saga åt honom.

Jag satt mig på en pall i hörnet och tog in den hemska tablån. Jag kände mig förverkad, som för lite smör som bretts för tunt på för mycket bröd.

"Vad ska du göra nu?" frågade Saga mig.

"Jag ska väl gå ner på stan igen, leta rätt på Maja, så jag får nånstans att sova." Men jag reste mig inte och gick. Jag var för tung, och jag ville väl försäkra mig om att Finn inte skulle löpa amok så fort jag stängde dörren. Han satt ihopsäckad i sängen som om all luft gått ur honom. Han bara stirrade dumt, uttryckslöst framför sig. Han såg inte ens på TV:n. Han svarade knappt när Saga pratade med honom. Han såg ut som en valp som försöker att inte låtsas om att den varit olydig. Hans huvud gungade lite ledlöst från sida till sida. Inte verkade han vara något stort hot mot sin omvärld. Jag reste mig långsamt och utdraget för att gå.

"Vi tänkte försöka komma iväg så tidigt som möjligt imorgon," sa Saga.

"Här är nyckeln," sa jag, "lägg den i brevinkastet bara när ni går."

"Tack, Em, och förlåt." sa hon tyst.

"Oroa dig inte, ring om det är nått." Jag kramade om henne hårt i den lilla kökshallen och sa, "Du vet att jag älskar dig."

Ensam i den grå natten, började jag gå tillbaka mot centrum. Jag fiskade fram min Nokia ur byxorna och messade Maja att jag var på väg. *Undrade just. Möts vid smålands gubbe,* kom till svars nästa utan fördröjning. Jag körde ner huvudet och ångade på.

Jag fick höra efter ett par dagar när jag pratade i telefon med Saga att Finn hade slocknat kort efter jag hade gått men Johnny hade varit vaken hela natten, han hade legat och kollat på TV, fullt påklädd som om det var en brandövning. På morgonen när de släpat sig ut till bilen hade dem upptäckt att bakrutan var krossad. Finn hade trott att det varit jag som gjort det efter att jag lämnat dem uppe i lägenheten, men Saga hade sagt att jag aldrig skulle göra så. På festen som vi hade blivit utkastade från var de övertygade om att vi hade gått på något, fick jag veta långt senare av Malin. Någon hade tydligen hittat en kanyl ute på gården efter att vi hade gått och så började ryktet surra. Jag tror inte att Finn hade tagit något, men säker kan jag ju inte vara.

Det jag tror hände var att Finn inte kan hantera alkohol, han befann sig i en främmande stad, bland främmande människor som gjorde för honom främmande saker, hans flickvän, som var hans enda ingång till ställets koder, gick iväg med någon kille och var borta oroväckande länge. Han reagerade starkt på den utsattheten och alkoholen.

Jag för min del lade besvikelserna på hög och började få svårt att se över dem vid det här laget. Finn var min nesligaste överman någonsin. Hur jag ville ge mig av från den plats där en som Finn vinner. Det är ett tydligt symptom att jag uppfattade att det var Finn som på något vis hade vunnit.

Jag kom ut på Årstagatan. Det kändes kallt i själen. Solen måste i sin helhet ha gått ner från världen. Nu började klockan närma sig nio på kvällen, bara tolv timmar sen jag först begav mig ut. Många drömmar sam runt i tankarna, hur jag skulle åka till Amsterdam och sen börja driva omkring i Europa. Vakna en morgon mot en varm mur nere vid havet i Barcelona, men den bilden kommer väl från Jean Genets *Tjuvens dagbok*. Jag skulle dansa runt på vågorna som den berusade båten. Det skulle vara tillräckligt. Men jag skulle vara tvungen att ge mig ut själv. Saga hade valt Finn och Uddevalla framför mig, grusat mina drömmar, för jag vet ju med mig själv att jag inte kommer till skott på egen hand. Den entusiasm jag känt inför det stundande äventyret hade helt förvandlats till hopplös osäkerhet, vilket med största säkerhet innebär att jag aldrig kommer att komma iväg. Om jag bara kunde bli älskad i en dag av mitt liv skulle jag kunna sätta en fot framför den andra och komma någonstans, göra något av mitt liv. Det finns ingen kraft i mitt återhållna liv, bara väggar och dörrar som stängs.

71

## 6.

Vid Smålandsnation var det mycket folk. En stor ansamling studenter på den breda trappan som från s:t Olofsgatan leder upp på nationens innergård sjöng och trummade på kravallstaketet. Det var ingen upprörd stämning alls, alla verkade ha rasande kul, en skön energi att råka i det mörka sinnelaget jag befann mig i. Det var inte förvånande att det var Maja och några av hennes kursare från Engelskan som startat en spontan rap-session på trappen. Alla fick vara ett human beat-box fenomen för en kväll. Vakterna tittade då och då runt hörnet för att se att gruppen inte höll på att riva avspärrningarna. Musiken var i avtagande när jag dök upp, men alla där var övertygade om att de varit med om något betydelsefullt, och ingen ville att det skulle vara över. Där var Laylah den vackra persiska maratonlöperskan, och där var Markus den vackre kitesurfaren som båda var några av Majas kursare.

"Där har vi ju gubbe," sa Maja som fick syn på mig, "Varför tomhänt?"

"Jag har förlorat allt," sa jag och ryckte på axlarna. Jag såg på maratonlöperskan, "Jag trodde inte att du drack," och avsåg ölen i hennes hand.

"Jag har ju redan sprungit, så nu tar jag igen förlorad tid."

"Vi ska röra oss, Maja," sa den utmejslade kitesurfaren.

"Ja, vi ses på tisdag," sa Maja. Hon såg extatisk ut av festen och de stora uttrycken. Det gör mig alltid upprymd att se.

72

”Vad höll ni på med?” frågade jag.

”Du skulle ha sett, Laylah kör tjejtaxi extra och hon pratade en massa om hur bra det är, att vi skulle sprida det till alla vi känner och gjorde en massa reklam och så, och så började hon sjunga en jingel liksom, om tjejtaxi, då kom det andra och fyllde i och så började andra rappa, freestyla och slå på räcket här. Jag är så lycklig!”

Hon var ner i sin ryggsäck och fick upp två öl, två Gambrinos till och med.

”Jag trodde att dom här var slut,” sa jag.

”Jag har sparat på dom. Var har du varit?”

”Jag var tvungen att gå hem en sväng med Saga och dom, men nu är det fest igen.”

”Var dom trötta?”

”Finn var rejält dragen, kunde inte vara bland folk.”

”Var ni till Malin?”

”Ja, vi gick runt lite först och sen gick vi till Malin.”

”Det sägs att det ska bli fest här uppe,” sa Maja och menade huset mitt emot själva nationen inne på gården, ”i någon korridor.”

”Om du säger det... väntar vi?”

”Vi får se vad som händer.”

Trots att Majas kursare gått var det väldigt mycket folk i farten. Det kändes bra att vara på insidan igen och inte bara gå runt och titta på nationsvärlden. Det var inte så många ansikten jag kände igen, Smålands var inte ett av mina vanliga ställen, men jag såg ett Uppsalagäng som vi kallar Hårgänget. Där fanns några Nikki Six frisyrer, BauHaus hår a la Peter Murphy och Daniel Ash, och några spretiga, mångfärgade kreationer som jag inte kunde identifiera men som inte var mindre iögonfallande. Jag trodde att åtminstone hälften av dem var i Berlin, eller Frans i alla fall.

”Och jag som var på väg ner,” sa jag till Maja, ”Nu känns det bättre.”

”Bra gubbe!”

"Vi blev utkastade från festen hos Malin," sa jag och skruvade på mig.

"Va, vad hände!" sa Maja storögt.

"Jag och Saga hade gått för att handla, och när Finn var ensam gick han in i Johannas rum, som just skulle byta om. Hon bad honom gå och han fattade inte, det blev bråk och vi fick gå."

"Det måste ju ha varit nått mer."

"Kanske, men jag lyckades inte få fram mer. Johanna var inte sur på mig, men jag gick för Sagas skull."

"Och nu är dom hemma hos dig?"

"Han flög på mig... på vägen hem."

"Vem... Finn... flög på."

"Jag kan ha klagat på hur han fick oss utkastad från en rolig fest."

"Och..."

"Han började skrika och svinga... han var jävligt dragen."

"Och nu är han hemma hos dig?"

"Jag tror att han hade lugnat sig."

"Slog han dig?"

"Han försökte, men Saga och hans kompis höll i honom."

"Vicken gålning!" (Maja uttalade det med å, för att ge eftertryck.)

Det visade sig att vi inte väntade på något särskilt där utanför Smålands. Det var mer som ett inofficiellt insläpp, för plötsligt började vi strömma in i huset med den förmodade festen.

"Vem känner vi här?" undrade jag.

"Ingen, och ingen känner oss," sa Maja hemlighetsfullt.

"Kraschar vi?"

"Så dramatisk liten gubbe... det är en fest som vi går på."

Vi kom snart till den våning de flesta verkade vara på väg till. Dörrarna öppnades och ställdes upp. Musik spelade i köket. *Där vi är från sjunger fåglarna en munter sång och det är det alltid musik i luften.* Det var fullt med folk i den mörka

74

korridoren, som oblygt minglade. Här och där vajade en Hårgängsplym i massan.

Den skumma belysningen och min allmänna utmattning gjorde att min nedstämdhet tilltog i kraft. Jag bara stod där med min tjeckiska öl och kände mig avskärmad. Maja stod mer och tog in scenen med ett upprymt öga. Främlingar och halvmörker utgör ett särskilt stiliserat skådespel. Människor som är så här berusade gör sällan de miner de avser, är aldrig så tvärsäkert uttrycksfulla som de tror. Det var många tvetydiga ansikten på Smålands den här kvällen. Jag stördes mer av maskerna än något annat. Här fanns det bara gudar och ingen kör.

Jag såg en blond tjej, som jag kopplade samman med Saga, en gest eller kanske en doft. Hon stod med en konstig kille med glansig blick och stora tänder. *Det här är min kusin, men ser hon inte nästan precis ut som Laura Palmer.*

"Hur är det, Em?" undrade Maja och puffade på mig.

"Det är Saga," sa jag, "Hon säger att hon inte kommer med till Nederländerna i höst."

"Det är ju tråkigt förstås, men vad gör det."

"Vi vet ju båda två att jag inte kommer att komma iväg själv. Jag är så satans värdelös."

"Gubbe då, men kan du fortfarande bo i hennes systers hus."

"Det antar jag... har inte tänkt på det. Jo, det måste jag väl."

"Du kanske ska prata med henne, inte bara med Saga."

"Det kommer att bli helt annorlunda nu," gnällde jag.

"Skulle hon ha tagit hand om dig då."

"Nej, men det hade varit bättre... lättare."

"Åh, så svårt... stanna hemma då."

"Jag vill åka med henne."

"Är du käär i henne eller."

Jag tog argt en mun öl och blängde surt omkring mig. Maja gjorde en liten *dance,* (med brittiskt uttal) och var med i musiken. Det var otroligt, och passande, nog *Buzzcocks,* har du någonsin förälskat dig i någon du inte borde förälska dig i. *Har jag någonsin fallit för någon som jag borde falla för,* funderade jag olyckligt.

*Jag kommer aldrig att komma ifrån det här förbannade tillståndet.*

Det här förvirrade mörkret där det inte finns några sittplatser, där musiken är för hög för att man ska kunna prata normalt, kan beskrivas som en social trängsel. Man står vänd mot en eller flera vänner, ju fler desto oformligare och mindre hanterbart. Den större cirkeln kollapsar alltid av golvets yttre tryck. Om man bara är två i det kaoset, komprimeras man till en ordlös massa som söker ögonkontakt med främlingar.

Vi tröttnade på att stå i den mörka korridoren och började med en tyst överensstämmelse att leta efter ett mörkt rum att slå oss ner i. Många av de som hängt i hallen och köket verkade nu slinka undan i de öppna studentrummen. Jag och Maja rörde oss långsamt längre in i korridorens dunkel. Vi var in i ett rum där en syster bodde, och vi, hälsade på hos en bror, och vi, gick nedför hallen. Vi kom till slut till ett tomt nedsläckt rum, som ändå var öppet, där vi trött slog oss ner på en syntetisk matta, en sån som man bränner sig på när man är liten och ramlar. Några ur Hårgänget såg oss gå in och följde med. De verkade inte känna någon här heller.

Rummet var välordnat och sparsamt möblerat. Det fanns frilagda ytor, vilket jag aldrig förstått hur man bär sig åt för att få. Ett skrivbord utan något på, är en sorts vansinne som är helt obegriplig för mig. Står den här människan bara i ett hörn och inte har astma. Det här är någons mormors studentrum.

De ur Hårgänget som följt med oss in stod i stark kontrast till den anala ordningen i rummet. Det här var sleazerockens främsta företrädare i Uppsala och genuint dåligt sällskap. Slitna pojkar med färgat tuperat hår och fläckiga bandtröjor, rivna tajta jeans och bandanas knutna om armar eller ben. En annan grej med dem är att de tar plats. De kom inklivande och

76

föll ihop på sängen som på en gång tappade sin militäriska strikthet. En av dem tände en cigarett, tio år efter att den siste ostraffat rökte inomhus, men han bolmade ogenerat på.

Maja kände grabbarna bättre än jag, men de var för fulla för att kunna bry sig om att göra sig förstådda av folk utanför deras egna lilla odrägliga sfär. Vi satt i mörkret på mattan och lyssnade på deras högljudda utbrott. Deras kaos av delvis tomma ölburkar och fimpar fortplantade sig i rummet som ringar på vattnet. Jag och Maja försökte hålla oss utanför det rena vanhelgandet av mormors studentrum, men det blev mer och mer ohållbart. *Jag kommer att bli utkastad från den här festen också,* tänkte jag för mig själv. Jag förstår inte vad det är för skillnad på mig och djuren i sängen. Varför jag självmedveten sitter på mattan och är besvärad av deras utlevelse istället för att ge mig hän och festa. Jag vill inte ställa mig upp och hoppa i sängen, men jag vill ju åka till Amsterdam. Det enda problemet som finns är när man gör något annat än det man egentligen vill. Jag sa till en god vän som sa att han rökte för mycket marijuana, att det bara var ett problem om han rökte istället för att göra något annat som han ville göra, och tragiskt nog kunde han inte säga nått som han hellre skulle göra. Det fanns gott om saker han borde göra, men ytterst litet han egentligen ville göra.

Det är inte de många drömmarnas kamp som är viktig här i livet. Det är inte våra avsikter eller andra bedrägerier det kommer an på. Det som är viktigt är huruvida vi vill det vi gör. Vad är omständigheter och vad är vilja i våra korta liv?

Åk till Amsterdam.


Vi gav snart upp på mormors studentrum, lämnade det åt sitt öde och Mötley Crües ungdomsförbund. *Boys Boys Boys.*

"Har farbror druckit upp sin öl?" Frågade Maja, och jag bekräftade med en nick, varpå hon halade upp en flaska Törley Gala ur ryggsäcken, den absolut sista vi hade. Maja skalade av folien och sköt av korken utan ceremonier, men vi skålade högtidligt i plastmuggar. Frans, som var en kortklippt New-Wave del av Hårgänget, följde ljudet av skumpa och hittade mig och Maja i den mörka Korridoren. Han fick en kopp bubbel och strålade. Frans är en duktig musiker och är extremt inlyssnad.

"Jag trodde du var i Berlin," sa jag.

"Jag kom precis därifrån, kan du Berlin?"

"Nej, jag är inte nazist."

"Jag träffa en som inte var nazist vid Alexander platz häromdagen, så det går bra ändå." Frans fick syn på fler personer han kände och övergav replikskiftet vi hade utan punkt, men så vände han sig plötsligt mot mig och sa, "This is Larry," och menade den skumma killen jag sett tidigare med glansig blick och stora tänder. Larry sträckte fram handen och hälsade på bruten svenska. Larry var märkbart påverkad. Han hade en oroväckande blick i sina glansig ögon genom hans kraftiga glasögon, och hans ansträngda leende var mer att läpparna hade retirerat från hans tänder. Han hade munnen öppen och käkarna arbetade svagt i sidled när han inte pratade. Han såg ut som en 30-årig Allen Ginsberg, och det var enda anledningen till att jag inte sprang därifrån.

"Du tycker om den bubbly, huh?" sa Larry och såg intensivt på det sprudlande urinprovet jag hade i handen. "Har ni festen ofta, huh?" fortsatte han svårförståeligt, som om han trodde att det var jag som hade festen här. "Ni kanske kan bjuder mig nästa festen ni har, huh?" sa han som en illa förställd rymdvarelse på uppdrag bland människorna.

"Larry, come on, man, lets go!" ropade Frans innan jag hann svara på hans vansinniga fiskande efter att få vara med. Kanske är det det som krävs när man måste slå sig in i en gemenskap i ett främmande land, ta en massa droger och gå omkring och bjuda in sig själv i så många olika sällskap som möjligt.

Maja hällde upp det sista ur flaskan i våra vita muggar, så jämlikt som möjligt, och sa, "det här är det sista jag har, sen finns det inget mer."

# 7.

Jag har inget särskilt minne av att ha gått från festen på Smålands. Vi drack upp, var trötta och gick hem. Hem till Maja i Flogsta för att sova.

Vi kom ut på s:t Olofsgatan, alla dessa helgon i Uppsala, och började gå uppför backen mot universitetet. Maja hämtade sin cykel, men hon fick leda den eftersom jag var till fots. Vi tog den klassiska s:t Johannes vägen till Flogsta. Många ensamma vandrare rörde sig långsamt västerut i natten med gamnackar. Vinglande såg de ner på sina fötter, omedvetna om sin omgivning. Jag och Maja gick småpratande om nonsens som vanligt.

Maja bodde i andra hand uppe på Sernandersväg i höghusen. Hon hade rummet terminen och sommaren ut, sen skulle hon åka till Visby och läsa vidare. Saga var på västkusten, Olof var i USA, och alla andra blev bara äldre och äldre. Jag skulle vara tvungen att fortsätta själv oavsett om jag stannade kvar i stan eller gav mig ut i världen. Jag önskar att det fanns ett Paris för poesin som väntade på mig där ute. Jag kände mig mer sorgsen ju närmare Flogsta vi kom.

Vi kom hem till en tyst korridor. I några av höghusen pågick flertalet fester, men det var skönt att slippa. När vi kom in i hennes rum föll jag ihop på den noppiga, tvåsitsiga soffan. För all den tid jag känt Maja var det här ändå första gången jag skulle sova hos henne. Vi hade bott i en stor sovsal på ett

80

hostel i Barcelona, men det var annorlunda. Hon gick in på toaletten för att byta om och borsta tänderna. Det fanns ingen sexuell spänning, men situationen var ny. Jag kurade ihop mig i fosterställning på soffan och drog en filt över mig, och kände mig förskräcklig. Hon kom tillbaka från badrummet i ett natt-linne och släckte ljuset, och lade sig i sängen innerst mot väggen.

"Kom nu," sa hon, "det finns gott om plats här."

Jag reste mig ur soffan och klädde utan åthävor av mig och lade mig bredvid henne. Drog täcket om mig utan att ta åt mig för mycket, hoppas jag. Vi låg så hela natten utan att en enda gång röra vid varandra. Inte en så dålig bedrift i en nittio-säng. Det säger något om min beslutsamma isolering.

Så tog jag de sista medvetna andetagen, den Sista April i Uppsala 2005. Det var en dag som inte låtit mig behålla mycket. Saga åkte på morgonen och jag har knappt sett henne sen dess. Där låg jag stilla med Maja. Vad hade Kerouac gjort? Förmodligen övertalat henne till sex och sen medgett att det inte hade varit särskilt bra och inte kunnat se någon i ögonen på ett långt tag. Vi hade inte förstört Barcelona med några trängande behov och Valborg lockade inte heller in oss på villovägar. En sån satans dag.

Jag önskar att jag hade kunnat minnas vad jag drömde den här natten. Det hade gett en mer komplett sjukdomsbild. Varje förhoppning jag hade om framtiden hade under dagen kommit på skam, och min totala oförmåga att ta ansvar för mitt liv hade blottlagts på det mest skamliga och tydliga sätt. Jag är helt och hållet beroende av omständigheter, en svag reaktion på min omgivning i bästa fall.

Vi vaknade tidigt, efter omständigheterna, kanske inte småbarnsförälder-tidigt, men väl student-tidigt, och första maj räknas det som en bedrift att vakna alls.

Maja var bakfull, men gjorde ingen stor sak av det, och jag lider sällan av sviterna efter blöta kvällar. Det kändes som om

81

vi klarat av något platonskt prov den här natten.

Jag gick upp och klädde på mig. Precis som i min lägenhet i Salabacke saknade det här rummets enda fönster persienner eller gardiner. Det skira morgonljuset strömmade varmt in till oss. Jag tittade ut, och det såg ut att bli en fin dag.

"Det blir nog varmt idag," sa jag och vände mig till Maja som på mage bredde ut sig i sängen nu när jag klivit upp. Hon grymtade något först, men reste sig på armbågarna och log med hela sitt osminkade ansikte.

Hon hade en kaffebryggare på rummet så vi gjorde kaffe och jag läste en stund medan hon gjorde i ordning sig. Hon kom ut från badrummet och började packa en massa saker.

"Vi går ut," sa hon medan hon stuvade ner sin vattenpipa i en påse, "frukost picknick!"

Luften var varm ute bland tallarna. Vi gick till Närlivs och köpte bröd och pålägg, formfranska och en tub ost. Maja köpte med en sockerdricka också, och sa att "vi kommer att behöva den här."

Vi lade ut en filt vid en skön sydvägg nära cykelreparatören och dukade upp vår lilla frukost. Det visade sig att Maja hade en tetra rödvin kvar från Spanien, varför vi behövde sockerdricka. Så där satt vi och gjorde mackor och drack kraftigt utspätt vin, (*utspett* på uppländska).

"Jag har pratat med Hanna i Malmö," sa Maja mellan tuggor, "Jag är ledig Nationaldagen, så jag tänkte att vi skulle åka, du och jag, till Götlaborg med nattbussen från Stockholm, gå på Liseberg med Andreas, ta nattbussen till Malmö, träffa Hanna och gänget vid Möllan, göra en massa oförsvarliga saker mot Skåne och sen sätta oss på bussen och åka hem till Uppsala."

"Jag är med!" sa jag utan tvekan.

"Det är många jag känner från Bräknehoby i Malmö just nu, så det kommer att bli superkul."

"Jag är med."

"Hanna säger att vi kan sova där."

"Toppen."

Efter frukosten tände vi vattenpipan, laddade den med körsbärstobak. Fram kom MaxiYatzy tärningarna och stickorna. Studenter som såg oss på filten hoade åt oss, inte på grund av yatzyn, men mer för vattenpipans skull. Det är av någon anledning otroligt suspekt när personer med kristet ursprung röker vattenpipa på egen hand.

"Och så är det Urkult i Augusti," sa Maja rikt bolmande, "Jag ska försöka få mamma att åka till stugan utanför Sundsvall då, och då kanske man kan få skjuts resten av biten också, mammas Bengt kan säkert köra oss."

"Det låter bra, hade inte tänkt åka på någon festival annars," sa jag innan ett djupt bloss. Pipan bubblade gemytligt när jag drog.

"Det finns en hel butik vid Möllan som bara säljer vattenpipor," sa Maja, "man kan plocka ihop en pipa, precis som man vill."

"Berätta om falafeln igen," sa jag drömmande.

"Malmö har Sveriges bästa falafel, och den kostar nästan inget alls." Jag lutade mig tillbaka på rygg och blundade. Vågorna gick ända upp till den talldoftande kullen. Jag var tillbaka i Parc de la Cuitadella, där papegojorna byggde sina bon i den höga Pinjen.

"Hur länge skulle vi stanna i Göteborg sa du,"undrade jag med slutna ögon.

"Vi kommer dit på morgonen och åker på kvällen igen."

"Och Malmö?"

"Vi åker direkt från Göteborg dit, men vi sover en natt i Malmö och åker hem dagen efter.

"Det blir intensivt... Liseberg sa du?"

"Vi ska åka Berg-och-dalbanor hela dagen."

"Visst, det låter kul!"

- Slut -

# RAMADAN
(En anomali)

# 1.

Pass books of learning from Byzantium
written in gold upon a purple stain
- W. B. Yeats -

Sätt segel för Byzantiums heliga stad. Från ett hörn av Europa till ett annat, svävande genom luften utan ansträngning. Ett tidigt flyg innan drömmen ebbat ut.

Resan var en födelsedagspresent till en god vän. Grunden för sällskapet var ett brokigt tjejgäng som träffats i Uppsala mer än tio år tidigare. Det var fem av dem som hållit ihop sen grundutbildningen med på resan. Två av dem hade med sig respektive till Istanbul, sen var det jag, och sen var det jag, i stort sett en av tjejerna. Jag är inte säker på hur jag passar in, men jag tas för given.

Allt är inte vad det verkar.

Jag, idioten, var 28 år då och så smal som jag någonsin skulle bli. Popen hade gett mig en tunn fernissa av oberoende men jag var ändå rätt stillös egentligen, märkt av de knubbiga pojkåren.

Jag kan säga på en gång att den här historien handlar om botemedlet mot ensamhet: förför en vän. Jag hade inte kommit till Istanbul med en sjaskig agenda, om det är en ursäkt för hur jag tänkte och kom att handla, eller om det ens var jag som gjorde något. Allt är inte vad det verkar.

87

Vi hade kommit med ett tidigt flyg från Arlanda, och checkade in på hotellet i god tid innan lunch. Vi bestämde oss för att kolla in våra rum och sen samlas på hotellets takterrass efter en halvtimme eller så. Vi hade fått avsevärt bättre rum än vi bokat eftersom hotell Hippodrome som vi skulle bo på var överbokat och vi blev utan större besvär hänvisade till Hotell Obelisk tre hus ned på samma gata. Vi tjänade en stjärna på den promenaden. "What about our inconvenience," sa Dennis, en förslagen förhandlare i vårt sällskap för att om möjligt göra affären ännu lite sötare, men, "there is no inconvenience, Sir," försäkrade glatt portiern.

Jag sparkade av mig skorna innanför dörren och kastade mig på sängen så fort jag kom upp på mitt rum. Det var alldeles tyst. Behagligt dämpat som bara ett bra hotellrum kan vara. Allt såg påkostat och genomtänkt ut. Den turkiska mattan som täckte hela golvet var tjock som *Krig och fred*. Det var ett västerländskt rum med bara en svag antydning av sirlig orientalism. Inte på långa vägar så exotiskt som jag hade föreställt mig.

Vi hade kunnat enas om resmålet främst för att ingen av oss hade varit i Istanbul innan. Vi hade diskuterat andra alternativ men många föll bort av det enkla skälet att födelsedagsbarnet redan besökt platsen. Jag var den som tidigt började lyfta fram Istanbul som en del av min nya föresats att vara mer delaktig och proaktiv.

Det vilar något dunkelt över Turkiet. En opak, mörk skugga som ruvar över mindre Asien. De flesta jag umgås med är intresserade av historia och kulturer, så jag lyckades sälja in min kryddoftande dröm om sultanernas östrom. Vi bestämde oss enhälligt och utan reservationer för Konstantinopel och började läsa Orhan Pamuk. Min vision av staden var så skev att jag inte kunde frammana ens ett uns av mina tidigare föreställningar när jag väl var där.

En halvtimme senare var jag uppe på takterrassen. Ingen av mina vänner syntes till. Vid några utav borden satt en handfull

88

hotellgäster. Jag hörde amerikaner och holländare bland dem. Hotellet stod vid det västra kanten av gyllene hornets mynning alldeles nedanför Topkapi palatset. Jag såg ut över Marmarasjön och Bosporen i det religiöst svävande ljuset. Det såg ut som en värld av guld målat med vattenfärg av Gud själv i en dröm.

Jag vände mig om och såg att Maria precis kom upp för trappan. Hon vinkade glatt och kom ut på terrassen där jag stod. Hon hade en guidebok i handen. Jag vinkade lätt och vände mig mot utsikten med båda händerna på räcket.

"Alltså, den här utsikten... resan har redan betalat sig," lyckades jag få ur mig.

Hon ställdes sig vid min sida och speglade mitt leende. Vi var förunnade den här upplevelsen.

"Du har guideboken, vad ser vi?" frågade jag.

"Asien," sa hon och bläddrade i boken. Det fanns inga skymmande byggnader mellan oss och sjön, bara ett hundratal meter med fallfärdiga kåkar, en del med infallna tak. Det gick ett spårvagnsspår alldeles nedanför hotellet. Jag lutade mig över räcket för att se bättre. Området runt oss såg verkligen ut som ett utdömt rivningsområde. Jag lutade mig ut lite till och kikade runt hörnet och såg Aya Sofya för första gången. Jag kände mig som ett barn vid räcket. Det här är det övernaturliga ljuset i *Howl*. Muhammedanska änglar parafraserade på takåsarna.

Även om jag kände mig som ett vibrerande barn stod jag bredvid Maria som en slagen staty. Låst i min egen värld. Hon tittade då och då i boken, kastade en blick på mig utan att komma in.

Resten av vårt sällskap kom strömmande in från verkligheten, kameror flygande och rusade upp till randen. Det blev trångt vid räcket. Jag föll tillbaka. Maria satt redan till bords och tittade i menyn. Jag slog mig tyst ner mittemot henne och kände mig driven att be om ursäkt.

"Vilken utsikt" började jag. "Jag har svårt att se mig själv som en person som förlorar sig i ett ögonblick."

Det kändes inte som en ursäkt. "Är du hungrig?" frågade jag. "Med lite bröd och vin kan man kanske dela på en sån här medelhavstallrik"

"Den verkar god, ska vi höra om det är några fler som är med och delar," sa Maria.

Vi blev fyra som delade bord och tog in ett stort fat med godsaker som vinbladsdolmar, oliver, hummus och tapenader. Jag åt av det som det uppenbarligen inte var något kött i, och gladde mig åt att vara i ett muslimskt land med noll risk att få gris morgon middag kväll. Vi drack öl till maten, Efes, och höjde upprymt bägarna. Istanbul!

Vi satt alla med varsin guidebok och slog mellan sevärdheter och kartor. Vi bröt bröd och rensade faten. Vid bordet satt Födelsedagsbarnet, Bella, och Dennis, hennes fästman, förutom jag och Maria. Jag var den enda vid bordet som inte är systemutvecklare, varken i grunden eller *by default*. Tursamt nog var vi på en förtrollande plats där jobb inte var ett samtalsämne. Jag var även den ende vid bordet som inte stammade från Norrland, men det hålls nästan aldrig emot mig.

Vi var alla ivriga på att ge oss ut i staden. Vi bodde i den gamla delen av staden så vi ville börja med området kring den blå moskén, Aya Sofya och Topkapi palatset. Vi kollade med resten av sällskapet som satt vid bordet bredvid om de var klara, sen var vi på väg ut.

Det var en varm dag, över 25 grader, och det kändes som en ynnest för oss nordbor så här i slutet av september. Vi kom ut på en smal gata som sluttade ner mot Marmarasjön. Man kunde inte se vattnet mellan de täta gamla husen. På båda sidorna av gatan låg otaliga små uteserveringar. Det var en återvändsgata som slutade vid vårt hotell så vi begav oss upp för sluttningen mot den blå moskén. Man kunde se toppen av kupolen och minareterna bakom husen på krönet. Det var inte långt, men det låg tiotusen intryck på vägen. Jag har ett naturligt långt steg och kom ofta att befinna mig ett par butiker före de andra. Jag hade inte bråttom och lyfte blicken och tittade på de slitna fasaderna, antydningarna till takträdgårdar långt där uppe. Som en tråd som vävts in i den gamla stadsbilden löpte den internationella backpackerkoden tydligt över de billiga hotellen, enkla kaféerna och närbutikerna som sålde telefonkort för utlandssamtal. Det färgstarka, glossade och billiga utbudet ser likadant ut överallt i världen. Det känns bekant och välkomnande, inte beklämmande på det sätt som när man ser Macdonaldsbågar.

Vi kom till en något större gata som var packad med taxibilar. På motsatt sida löpte en massiv mur som hade en bred stentrappa som verkade leda upp till ett torg. Man kunde se moskén ovan och bakom torget, så vi tog trappan, vilket betydde att vi först var tvungen att utmana den strida taxiströmmen och ta oss över gatan. Torget ovanför trappan var en ganska tom och öppen plats. Det låg en stängd restaurang i ena änden, och längs den bortre väggen hade några konsthantverkare sina små butiker. Det var samma keramik, tavlor och sjalar som i resten av Istanbul, men det här var vår första basarliknade upplevelse i staden så vi stannade och tittade på allt. Några brittiska turister köpte handmålade kakelplattor. Vi tittade och pratade med en frihet av att ha ett hemligt språk. Jag rycker alltid till och tycker att det är olustigt att höra främmande människor tala svenska när jag är ute och reser. Det är en speciell känsla att vara i en totalt privat sfär av sitt språk, något engelsktalande folk nog aldrig får uppleva. Inte för att amerikaner verkar bry sig så mycket.

I den ena kortsidan ledde ännu en stentrappa vidare uppåt. Ingen köpte något och till slut gick vi vidare. Trappen gick runt ett hörn till ett djupt vitkalkat valv. Att gå igenom det var att komma fram till den omgärdade helgedomen. Vi var nära moskéns utgång och det var mycket folk som kom ut, slussades av vakterna som höll reda på turisterna. Det var nu eftermiddag en varm dag under Ramadan och vakterna såg

91

trötta ut, tålamodet på upphällning.

Kvinnorna i vår grupp var väl förberedda och dolde sitt hår med sjalar. Jag hade inte tänkt på att mina tjejkompisar från Uppsala skulle bära slöja. Det var det här uttrycket av platsens seder som förankrade resans upplevelse. Jag var glad att jag hade sparat ut helskägg.

Det var dags för bön, så turister släpptes inte in i själva moskén. Vår grupp spred ut sig i den vackra trädgården. I ena änden fanns det en marknadsplats där det bara såldes religiösa ting och Koraner i alla storlekar och utföranden. Det fanns många vackra utgåvor, men jag kan varken tala eller läsa arabiska. Jag får klara mig med Muhammed Knut Bärnströms kommenterade svenska översättning.

Jag och Maria satt på en bänk i skuggan, vi åt lite frukt och drack vatten.

"Jag undrar vad det här är för träd," sa jag och syftade på de långa tunna och knotiga träden som skuggade oss, "kan det vara  jakaranda eller mimosa eller någon annan lika vild gissning."

"Jag har faktiskt ingen aning," sa Maria, "Hur ser Mullbärsträd ut."

"Det här är verkligen en vacker byggnad," sa jag och såg upp mot minareterna och kupolerna, "men jag tror att vi är för nära. Jag måste komma ihåg att vända mig om  när vi går."

Vi gick runt Moskén för att komma till entrén. Det var en ganska lång kö av turister. Turkiska män i löst sittande vita kläder tvättade ingående sina fötter vid kranarna längs väggen i små stenbås. Det kändes som om det hade blivit varmare.

Vi slussades snabbt igenom den blå moskén när väl kön började röra på sig. Insidan var inte alls lika imponerande som utsidan, mer som ett stort sakralt badhus med mattor på golvet. Det var inte så högt i taket heller som jag hade trott, och det var inbott. Det märktes att det var en levande moské.

När vi hade hämtat våra skor och samlat gruppen drog vi bort mot Aya Sofya, förbi de många höga fontänerna. Alla var märkbart reströtta och påverkade av den storslagna platsen, så konversationen var reducerad och lågmäld. Nästan som en undermedveten respekt för Ramadan kan det tyckas.

Jag tittade upp mot den enorma basilikan. Den såg romersk ut för mig, och medeltida och orientalisk. Med sin storlek spann den över epoker och kontinenter, religioner och folk. *Its too big to be a space station.*

Vi satt vid den sista fontänen och pustade ut. Jag kom på mig att jag skulle titta tillbaka på den Blå moskén, och det är en av de vackraste byggnaderna i världen. Sublim i sin skala... helt perfekt.

Aya Sofya är ett museum, och vi betalade en tilltagen avgift för att få beträda världsarvet. Med en begynnande antydan till spänningshuvudvärk gick jag in i den jättelika salen. Det är bara s:t Peterskyrkan i väst som kan mäta sig med det här ofantliga utrymmet för vördnad. Det saknar helt proportioner. Som en kejserlig manifestation av världsherravälde saknar det motstycke. Vad man än skulle erövra så skulle det kunna rymmas under Sofyas tak.

Vi hade fått lämna Thereses Gustav utanför som kändes sig mer medtagen än någon annan. Han la sig på en bänk i skuggan av det kolossala monumentet. Vi andra skred långsam in i den väldiga hallen och kände oss vilsna och små.

Vi tog en vindlande men bred gång upp till de övre nivåerna. Det var inte en trappa upp, utan en ramp som dragdjur med vagnar skulle kunna bestiga. Det var en lång och skum väg upp. Uppe under kupolen kom man nära de bysantinska ikonerna, freskerna på väggen, den gyllene väggen av mosaik och de stora runda skivorna med heliga namn i arabisk kalligrafi. Väggarna såg ut som missfärgade tänder, mättade av tobak och te. Alla våra foton härifrån blev suddiga... våra minnen. Jag har ändå många foton av oss i Aya Sofya. På det avlägsna kyrkgolvet lång där nere ser ljuset som faller in från de sirliga fönstren ut som glödande arabesker. Mina tjejkompisar har sina sjalar om axlarna nu. På ett foto står vi och lyssnar på Gabbi som läser ur en guidebok. Jag minns att vi besviket en stund senare konstaterade att universums mittpunkt var helt övertäckt av en byggnadsställning som sträckte sig upp mot kupolens, för våra gamnackar, ofantliga rymd.

Vi pratade inte mycket när vi kom ut från världsarvet. Bella och Maria fotade den bruna FN-symbolen och gjorde en poäng av det men jag förstod inte vad de höll på med. Vi plockade upp Gustav och gick tillbaka mot Hippodromen, och upptäckte att parken hade förvandlats av ett böneutrop till en folkfest. Vi satt oss tacksamt och beställde in te, bröd och hummus. Stora fat med färska grönsaker omkring rörorna. Allting med en omedelbar närvaro av rika kryddor utan att vara för starkt. Rikt men inte brännande.

"Nu skulle man ha haft en öl," sa Dennis.

"Lycka till att få en öl i dom här kvarteren," sa Gustav

"Jag börjar inse att jag har varit i Istanbul nästan hela dagen," sa jag när jag kände livet och medvetande återvända.

Kvällen mörknade fort. Det var fortfarande varmt i luften. Det gav en stor inomhuskänsla. Restaurangen var mer än något annat draperad och vi satt på låga stolar så lågt man kan komma utan att sitta på golvet. Samkvämet byggdes långsamt upp utan alkoholens forcerade styrka. Vi blev kvar en lång stund. "Det här blev visst vår middag," sa någon. Vi skrattade förnöjt.

När vi betalat och började röra oss mot hotellet var vi omgivna av den vibrerande stadsnatten. Det var en ren familjeglädje på gator och torg. Unga kvinnor i slöja med stora skaror barn var ute och festade. En del turister som nyktert iakttog. Obeliskerna och fontänerna i hippodromen var dramatisk belysta, men Aya Sofyas kupoler och minareter såg övernaturligt stort ut. Det utmanade den varma, mörka nattens ändliga inomhuskänsla.

Det var en märkvärdigt kort väg till hotellet. De trädgårdar som jag sett tidigare anat uppe på taken var nu upplysta och fulla med folk. Vi kom sömngångaraktigt tillbaka till hotellet och sa godnatt till varandra i foajén. Jag kom ensam upp till mitt tysta rum. Det var ett ypperligt läge att jämföra tröttheten och vilsenheten av en vit kväll, med andra blötare kvällar, eller skulle ha varit det om jag haft sinnesnärvaron. Vi tillmäter överlag alkoholen en långt starkare påverkan på hur vi uppträder och känner oss än vad som verkligen är fallet och vi är ute till halv två på morgonen med vännerna utan att dricka alldeles för sällan för att förstå hur våra kroppar reagerar.

Jag skalade av mig kläderna i det dämpade rummet och stod naken en stund. Ansikte och armar hade fått ny färg under dagen. Jag blir inte illröd som många av mina landsmän. Innan jag sjönk ner i den tjock, mjuka mattan, som Mario i kvicksand, hopp hopp hoppade jag in i duschen för en snabb avrivning. En fördel med rakat huvud är att *håret* torkar fort.

Nyduschad drog jag tillbaka överkast och täcke i molnet till säng och somnade bekymmerslöst.

95

## 2.

Utan att ha ställt klockan vaknade jag tidigt av det första böneutropet. Det var en enkel påminnelse om att det var dags att börja dagens fasta, en påminnelse om hur långt hemifrån jag var. Det var inte störande på riktigt, men jag vaknade ändå. Det lät avlägset även om det klingade klart. Jag lyssnade på den arabiska melodin, den smärtblandade glädjen som sjunger Korantext. Det hörs att böneutroparen tror på varje stavelse han uttalar. Inte som det döda raspandet av latin som klanglöst emanerar från Vatikanen. Jag somnade om en stund för sakens skull. Vi hade sagt frukost klockan nio och det var långt dit.

När det till slut var dags och jag tog mig upp till frukosten på takterrassen kände jag mig utsövd och sval. Maria satt ensam vid ett bord med kaffe och juice. Hon hade en mjukt vit blus med korta, puffiga ärmar. Håret var en gloria av henna och färgen hon fått under gårdagen var som att sommaren hade kommit över henne igen.

"Sovit gott," sa jag när jag slog mig ner hos henne. Det stod ett fönster öppet alldeles vid oss som fläktade skönt.

"Somnade som en stock igår... jag vaknade av böneutropet, sen har jag bara halvslumrat lite av och till tror jag."

"Ja, det var speciellt att vakna till det där, och jag tror att det kommer att bli ett stort samtalsämne idag."

"Det kan man nästan garantera, men så farligt tycker jag inte att det var."

"Ska du bara ha kaffe till frukost," sa jag.

"Jag ska ta en runda... jag ville bara... sitta en stund."

"Jag är en frukost människa," sa jag, "jag behöver en skogshuggarportion på en gång när jag går upp." Jag reste mig och tog ett varv genom buffén och kom tillbaka med lite av varje.

"Det finns Nutella, jag upprepar, det finns Nutella," lät jag meddela när jag satt mig.

"Jag såg det när jag tog kaffe... det kommer att bli svårt att gå härifrån utan att smaka lite."

Då kom Bella och Dennis svävande in på ett moln till restaurangen. Hon såg ut som om hon precis hade haft nyvaket sex. Det fick mig att tänka på ett skämt som agent Cooper drar i Twin Peaks. En pingvin säger till en annan, "det ser ut som om du har en frack på dig," och den andra pingvinen säger, "det kanske jag har."

Maria gick med Bella för att rensa buffén som systrar. Dennis stod vänd ut mot det Gyllene hornet med händerna i sidan.

"Vilken morgon, va!" sa han och slog ut med armarna, "helt obetalbart med den här utsikten. Här kan man bre en macka utan att skämmas! Eller vad säger du, Em... sovit gott?"

Innan jag hann svara kom tjejerna tillbaka med varsitt lass som fick min skogshuggarportion att verka vara ett frugalt mål av återhållsamhet. "Åhåhå, kolla den!" skrockade Dennis vid åsynen av buffémassakern. Medan han var och försåg sig kom Gabbi och Åsa in på restaurangen som om de hade ett rum med utsikt, två viktorianska fröknar på resa, de är tillknäppt och påpassat, korrekt. De slog sig ner vid det lediga bordet bredvid oss. De markerade platserna med sina lätta jackor och gick med sina handväskor till buffén, efter att ha hälsat oss en god morgon.

"Vad tycker ni att vi ska hitta på idag, då?" frågade jag sällskapet.

"Jag har lite nyheter," sa Bella, "men vi kan väl ta det när alla är här."

"Vad skulle ni kalla dom här," undrade Dennis och menade något stekt vid sidan av sina korvar.

"Rösti, va," sa Bella.

"Ja, rösti," sa Maria, "Potatisbullar, liksom."

"Goda små rackare," sa Dennis.

Therese kom i den stunden ensam in till frukosten. Hon klev irriterat fram till oss och sa, "Gustav är sjuk. Första natten på semestern och så blir han magsjuk... jag blir så... Jag tänker äta frukost i alla fall." Hon gick till buffén som om hon skulle kasta tillbaka en invasion i havet.

"Så Gustav kommer inte," frågade Bella när Therese kom tillbaka.

"Nej, och jag har ju sagt att han ska söka för det tusen gånger... hans mage tål inget, men han bara går och drar på det. Jag blir tokig. Nu får han ligga där... lagom kul när man har åkt till Istanbul... betalat för ett rum som han bara ska ligga i hela resan."

"Stackarn... men jag har haft kontakt nu på morgonen med en kille som doktorerar här i Istanbul som jag och Maria träffade på en konferens förra året, och han säger att han kan ordna så vi kan ta en båttur på Bosporen idag, guida oss lite. Jag sa att jag ville höra med er först, men jag tycker att det är jättegulligt att han ställer upp och ordnar, så vad säger ni?"

Det tog oss inte lång tid att komma överens om att det vore tacksamt med lokalkännedom.

"Då ringer jag till honom på en gång och säger att vi hänger på," sa Bella som sätter en ära i att kunna ordna såna här saker. Hon gick ut på terrassen och telefonerade en stund och kom sen tillbaka med en detaljerad resplan för hur vi skulle ta oss till färjan från hotellet, så efter en lång sittning promenerade vi iväg till Sultanahmet för att ta en spårvagn mot Dolmabachepalatset.

"Can möter oss där," sa Bella, och jag förstod långt senare hur namnet som lät som *Jean* stavades på turkiska.

98

Vi åkte spårvagnen från de gamla slitna bazaarkvarteren runt Topkapi palatset till den moderna världsstaden som väntade på andra sidan det Gyllene Hornet, som stadsdelarna Beyoglu (stumt g) och Taksim.

Can mötte oss där vi hoppade av spårvagnen. Han var blond som en saxare, en rest av det grek/keltiska arvet från det Byzantinska riket. Hans ljusa, Europeiska utstrålning stämde dåligt med den gängse bilden av turken. Han hälsade på oss var och en med en stor öppenhet. Han hade en vän med sig, Mehmet, som var mer lik en son av Mindre Asien.

"Jag måste tyvärr berätta," började Can sen förklara på en oklanderlig engelska, "att båten jag hade tänkt att vi skulle ta, inte går idag. Det var en replika av en Osmansk båttyp som tillhört en pascha, men som sagt, den går tyvärr inte idag. Jag ska ringa och höra om vi inte kan få platser på en annan båt, men det blir i såna fall från ett annat färjeläger, men inte så långt härifrån."

Vi stod där på en kaj, i mynningen av Bosporen, och visste inte riktigt vad vi skulle tro om Can och hans båtar, om han var full av skit, eller om det faktiskt fanns en båt där ute. Vi slog oss i vårt limbo ner på en liten servering och beställde kaffe, eller Cola om man var lagd åt det hållet. Jag kom på mig med att sitta med handen vilande på Marias stolsrygg, inte riktigt armen om henne men omedvetet nära. Det fick mig att tänka.

Can kom strax tillbaka till oss och sa, "Jag har kollat läget nu, och det går en färja från Besiktas om en halvtimme. Det ligger bara en liten bit härifrån om ni inte har något emot att promenera." Någon frågade något och Can svarade, "Nej drick ur kaffet, för all del, vi har tid, det är inte långt."

Vi gick längs en bred boulevard parallellt med vattnet. Det låg gamla palats och trädgårdar utmed strandbanken. Det växte palmer i rondellerna. Snart var vi vid den enkla färjeterminalen. Can och hans vän Mehmet pratade med tanten i kassan och sen betalade vi var och en vår tur och retur biljett. Planen var att vi skulle åka ända upp till Svarta Havet, Kara Deniz, till den sista byn i Bosporen och äta en sen lunch där och sen ta färjan tillbaka till Istanbul, och det var en lysande plan. Vi satte ut från blå Besiktas och färdades norrut i sundet mellan Europa och Asien. Vi passerade under magnifika broar, förbi fantastiska palats. Färjan kryssade mellan världsdelarna. Vid ett kort stopp skyndade sig Can av båten och köpte yoghurt åt oss. Det var en rinnig, naturell yoghurt som smakade lite salt. En specialitet sa han, Ayran. Det var meningen att man skulle strö florsocker på toppen och få en sorts tunn söt skorpa på sin yoghurt. Det var läskande på sitt sätt antar jag. Jag delade min med Maria ute på däck medan staden mer och mer övergick till ett skogklätt vilt landskap. Vattenleden var bred och mörk. Moln från romantiken tornade på himlen.

"Det är svårt att tro på den här platsen," sa jag till Maria, "Det är för mycket som en dröm." Hon såg på mig utan att komma med ett svar. "Det här är så *goth,* som en vild dröm," fortsatte jag, "vi var i Istanbul, och så gick vi igenom en dörr borta i Besiktas och sen är vi på en båt, på en vild flod mellan världar. Det är som att vi har lämnat verkligheten."

"Det är som igår på takterrassen," sa hon dröjande.

"Det var en seren skönhet... och nästan väntad. Som leendet hos den man älskar, men som ändå tar andan ur en."

"Tittut," sa plötsligt Dennis ovanför våra huvuden. Han hade stuckit ut huvudet genom ett öppet fönster och såg otroligt nöjd ut, "Vilken fantastisk liten tur på Bosporen, va, hörrni! Det är knappt man tror det!" Han drog in huvudet efter att Maria skrattande fotat honom.

Det började regna så vi gick in och satt oss. Så här långt upp i sundet var det inte många andra passagerare på färjan. Maria slog sig ner på en lång träbänk med de andra tjejerna. Jag önskar att jag visste vad de sa om mig.

Dennis satt på en annan bänkrad i samtal med Can och Mehmet. Jag satt mig i anslutning men på en egen rad och fiskade upp Orhan Pamuks bok *Istanbul* ur min axelväska och började läsa. Efter en stund vände sig Mehmet till mig och fråga varför jag läste Pamuk. Jag kan ha sagt något om Nobelpris och sånt.

"Han är ingen vidare *turkisk* författare," sa han, "Pamuk har varit i USA för länge, han kan inte skriva på turkiska längre, han har glömt."

"Jag tog väl bara för givit att han var en bra turkisk författare," sa jag, "Han är alltså inte riktigt accepterad här?"

"Det är många som tycker att han har svikit sina rötter, låtsas vara väst, att Turkiet egentligen är väst, men vi är muslimer och vi är turkar, inte tyskar eller amerikaner, hur många missiler eller märkesväskor väst än skeppar hit."

Regnet slog mot de smutsiga fönstren, men det verkade redan lätta. Den gamla färjan stävade träget upp mot det Svarta Havet. Vikingarna hade kommit den här vägen från de ryska floderna, Noak och Gilgamesh hade färdats här kort efter syndafloden. Pesten kom den här vägen på Italienska handelsskepp.

I den tankfulla stunden kom Åsa och satt sig vid mig och sa, "Nå, Em, vad har du att säga för dig själv."

"Jag vet inte vad du talar om och det är inte sant," sa jag.

"Jag menar, sitta här och se dyster ut," skrattade hon, "du brukar ju komma med skämt och ordvitsar. Man känner ju inte igen dig."

"Jag är väl på semester," sa jag. Hon tog min arm och bredde ut en karta över Bosporen i våra knän.

"Var var det vi började ifrån," undrade hon.

"Besiktas," sa jag och satte fingret på kartan, "så vi vet att färjan är i gott skick."

"Var det ett besiktnings skämt," sa hon och boxade min arm.

"Det var ett särskilt subtilt besiktas skämt, dessutom," sa jag stolt, "med ett otvunget upplägg och ett klanderfritt levererande."

"Nå, Jag vet inte jag," sa hon med en skeptiskt glimt.

101

När vi kom fram till slutdestinationen för färjan hade regnet nyss upphört. Molnen makade på sig och vi la till vid en liten kaj där en marknadsgata började. Gatan var kantad av två- till fyravåningshus i trä. Mestadels restauranger vad det verkade. Smala men höga lövträd sprang upp ur gatstenen, från trappornas avsatser. Balkonger och loftgångar var klädda i klängväxter, och överallt satt det folk som åt. Can styrde oss mot en vacker öppen servering som vette mot vattnet.

"Det här är en verkligen fantastisk restaurang," sa han, "det är en fiskrestaurang, förstås, men det finns många olika sorters rätter."

Vi satt under tak men precis vid Bosporens vatten. Jag kunde inte se det öppna havet.

"Hur långt är det till havet härifrån?" frågade jag Can.

"Vi sitter inne i en liten vik här, liksom, men om vi skulle åka förbi den där udden där, så skulle vi se öppet vatten, Havet."

"Deniz," försökte jag. Dennis tittade frågande upp från menyn han precis fått i händerna.

"Bra uttal," sa Can uppmuntrande.

"Tesekkür ederim," sa jag, som jag hade övat på, *tack så mycket.*

"Mycket bra," sa han mer imponerad, "talar du lite turkiska?"

"Nej," sa jag, " jag är rädd att jag tömt mitt turkiska ordförråd nu."

"Vi fick lära oss ramsan, The, suger, add cream, för att minnas," skrattade Bella.

"Jag har aldrig hört den minnesramsan förr, men den kanske hjälper," sa Can.

"Jag har försökt lyssna på er när ni pratar turkiska med varandra, men det går för fort. Man kan inte urskilja var ett ord börjar och det andra slutar," sa Bella, som har ett bra språköra i vanliga fall.

"Verkligen," sa Can, " pratar vi så fort." Han vände sig till hela sällskapet, "Jag tycker verkligen att ni ska prova på några av fiskrätterna här, dom är så färska och dom är verkligen duktiga här på att tillreda dom. Till dessert sen skulle jag vilja ni smakade på en specialitet... jag kommer inte på det engelska namnet nu... sesam... ni får se sen... det är mycket gott!"

Det var med föga förhoppning jag började titta i menyn. Generellt sett så finns det allt mindre för en vegetarian att äta ju närmare anknytning till hav restaurangen har, och urvalet här var mycket riktigt snävt. Jag fick nöja mig med en mezetallrik bland förrätterna. Jag började misstänka att bröd och hummus var Turkiets fetasallad. Man kan dricka vitt vin till det i alla fall, så jag delade en flaska med Maria och Gabbi. Tjejerna bestämde sig för att ta varsin fiskrätt och dessutom beställa in fat med bläckfisk, allt för att slippa välja. De första bläckfiskfaten räckte inte, så det fick beställas en ny runda.

"Synd för dig," sa de till vegetarianen, som satt med sin sura vinbladsdolme, sin oliv, sitt salladsblad och sina små-klickar av gulgrå röror.

Mehmet satt tillbakalutad i en stol och såg trött ut mot Bosporen.

"Är du inte hungrig," frågade någon.

"Jag fastar," sa han, "hoppas ni inte tycker att det är ohyfsat att jag inte äter med er, men det är Ramadan och jag fastar."

"Inte du Can," frågade Dennis.

"Nej, jag är inte troende," sa han.

"Jag kommer också från en sekulär familj, där man inte ber eller fastar, muslimer, men inte *hängivna*. Det var först när jag var *under graduate* på universitetet som jag började be och studera Koranen," sa Mehmet.

"I EU verkar alla tro att Turkiet är Iran," sa Can, "Vi är muslimer som Frankrike är katolskt."

Det kändes inte som en riktig politisk diskussion, mer som en stillsam positionering av föreställningar, attityder. Det tog oss en lång stund att tömma faten. Den utlovade efterrätten bars in. Det var en ugnsbakad puck av något som vi bara kunde gissa var någon sorts sesampasta som hade smällt och karamelliserats. Fantastiskt gott. Jag önskar att jag kunde komma ihåg vad det kallades, så jag kunde försäkra mig om att få smaka det igen.

När vi gick från restaurangen sa Can att det skulle dröja en stund innan båten skulle gå tillbaka till Istanbul. Vi tog en promenad inåt land genom lövskogen. Can berättade att hela byn hade varit militärt område under kalla kriget, och stängt för allmänheten. Det började regna så smått där vi gick under träden och utan brådska drog vi tillbaka på den enda vägen till färjan. Alla, till och med jag, var väldigt mätta och dävna när vi slog oss ner på våra vanliga träbänkar i den flytande väntsalen till båt. Det skulle ta mer än en timme att ta oss tillbaka till Besiktas. Nästan alla foton från returfärden är någon av oss som ligger utsträckt på en hård bänk. Innan färjan vände söderut mot Marmarasjön stävade vi ut förbi udden som Can tidigare pekat ut som liggande mellan oss och öppet hav, och när båten vände runt på fjärden såg jag horisonten, hav och himmel möttes, två mörka städ som stöttes mot varandra. Någonstans där ute låg Odessa.

Jag satt mig bredvid Maria och hon lutade sig mot mig, lade kinden mot min axel. Hon verkade inte bekväm och skruvade på sig för att hitta ett bättre läge. Jag lyfte min arm och la den om henne i ett skälvande ögonblick. Hon gjorde ingen sak av mitt tilltag utan fann sig till rätta fort. Plötsligt slog hon upp ögonen.

"Förlåt, jag sitter så konstigt," sa hon och satt sig upp rakt. Sen gick hon och lade sig på bänken bakom mig. "Förstår inte hur trött jag är," muttrade hon när hon kurade ihop sig.

Can stod upp och pratade i mobilen. Sen sa han till Bella, "Det var Didar i telefon, hon säger att hon möter oss vid Besiktas."

"Vad kul! Jag trodde hon satt med avhandlingen."

"Det gör hon, men hon behövde komma ifrån en stund, så hon kommer till Besiktas Iskelesi."

"Nu har du tur, Em," sa Bella till mig, " Didar är en superläcker tjej." Förläget hade jag ingen bra comeback.

"Kommer Didar," sa Maria som plirigt lyfte på huvudet.

Snart närmade vi oss åter Miklagård, passerade under de höga broarna, gled med strömmen förbi palatsen på båda sidor. Färjan la till och vi klev stela i kroppen av. Didar väntade utanför terminalen. Bella och Maria gick fram och kramade varmt om henne. Ett ögonblick hade det kunnat uppstå en situation där vi alla hade varit tvungna att kramas. Hon vinkade kollektivt till alla främmande svenskar istället. Didar var en mörk skönhet med långt lockigt hår, bröst och midja. En modern, ung turkisk kvinna. Hon hade en vit, egeisk blus och jeans.

"Vad skulle ni vilja hitta på nu," undrade Can.

"Vi är väldigt öppna," sa Bella, "men vi skulle vilja gå till en rakibar senare."

"Rakibar..." Can såg oförstående ut, "vill ni gå på en rockbar?"

"Nej, raki," sa Bella, "raki... dricka raki."

"Ah," sa Can, "Rakö." Bella hade uttalat det med långt a och i, men det skulle vara kort a och i:et uttalas tydligen som ö.

Vi skrattade gott åt språkförbistringen. "Jo, det ska inte vara några problem med att hitta raki," lovade Can.

Jag frågade Mehmet, som stod nära mig, om andra uttal av turkiska vokaler och han började svara mig, men mitt i meningen hördes ett högt böneutrop som tog mig med överraskning i sin plötsliga styrka. Mehmet avbröt det han börjat förklara och störtade till ett gatustånd och köpte yoghurt och vatten. Dagens fasta var officiellt avblåst och det var fritt fram att äta för de troende. Mehmets lättnad var markant.

"Ursäkta mig," sa han, "jag behövde verkligen det här."

"Jag tänkte att vi kunde åka upp till Taksimtorget och visa er runt lite," sa Didar. Det lät som en bra idé så vi beslöt oss för att ta en buss från Besiktas.

När vi kom fram till Taksimtorget meddelade Can och Mehmet att de tyvärr måste avvika, och tackade för en trevlig dag. Medan vi tog farväl, gick det förbi tungt beväpnade poliser/militärer.

"Vad känner ni inför att polisen har automatvapen," frågade Can oss, "visst är det en trygghet?" Vi svenskar såg på varandra.

"Vi är inte vana vid vapen i Sverige," sa jag, " det är till och med svårt att föreställa sig en situation där det skulle vara nödvändigt med beväpnade styrkor på gator och torg hemma."

"Här är det ett tecken på att regeringen har kontroll över landet, att de står emot terrorismen, att de tar säkerheten på allvar," sa Can.

"Det är väldigt olika länder, Sverige och Turkiet," sa Dennis.

Can och Mehmet tog en buss som svängde runt rondellen nedanför det upphöjda torget. Det hade börjat skymma över Istanbul. På torget fanns det många stånd som sålde handväskor och sjalar. Det var många olika konstnärer som arbetade och sålde sina alster. Vi stod ett tag och såg på en när en man *målade* i en klar vätska. Han hällde i färg och formade den effektfullt i vätskan till ett tulpanmönster.

Tjejerna tittade på varje sjal och handväska tills det var mörka natten. Didar köpte vackra små kakelplattor åt oss, när vi inte verkade våga välja något så turistiskt själva. Hon fick ett bra pris för de åtta hon köpte, och för att hon talade turkiska.

Uppsluppet promenerade vi från torget längs en evighetslång shoppinggata genom Beyoglu. Didar ledde oss genom det märkesmättade distriktet mot en liten restaurang hon tyckte om. Det fanns *rakö*, Turkiets ouzo, och kvällens foton började bli suddiga.

"Sheriffen!" skålade Dennis. Vi tog in medelhavstallrikar, vinbladsdolmar, oliver och röror. Det började bli en morgon-middag-kväll sak av bröd och hummus.

Jag satt mittemot Maria bredvid Åsa, med Didar på vänster sida, på hörnet. Det störde mig att jag inte satt med Maria, och att tanken faktiskt slog mig träffade mig hårt. Jag insåg hur jag sökte mig till henne, valde att vara nära henne, ofta råkade var ensam med henne, som om vi rörde oss genom tillvaron med samma tidsuppfattning. Vi delar redan världen med varandra. Det är självklart att hon är min utvalda, med en naturlig samhörighet. En självklarhet som bara behöver yttras för att få kraft. Jag behöver Maria hos mig. Det var det klaraste syfte jag någonsin erfarit, och när vi betalat och runda om fötterna strosade vidare genom Istanbuls sjudande nattliv kände jag mig levande och närvarande som aldrig förr. Jag behövde inte tillkämpa mig närhet med Maria längre. Den fanns där oavsett om vi gick sida vid sida eller om hon låg ett halvt kvarter före mig. Uppe vid Galatatornet lade jag lätt armen om henne, och hon kom in i den antydda omfamningen. Hon vilade mot min axel och jag dolde mitt ansikte i hennes hår. Det bestod inte länge.

"Jag är lite full," sa hon när hon släppte taget och såg mig i ögonen. Alla våra vänner verkade se på det upplysta tornet.

Senare kom vi tillbaka till hotellet allihop. Våra rum hade blivit bytta till de vi från början hade bokat. Vi fick utan problem våra nya nycklar av nattportiern, sa god natt till varandra och gick till sängs.

Det hade varit en ytterst lång dag. Jag kom dödstrött och ensam upp på mitt rum. Jag hade fått en dubbelsäng av försynen, som tror att jag snabbare kan göra något av mina ingivelser än vad som är fallet. Min packning hade kommit till rätt rum trots allt, *no inconvenience, sir*. Jag klädde av mig, duschade och ramlade i sängs, i den stora, ödsliga sängen.

## 3.

Det var med molande osäkerhet jag väcktes av böneutropet några få timmar senare. Vad är det jag föresatt mig och vad tror jag kommer hända? Bara gå upp till henne och säga, "Maria, vi drar väl jämt. Ska vi inte ta och bli ihop du och jag, vad säger du?" Och då sa hon... och sen gjorde jag...

När ska jag någonsin lära mig.

Det tog lång stund att somna om och längre att vakna sen, när det var dags att gå till frukosten. Vi hade gjort upp att äta precis innan frukosten stängde.

Maria satt med sin guidebok vid *vårt* bord. Hon var ensam. Jag slog mig ordlöst ner och vi log mot varandra. Hon hade ett enkelt svart linne på sig.

"Jag uppskattade inte böneutropet lika mycket den här morgonen," sa jag dämpat.

"Jag tror att det blev lite mycket *rakö* igår."

"Jag tyckte om det... hela kvällen liksom... hur det blev."

"Det var trevligt... skön stämning."

Bella kom in, helt iordninggjord, sminkad och med håret fixat. Dennis kom lunkande efter med tyngre fötter men med ett leende.

"Här kommer ju sheriffen," sa jag glatt.

"Väldigt trevligt igår, måste jag säga," sa han och slog sig ner. Bella stod med mobilen i handen.

"Jag har haft lite kontakt med Can och C:o nu på

108

morgonen," sa hon, "tydligen trampade han på lite tår igår för Albert, hans professor, har skällt ut honom efter noter att han tog med oss ut igår, före honom, Albert alltså. Det är lite infekterat nu, kan man säga."

"Jag gör inte det här före kaffet," sa Dennis och gick till buffén.

"Albert vill ta med oss ut till en av Prinsöarna idag. Jag känner att jag måste åka för att... det blev så här. Ni behöver naturligtvis inte åka, men... *men* jag skulle vilja att vi var fler... än jag... och Dennis så klart."

"Klart jag följer med," sa Maria, "Albert och Rosa är ju jättetrevliga. Jag trodde inte vi hade hört av dem bara. Klart vi åker." Bella slappnade synbart av. De båda gick till Buffén.

Dennis kom tillbaka med två ägg, ett rostat bröd och en svart kopp kaffe.

"Sovit gott," undrade han med öppenhet.

"Lite känsligare för höga böneutrop den här morgonen, kanhända."

"*Kanhända,* ha ha ha, ja så kan man säga!"

"Vad är det här om en professor?"

"Can och Didars professor ville tydligen ha *företräde.* Man ska tydligen betyga respekt här för överheten. Jag tycker inte att det är något konstigt med att han vill visa Bella och Maria runt lite när dom kommer till Istanbul, men det är sättet... och skälla ut Can. Jag... äh, det är vad det är. Vi får väl åka iväg och träffa den här gubben."

Vi åt frukost i en delad tystnad vi fyra. Halvvägs genom dök resten av gänget upp, till och med Gustav.

"Hur mås det?" hälsade Dennis.

"Lite bättre idag. Får se vad jag får behålla idag," sa Gustav.

"Kom du ut något igår?"

"Jag var en sväng till ett militärhistoriskt museum, det var verkligen bra, lätt att hitta."

"Bra, bra," sa Dennis.

Bella började förklara läget med professor Albert och den nu planerade turen ut på Marmarasjön och Prinsöarna.

"Men vi åkte ju båt igår," sa Gabbi.

"Vad angår det oss om han bråkar," sa Therese, "Om han vill hunsa sina doktorander, så *fine,* men jag ställer inte upp... jag gör det inte."

"Vi hade tänkt att gå på det arkeologiska museet idag," sa Åsa, "dom har mycket egyptiska artefakter som jag gärna vill se."

"Det är ju inte som att vi måste göra allt tillsammans," sa Gabbi, och så blev det två grupper av sällskapet. Det var inte den bästa stämningen. Det magiska intrycket av det Gyllene Hornet påverkade oss inte som förr. Gustav började peka ut olika jagare och andra bestyckade skepp ute på vattnet. Han räknade till inte mindre än fyra ubåtar. "Vilken trupp-ansamling!" utbrast han entusiastiskt. Han förklarade funktion och taktiska detaljer för Dennis hos NATO-styrkan som låg nere i viken. Jag brydde mig mer om de första vikingarna som med sina långskepp kom ner för Bosporen en gång och skådade Konstantinopel i all sin glans. Vikingarna hade bara ordet *gård* för att beskriva vad de såg. De gjorde inget den gången bara vände sina skepp och åkte hem.

Arkeologerna gick sin väg efter frukosten. Jag höll mig till Maria, och Maria skulle ut till Prinsöarna med Bella och Dennis.

"Trotskij bodde ett tag ute på Büyükada, den största av Prinsöarna," sa jag upprymt när jag läst om vårt utflyktsmål i guideboken medan vi drack upp vårt kaffe. Vi sa att vi skulle samlas på Bella och Dennis rum innan vi gav oss iväg för dagen. Jag var hastigt förbi mitt rum och plockade upp min ryggsäck som jag hade en tröja, kamera, en vattenflaska och Orhan Pamuks, *Istanbul* i. Bella hade sagt att vi skulle ta med badkläder ifall det blev läge att ta ett dopp, så sist av allt packade jag ner badbyxor och en handduk.

Upprymd av att få tillbringa dagen nästan ensam med

110

Maria, ute på Marmarasjön, grep jag dagen an. Dennis låg på sängen, när jag kom upp till dem, i sin förtätade smartphone värld. Bella pratade i sin mobil och borstade tänderna samtidigt. Jag slog mig ner i en stol innanför dörren med ryggsäcken i knät. Maria kom in strax efter. Det fanns ingen antydan till att gå.

Dennis försvann ner i sin resväska och plockade upp en whiskyflaska.

"Vi tar en pinne, va," sa han och hämtade vita plastmuggar från badrummet. "Den berömda gåsen." "Smörja grouset lite." "Tjing, tjing!"

Bella fick en mugg som hon ställde på skrivbordet, vid tv:n. Hon gick planlöst runt och lyfte på saker rummet, flyttade saker från en packning till en annan. Hon kollade igenom små påsar och rumsterade runt, men det blev inte mer ordnat i rummet för det. Hon fortsatte hela tiden att kortfattat, med långa mellanrum prata i telefon, och snurrade upp sitt hår på pekfingret om hon inte hade något för händer.

"Ok," sa Bella plötsligt till oss i rummet, "dom kommer hit och plockar upp oss i lobbyn om en halvtimme."

Vi drack utan brådska ur glasen och gick ner. Bella var fortfarande stressad och ville inte att vi skulle riskera att låta Albert och Rosa vänta på oss. Dennis slog sig ner i en fåtölj när vi kom ner i lobbyn och fortsatte kolla mail på sin telefon. Bella och Maria diskuterade ett jobbprojekt och jag klev ut på gatan, den turkiska gatan, och bara stod där en stund. Jag började tänka på den situation som hade uppstått på flygplatsen den morgonen då vi åkte till Istanbul. Det var tidigt på morgonen och jag delade en taxi från Uppsala till Arlanda med Maria, Bella och Dennis. De andra var mer oroliga för att missa flyget så det gänget hade redan åkt tidigare till flygplatsen. Vi tänkte att vi ändå ses vid gaten. Så jag åkte i den avslappnade, coola taxin. Vi checkade in väskorna och gick igenom säkerhetskontrollen utan problem. Vi hade gott om tid så vi stannade på väg ut mot den avlägsna F flygeln för att växla pengar och köpa choklad, Anton Berghs plommon i Madeira. När Bella stod och plockade ner sina förvärv i en påse så hittade hon ett boardingcard som någon hade glömt där vid kassan. Det tog ett ögonblick innan hon insåg att det faktiskt var Therese, vår vän, som tappat det. De måste ha gått förbi här alldeles före oss. Vad är oddsen skrattade vi. Då beslutade vi oss för att göra ett skämt av det. Vi skulle ringa till Therese och fråga om alla hade sitt boardingcard, låta henne leta med stigande panik i en skälvande sekund och sen triumferande lämna tillbaka handlingen. Snabb panik och stor lättnad, alla är vänner. Bella skickade bara ett sms och innan vi hann sätta igång katharsis delen av skämtet rusade Therese skräckslagen iväg för att hitta eller ersätta kortet. Hon pratade inte med oss förrän efter att vi hade landat i Turkiet. Jag och Dennis åt frukost medan Gabbi och Åsa skällde ut Bella och Maria för det elaka sprattet. Jag tror att det var min idé ursprungligen, men jag hade valt ett annat utförande. Så här i efterhand kan jag lugnt säga att allt var Bellas fel – nej, allt var Therese fel. Det var ett bra skämt.

En och annan taxi kom ner för gatan till hotellen. Restaurangen tvärsöver vägen hade ett stort MC-klubbemblem över uteserveringen, borden på trottoaren. De mindre inramade fotona var alla på grupper av medlemmar med sina hojar. Jag hade inte förväntat mig outlaws här i Turkiet. Det är sånt man förknippar med Kalifornien och Öresundregionen.

Jag gick tillbaka in i hotellets lobby, och alldeles bakom mig kom som av en händelse Albert och Rosa. De var ett välmående medelålderspar redo för en anspråkslös utflykt. Rosa kramade hjärtligt om oss alla och var en genuint trevlig person. Albert var mer reserverad och skakade fåordigt hand med oss.

"Vi tog en taxi," sa Rosa strålande, " Albert vill inte gärna parkera bilen i stan. Han klagar på det han tycker är *bazaarbeteende.*" Hon skrattade men Albert såg inte ut som att det

112

var något att skämta om.

Vi satte av mot spårvagnarna, men vi skulle inte långt. Jag uppfattade bara att båten vi skulle ta gick från Det Gyllene Hornet någonstans. Det var en enkel färja som gjorde många stopp på väg ut över Marmarasjön. Vi såg Topkapipalatset och Aya Sofya från vattnet för första gången. Jag kan inte minnas att vi såg någon av de u-båtar som låg här nere vid frukost. De måste ha gått på djupet. Jag insåg genom något i konversationen att Albert och Rosa var judar. Det hade inte föresvävat mig på något vis och var bara ett intressant stick i en större giv. Det är lustigt att någon kan ha något emot judar med så litet som skiljer ut dem. Om de inte står vaggande vid klagomuren, hur ska man veta. Antisemitism är som att hata ecru, men benvit och äggskalsvit är bra.

Det var en klar dag. Det skulle bli varmt. Diset hade inte lagt sig över staden. Vattnet låg med små lekfulla vågor. Vi stod ute på däck med den behagliga vinden i håret och skrattade tillsammans. Färjan korsade Bosporens inlopp och lade till i Asien. Det var några kilometer ut till Prinsöarna. Färjan landade vid varje ö på vägen ut till Büyükada, som låg längst ut i bandet. Gröna små bergstoppar ute i sjön.

Bara några steg från där vi steg i land satt vi oss ner och drack turkiskt kaffe. Det såg ut som på Fjäderholmarna, fast mer. Till vänster restauranger och till höger en väg runt ön. Rosa hade en karta som vi bredde ut på bordet. Hon ville visa oss en ortodox kyrka som låg vackert till på andra sidan Büyükada. Hon tyckte vi kunde promenera och ledde oss sen på en behagligt skuggig men ganska lång tur förbi enorma disponentvillor. I en av dem hade Trotskij bott i under sin exil, men jag kunde aldrig avgöra vilken. Vi roade oss med att välja ut hus åt oss själva. Man fick vara kinkig. Det kan till och med ha uppmuntrats.

När husen började stå allt längre ifrån varandra började vägen stiga. Det blev allt varmare också. Rosa verkade vara den som plågades mest. Hon pustade och sa att det inte var långt kvar.

"Vi sätter oss en stund här," sa Albert när vi till slut kom upp på krönet och ledde in sin medtagna hustru till en restaurang. "Kyrkan ligger däråt." Han pekade mot en brant, stenig stig som fortsatte uppåt.

"Jag är ledsen," sa Rosa, "men jag måste vila en stund."

"Ingen fara," sa Bella, " vi går upp och tar en titt. Vi är snart tillbaka."

Stigen var verkligen brant. Rosa visste vad hon gjorde när hon stod över. Vid sidan om stigen växte finlemmade barrträd. Inga julgranar. Vi närmade oss Büyükadas högsta punkt. På klippan stod ett litet ortodoxt kapell. Den hade hört till ett kloster som inte fanns kvar eller som vi inte besökte. I norr såg man Istanbul breda ut sig längs Marmarasjön. Det såg inte ut att vara långt, ett par kilometer. Jag gick in i kyrkan med Maria, in i det förgyllda mörkret. Vackert illuminerade biblar låg uppslagna i glasmontrar. Väggarna var täckta med ikoner. Något så annorlunda för protestanter.

Jag och Maria gick fort igenom det sakrala rummet. När vi kom ut hade disiga moln dragit upp. Kisande stod vi nära varandra och såg på utsikten. Jag tog hennes hand, så självklart jag kunde. Hon såg på mig utan att släppa taget. Jag böjde mig fram och kysste henne på munnen. Hon svarade. När jag öppnade ögonen sa hon, "Var försiktig med vad du sätter igång nu."

Jag kände att det vägande fältet plötsligt hamnade i fullständig balans, att vi var helt i nivå med varandra. Jag strök bort lite hår från hennes kind och vi kysstes igen.

Vi gick sakta runt kyrkan på den nakna klippan. Bella och Dennis hade tagit mer tid på sig inne i kapellet.

"Vad är det som har hänt," ropade Bella när hon kom ut på trappen samtidigt som vi kom runt hörnet, "var kom alla moln ifrån!" Jag och Maria skakades isär av den återvändande omgivningen. Jag var i ett drömmande tillstånd när vi gick tillbaka ner till Albert och Rosa. De vinkade in oss på terrassen

114

där de hade tagit in varsin öl. Svenskarna var hungriga vid det här laget så vi tog in lunch. Det fanns bara grekisk sallad som jag kunde äta, men jag var ändå trött på kikärtor och bröd. Jag åt lite av Bellas pommes frites också, som hade kommit in som en side order till lammspetten.

Vi satt vid ett slitet picknickbord på finstolar i en pergola med skuggande vinblad. Terrassen klängde sig fast i en smal ravin mellan två klippiga toppar. Det stupade brant ner mot sjön vid våra fötter.

"Visste ni att det är höstdagjämning idag," sa Bella som om hon utbringade en skål och vi skålade. Rosa hade en katt i knät som hon klappade.

När vi lämnade restaurangen beslutade vi oss för att åka häst och vagn tillbaka ner till den lilla hamnen. Vi fördelade oss i två droskor. Jag satt nära Maria och skrattade åt Bella och Dennis som teatraliskt grovhånglade i den snabba, klapprande färden.

Men vistelsen på ön var inte över. Albert och Rosa kände till en badplats där vi kunde svalka oss. Det var varmt och vi hade druckit öl så det lät som en bra idé tyckte vi. Vi gick förbi en lång rad fiskrestauranger som stolta ville visa oss vad som erbjöds, men vi ville i vattnet.

Jag har aldrig sett en liknande badplats, varken förr eller senare. Det var mer som ett café ute på en pir. De hade en enkel stege ner i vattnet från den höga stenkanten. Det var mycket folk i vattnet, annars hade jag aldrig trott att det var meningen att man skulle bada där. Man betalade en liten summa för inträde. På piren stod det utemöbler i plast, bord, stolar och parasoller. Damerna köade till omklädningshytten bakom kassan. Jag och Dennis svepte in oss i varsitt badlakan och bytte utan att åbleka om till badkläder. Albert måste ha haft badbyxor på sig hela tiden för han satt redan i en stol och gassade i solen innan jag och Dennis hann säga *tada*.

Det bräckta vattnet var svalt och skönt efter den varma vandringen, och de amorösa tilltagen. Att bara ligga i det mjuka svallet av Marmarasjön var gott. Det var djupt, man bottnade inte och det fanns en antydan till ström.

När vi alla hade tagit en ordentlig simtur kom vi en i sänder upp för stegen och satt oss tysta i eftermiddagssolen. Hemma i Sverige är jag alltid så självmedveten över min kropp, min spolformiga, feminina hydda, men utomlands bryr jag mig mindre av någon underlig anledning. Jag såg på Maria och jag vet att hon är självmedveten också, kanske mer. När jag ser tillbaka nu, tänker jag att den delade självmedvetenheten är en stor del av vår kärlek. Att vi svarar på varandras skönhet och vet vad det betyder. Det är ingen liten sak att vara trygg tillsammans med någon. Jag såg på henne, de saltvåta låren som jag kunde kyssa. Varje veck av den dolda blomman.

När vi gick tillbaka förbi de stolta fiskrestaurangerna kände de igen våra ansikten och de var alla ytterst angelägna om att vi skulle sätta oss vid deras bistro. De var väldigt påflugna och vi tog oss inte utan att vara otrevliga genom gatloppet.

Utmattade klev vi ombord på färjan. Rosa drog upp benen under sig och satt med halvslutna ögon tillbakalutad i en soffa med Albert. Bella och Maria satt trötta och pratade under båtmotorn och vågornas brus. Dennis pratade med Albert och pekade då och då ut något på öarna vi passerade. Längs den avlägsna stranden bredde staden ut sig utan ände.

"Är det Istanbul allt det," frågade jag Albert.

"Jaa, det är Istanbul," sa han som om jag sagt något urbota dumt.

"Jag menar, räknas de som Istanbul alltihop. Det är inte förstäder som börjat växa samman, eller."

"Nej, det är Istanbul... det är stort. Sjutton miljoner invånare."

Jag stod vid relingen, och sjön och himlen var som en sammetstavla i rosa och lila. Det fattades bara en svanbåt, en delfin som hoppade över vågorna och ett kärlekspar från en Harlequinroman. Solen gick ner borta i det Egeiska havet. Jag höll blicken på den blå moskéens minareter. Om jag ändå kunde måla som Whistler. Det här är en Chelsea Embankment i själen. Den gamla Battersea bron i blått och guld.

Vi var rejält trötta när vi kom iland och drog oss hem till våra gamla kvarter. Albert och Rosa tog en taxi hem till sig. Det hade inte varit en ordrik dag. Det hade varit mycket intryck och djärva handlingar.

Vi fyra som närmade oss hotellet upptäckte att det var dags för kvällsmat. Vi stod utanför restaurangen med MC-märket. Vi kollade snabbt menyn och alla ville ha pasta, ost och vin. Det här var *Garden of angels*. Omkring namnet på restaurangen var nakna keruber avbildade, inte Sonny Barger eller Peter Fonda. Nästan tre dagar utan italiensk mat är på gränsen till vad någon orkar utstå. Jag har tagit in Tagliatelle med gorgonzola på en liten thailändsk ö inom synhåll från Kambodia.

Det som kom in är vad som händer när man lagar pasta utan kärlek. Jag har bara fått sämre mat på George Orwell Plaza i Barcelona, och det var burkravioli med ett sånt där parmesan-pulver som våra föräldrar hade hemma på åttiotalet. Husets röda var det stugröda som sköljts av fasaden.

Vi var verkligen trötta och hungriga.

Bella som aldrig vill att något ska ta slut fick med mig och Maria upp på deras rum för att ta ett glas efter vår festmåltid nere på gatan. Jag slog mig ner på stolen innanför dörren som på morgonen. Städerskan hade gjort ett jobb med Bellas alla små påsar och resepapper. Dennis slog upp whisky i tandborstmuggarna. "Sheriffen!" "i Nottingham!"

"Odelaly, odelaly Hoppsan vilken dag," sa jag, "det var lite spänt i morse men jag har i alla fall haft en riktigt bra dag."

"Bra att du säger det," sa Dennis, "han är lite knepig, Albert, men nog har det varit en toppen dag. Badar i Marmarasjön, det gör man inte varje dag!"

"Ja, tack för idag, hörrni," sa Bella.

"Och i morgon är sista dagen," sa Maria, "Ska vi ta Grand Bazaar då... och Topkapipalatset kanske."

117

"Ja, vi håller oss här i krokarna," sa Dennis, "Har vi tappat bort dom andra nu tror ni."

"Ja, men vi kan väl höra med dom imorn vid frukosten vad dom vill göra," sa Maria.

"Det var vackert där ute," sa Dennis, "och uppe vid kyrkan... man kom verkligen långt från allt där hemma. Det har varit mycket på jobbet, och mycket... att komma överens om med allt." Bella kurade ihop sig på sängen.

"Man kommer närmare luften i lungorna på något vis." sa jag, "det är då tiden verkar. Inte bara en sak efter en annan. Man får tid att andas."

"Jag behöver det," sa Dennis, "det går väl ingen nöd på mig, men det är bara mycket, en sak efter en annan, som du sa."

"Jag är vaken," sa Bella släpigt från sängen. Hon blundade och låg på sida med en hand under örat.

"Bella... Bella." Dennis fick inget svar från sängen.

"Jag ger nog också upp snart," sa jag. Jag sökte Marias blick. Dennis gäspade. Han slog över Bellas whisky i sitt glas.

"Det är ett helt annat land, Turkiet, än vad man tror. Så många olika delar och historien sen. Vilket land, va! Det är inte alls som man tror där hemma. En fattig avkrok, en militärdiktatur. Hur kurderna behandlas. Det är lätt att sitta hemma och se på nyheterna. Men det är ett land att räkna med, både politiskt och ekonomiskt," sa Dennis

"Ja," sa jag, "i Europa ser vi fortfarande bara *turken,* något främmande som står emot ljus och demokrati. Vi skyller på kurdfrågan men vi klarar inte att öppna den europeiska dörren för tartarerna. Det är bara rasism, en gammal idé om vad Europa är och vad resten av världen är."

"Den turkiska ekonomin, marknaden, kommer att bli nödvändig för oss, då funkar inte rasism."

"Jag tror att vi måste lösa frågan om Paris först. När Europa inser att Paris är lika muslimsk och att det inte är ett problem så kan turkarna få ingå i den europeiska gemen-

118

skapen."

"Fransmän," fnös Dennis.

"Jag ska nog gå och lägga mig tror jag," sa Maria, "Jag sitter och somnar här." Hon ställde ifrån sig muggen och reste sig upp. Jag tömde snabbt mitt glas och reste mig lite för okontrollerat.

"Jag ska nog också dra mig tillbaka," sa jag.

"Ja, Bella sover ju redan," sa Dennis, " så här är det. Så fort hon sätter sig ner på kvällen så slocknar hon. Som ett ljus."

"Ses vid frukost... som igår?" sa Maria.

"Ja vi kan sova ut lite," sa Dennis, "God natt, då"

Vi kom ut i korridoren och dörren stängdes. Vi gick mot trapporna. Hon bodde en våning upp och jag ned. Jag kände en enorm nervös förväntan i den korta färden. Maria steg upp med en fot i trappan och såg på mig. Jag klev in nära henne. Hon smekte min kind och kysste mig lätt.

"Jag kommer inte att komma med till ditt rum ikväll," sa hon fast, "Det är inte vad det här är."

Jag nickade och drev in på kända farvatten med ens. Det här visste jag vad det var. Godnatt godnatt godnatt. Det är så *ett schackparti* slutar. Jag kände mig lite dum för att jag hade jagat upp mig över ingenting, och lättad över att livet inte var överraskande. Jag kunde den här sången. Det är helt på hennes villkor.

"Vi ses i morgon, då," sa jag fåraktigt. Hon gick till sitt och jag till mitt. Det är så enkelt att göra det förväntade. Vara vattnet som utan ansträngning formar sig efter kärlet. Det är vist, säger I Ching. Gå till en säker plats och vänta på vinden. Allt är undflyende, säger Predikaren, och fåfängt.

Jag duschade och gick i säng. Det var fortfarande ganska tidigt, jämfört med de andra kvällarna, men jag var ändå dödstrött. Jag visste vad som skulle hända nu. Allt var ett misstag, jag hade missförstått hennes signaler. Jag skulle få kämpa för att behålla vänskapen med henne för att bevisa hur lugnt det var mellan oss. Att jag inte hade förväntat mig vad

119

det nu var man brukar förvänta sig. Hålla god min oavsett. Jag slöt ögonen och somnade.

**4.**

Jag vaknade inte ens av böneutropet den här morgonen. Jag tittade på klockan när jag hittade ut ur de tilltrasslade säng-kläderna. Bella och Dennis var redan vid frukosten när jag till slut visade mig på terrassen. De gav mig en blick.

"God morgon," sa Bella.

"Em," utbrast Dennis, "vi var rädda att ni hade checkat ut."

"Jag vaknade inte av tidegärden i morse," sa jag och gäspade. Jag gick bort till buffén och plockade åt mig mitt vanliga lass.

"Hur ligger vi till," frågade jag när jag satt mig till bords, "har ni sett till dom andra?"

"Varken Maria eller Gustav och hans harem," sa Bella. Jag började äta och jag kände mig utsvulten. Gabbi och Åsa kom snart och satte sig vid bordet bredvid oss. Therese och Gustav var inte långt efter. Bella som var färdig gick över till de andra.

"Vi tänkte ta Topkapipalatset idag," sa hon, "och Grand Bazaar. Vad har ni för planer då?"

"Det hann vi med igår," sa Åsa.

"Det blir hård shopping idag," sa Therese, "Men jag har spanat in några väskor utanför Topkapi så vi kan gå en bit med er kanske."

"Kan du känna virveln i plånboken, Gustav," skrattade Bella. De började berätta för varandra om vad det gjort under gårdagen. Maria slank plötsligt in under radarn och satt sig på den lediga stolen mitt emot mig.

"Jag ska nog ha lite frukost ändå," sa hon och reste sig igen, "jag har lite halsbränna idag." Jag såg på när hon hämtade te och rostat bröd. Frugaliteten var slående. Jag kunde inte sluta att se på henne. Jag kunde inte komma på något att säga. Min enträgna blick måste ha varit outhärdlig.

Maria hade ätit klart och det var snart dags att åter ge sig ut. Vi skulle bara borsta tänderna och pudra näsan först. Förslaget gjorde jag som Bella och Maria och slog in bröd och annat från frukosten i servetter till matsäck, det är en enkel nödranson men den visar sig ofta livsnödvändig på utdragna utflykter och om Bella bunkrar upp då vet man att det är långt till nästa utfodring.

"Samling i lobbyn. Avmarsch om tjugo," sa Therese.

De andra hade dagen innan hittat en smal gränd nere bakom hotellet som kortast möjliga väg ledde till Topkapipalatset. Jag hade uppfattat det som en återvändsgata vi bodde på. Therese var otålig när hon kom ner i lobbyn. Jag och Maria var på plats. Therese stampade runt och tittade på klockan.

"Vi sa ju tjugo minuter," sa hon irriterat. Åsa och Gabbi kom snart ner.

"Var är dom andra," sa Therese argt.

"Vi har inte sett dom," sa Gabbi reserverat.

"Vi får börja gå," sa Therese, "så får dom andra komma efter när dom är klara. Vi kan ju inte stå här hela dagen. Fattar dom väl."

"Jag kan vänta på Bella och Dennis," sa Gabbi.

"Bra, vi går upp till Topkapipalatset, där vid väskorna, så får ni komma så fort ni kan."

"Kommer inte Gustav," undrade Åsa.

"Nej, han är sjuk igen," sa Therese mörkt.

"Jag vill titta på väskor," sa Maria och så gick vi, Therese med långa steg och jag, Maria och Åsa efter.

122

Gatan vi tog var en svängd gränd, men inte så smal att taxibilarna behövde sakta ner. Therese gick i täten som ett lok som plogade mot trafiken.

Snart var vi framme vid muren som omgärdar palatset. Vid en stor välvd öppning ute på kullerstenen stod det flera enkla stånd som sålde samma väskor och sjalar som överallt annars i Istanbul. Tjejerna gick fram och kände på gardintyget med axelremmar och en försäljare började den tröttsamma dansen. *Ten for that you must be mad.* "Om vi tar tre väskor, då, ge oss ett bättre pris." Fram och tillbaka. Till slut var dom nere på tjugo pengar per väska.

"Jag har slut på kontanter," sa Therese, "Kan jag låna av dig, så länge," sa hon på svenska till Åsa som började leta efter sina undanstoppade resurser. Innan varken Maria eller Åsa hunnit få fram sina turkiska tjugor sträckte jag över de sextio pistoler vi var skyldiga för väskorna till försäljaren.

"Precis så gör en man!" sa försäljaren och klappade mig på axeln. "Vänta," sa han och gick bort bakom sitt stånd och kom tillbaka med en liten nål som han fäste på mitt skjortbröst som en medalj. Det var en sånt där amulett mot det onda ögat som finns lite varstans omkring det östra delarna av Medelhavet.

"Ni har ett imponerande harem, herrn," sa han vördnadsfullt, "tre kvinnor." Jag skakade hans hand och *mina* kvinnor tog sina väskor och vi gick in på palatsområdet. Vi skojade om det som hänt, men det var det mest manliga jag någonsin varit.

"Du ska få pengarna sen," sa Therese med sin nya väska på axeln. Maria räckte över en tjuga som hon omsider hittade i handväskan hon haft med sig. Ett turkiskt marschband i historiska kläder tågade runt borggården, väldigt all a turca, medan vi väntade på resten av vårt sällskap.

"Tjusig bolsa," utbrast Bella när hon och de andra till slut dök upp, och hon gick upp till Maria utan att stanna och synade hennes gröna och guldbroderade nyinköp. Therese, Gabbi och Åsa drog iväg mot spårvagnen och de rika shoppingdistrikten. Vi andra fyra betalade in oss på musei-delen av Topkapi. Man kunde välja att betala extra för att få gå in i sultanens gamla harem, men vi kände inte att det fanns tid.

"Pamuk skriver att vi i väst inte förstår vad ett harem är, att det är något annat än vad vi tror, men han skriver inte vad det är vi tror att ett harem är och han förklarar inte heller hur vi istället ska se på det," sa Dennis när vi gick förbi vändkorset till det ekivoka haremets halvstängda hemligheter. Vi började med den fantastiskt tråkiga *Livrustkammaren.* Ändlösa montrar med arrangerade troner draperade med dyrbarheter utan lyster, juvelbesatta paradvapen, malätna plymer. Bella och Dennis läser alla informationstavlor, plaketter och små antikvariska etiketter, stannar i evigheter vid varje glas-monter och uppspänt sidenrep. Jag och Maria hade snart lagt hela utställningar mellan oss och B´n´D. När vi kände att vi sett tillräckligt satte vi oss i en skuggig pelargång och väntade på vännerna. Omkring oss satt tjocka amerikaner och fläktade sig med kartan över palatset. Jag synade min karta.

"Ska vi gå och se relikrummet sen." Maria tittade på sin hand out. "Jag tror nog att Sultanerna har lyckats samla en del otroliga artefakter under dom år dom dominerade här nere," sa jag, " jag menar, Jerusalem, Bagdad, Kairo och Mecka var ju deras att hämta hem skatter från. Det är väl bara London som kan ha mer rövargods i världen." Jag tror att jag svamlade en del.

"Det kan nog bli kul att se," sa hon.

"Visste du att *harem* kommer ifrån arabiskans *haram,* som betyder förbjudet," sa jag.

"Jaha."

"Sitter ni här och kuckelurar," sa Dennis när han uppen-barade sig.

"Kuckelurar," sa jag, "jag kan inte hänga med i din hippa gatuslang. Är det så kidsen pratar nu för tiden."

"Kuck-e-lu-rar," förtydligade Dennis, "Skaffa ett rum, vetja."

"Vi har två," sa jag och Maria rodnade, tittade åt ett annat håll.

När Bella slutligen anslöt till oss gick vi till relikrummet. Där fanns sådant som man kan förvänta sig, som Abu Bakrs svärd, och sådant som man inte tänkt sig, som Kabans häng-rännor, men det var det rent mytologiska inslagen som var fantastiska. Profeten Elias mumifierade hand. Moses stav, den som han delade det Röda Havet med. Jag förväntade mig plötsligt att förbundsarken skulle vara utställd där. Om Jesaja inte hade lyckats smuggla den söderut genom Jemen måste den ha blivit kvar någonstans inom det som sen blev det Osmanskariket. Det är lätt att få upp hoppet när det inte finns några tecken som talar emot.

Det inre området av palaset var otroligt vackert. Lite samma upplägg som Grand Palace i Bangkok. Små pavil-jonger i olika stilar. Bella och Dennis ville få ett romantiskt foto av dem själva till sin bröllopsinbjudan. Maria tog deras kamera och så började vi arrangera brudparet mot blommande träd, valv och bågar, några med en vy av det Gyllene Hornet i bakgrunden. Jag tror inte att de sen använde några av de här bilderna till inbjudan. De förlovade gick iväg för sig själva en stund, jag och Maria tassade en smula prövande omkring varandra.

"Har du gått med i Världsarvstävlingen?" frågade plötsligt Maria.

"Jag har hört att ni pratat om det men jag hänger inte riktigt med," sa jag.

"FN har en lista på Världsarv, platser runt om i världen som är särskilt betydelsefulla."

"Historiska platser eller?"

"Ja, det kan vara historiska platser. Det finns platser som är världsarvsklassade för sin kulturella betydelse men det kan också vara platser som Höga Kusten, ovanliga naturfenomen som landhöjningen."

"Och man får poäng på det?"

125

"Ja, ett poäng för varje arv man besökt."

"Har du många såna poäng?"

"Inte så många som Bella och Dennis men jag börjar få ihop en lista."

"Finns det många världsarv?" undrade jag.

"Hundratals runt om i världen. Aya Sofya är ett världsarv."

"Så jag har ett poäng... eller räknas det inte om man tar det innan man vet om tävlingen?"

"Det räknas. Det var till och med tal om att arv som man besökt innan man börjat sin egentliga lista skulle räknas som två poäng men jag tyckte det var orättvist eftersom att jag inte varit ute och rest omkring så mycket med mina föräldrar när jag var liten som Bella. Hon har otroligt många poäng från Italien som hon tog när dom var nere och hälsade på sina kusiner under sin uppväxt."

"Så du har inte så många poäng från din uppväxt?"

"Nej, det finns inga världsarv i Hälsingland... än. Dom har nominerat en del Hälsingegårdar och när det går igenom så kommer jag att casha in."

"Finns det några världsarv i Uppland, då, som jag kan få räkna in?"

"Drottningholm och Skogskyrkogården i Stockholm, och Ängelbergs bruk i Västmanland. Det är nog dom som är närmast."

"Ängelsberg? Jag har aldrig hört talas om det, och jag har aldrig varit till Drottningholm eller Skogskyrkogården heller. Jag tror att de ligger i Sörmland... rent tekniskt sett. Nej, jag vet inte om jag som Upplänning kan stödja den här *Världsarvstanken*. Det verkar vara helt godtyckligt och inte tillräckligt fokuserad på den Uppländska kulturens särskilda betydelse."

"Du ska se att FN snart erkänner sitt misstag."

"Och då ska vi vara storsinta nog att ta emot världssamfundets ursäkt."

"Knäppis."

"Bara för att man hävdar sin kulturs naturliga företräde framför andras mer ringa insatser för mänskligheten så är man en knäppis plötsligt." Hon såg på mig en stund, både road och tindrande.

"Hur var det att växa upp i Hälsingland?" fortsatte jag.

"Det var inte en bondgård, men vi hade alltid en massa djur. Hästar och grisar ett tag, kalkoner och ankor. Jag har tre systrar också."

"Fullt hus, låter det som. Och så kom du till Uppsala. Var det tänkt så eller fick du bryta lite mönster?"

"Helt naturligt var det väl inte, att åka iväg till universitetet, men inte något konstigt heller, egentligen. Min storasyster, Helena, läste till lärare i Uppsala, så jag delade lägenhet med henne i början."

"Historien skrev en blankcheck åt oss 70-talister. Det är så många av oss som är den första generationen som skaffade sig en högre utbildning, och på många sätt den sista generationen som kunde ta den svenska modellen för givet. Vi är resultatet av folkhemmet, dom som kommer efter oss kommer inte att ha samma möjligheter. Vi hör alla till en aningslös generation."

"Tror du. Är det inte bara att det är lättare att se vad man hade, vad man kunnat göra av situationen om man vetat då vad man vet nu," sa Maria.

"Jag vet bara att jag för första gången är glad att jag stannade kvar i Uppsala, och jag är glad att du kom till Uppsala." Jag var nu framme vid djupets kant där man varken faller eller flyger. Det är inte ett prov alls. De gånger vi faktiskt uppfattar de nära avgrunderna stammar vi och svettas men vi går ju aldrig över kanten.

Bella och Dennis kom tillbaka till oss i den vevan.

"Ska vi börja röra oss mot Grand Bazaar tycker ni," sa Bella, "Har ni sett det ni ville?"

"Ja, det har vi väl, eller." Maria tittade på mig och jag nickade. Det hade verkligen blivit varmt. Vi kämpade oss ut förbi de rödsvullna seniorerna som fyllde palatset och förbi

127

alla glödande bussar på den mjuka asfalten utanför Aya Sofya. Vi slog in på en smal tvärgata som ledde bort mot basaren.

"Men vi har ju inte druckit något turkiskt kaffe," sa Dennis och slog sig för pannan, men han hade glömt att vi tagit en fika ute på Prinsön. "Vilken katastrof det här hade kunnat bli! Vad hindrar att vi sätter oss här?" Han manade oss till några bord utanför ett kafé, direkt på stenen.

"Vi måste ju ha kaffe," sa jag, "Fattas bara." En servitör uppenbarade sig och vi beställde in varsin kaffe. Jag fick frågan hur mycket socker jag ville ha i kaffet.

"Inget socker tack," sa jag. Men det gick inte att få det utan socker visade det sig. Han förstod inte konceptet alls, så jag fick be att få "väldigt lite socker."

"Vill du inte ha lite socker, Em," sa Bella och la armen om mina axlar.

"*Lite* socker är vad jag verkar få," sa jag, "men jag brukar ta mitt kaffe svart." In kom små koppar med ångande sumpigt kaffe. Det var fullt njutbart trots sockret. Det doftade som mina föräldrars kokkaffe i något avlägset barndomskök i södra Årsta. Det är Prousts fel. Maria Facebookade sin kaffe. Jag vet inte vems fel det är. Bella tog en bild på Dennis med lite av Aya Sofyas minareter i bakgrunden och la upp den. Dennis kommenterade en flashmob på Twitter. Jag drack mitt analoga kaffe på en smal stol med en sits av flätad vidje. När de hade kollat nätet gick vi de få kvarteren till Grand bazaar. Portarna vi kom till såg ut som Morias portar. Alldeles utanför basaren var den enda platsen i Istanbul som jag upplevde påflugna försäljare vid. De försökte dra in en i varje litet hål i väggen som sålde mattor. My friend, my friend! Mellon!

"Var kommer ni i från, herrn? Sverige?! Volvo, Volvo!"

Vi flydde in i mörkret av den övertäckta basaren. Det såg ut som att ett flyktingläger hade en bootlegfestival i ett parkeringsgarage. Den Stora Basaren är en enda stor jaha-upplevelse. Av ren uttråkning köpte jag ett cigarill-munstycke i sjöskum. Jag prutade ner den full av förakt. Prislappen är den största utjämnaren i världen. Inget, ge mig ditt bästa pris. Ett skäligt, fast pris som gäller för både prinsar och tiggare. Alla spel gör mig så less.

"Dom andra är på väg till Cisternbasilikan, hörrni," sa Bella som precis fått ett mess.

"Ligger det långt härifrån," undrade Dennis.

"Jag tror att det ligger på vägen tillbaka mot Hagia Sofia," sa jag. Tjejerna hade köpt fler sjalar men inga väskor. Det var som att de gjorde sig redo för en sju-slöjors-dans.

Cisternbasilikan är ett hus i staden som många andra i rad som var europeiska i mina ögon. De som bodde där upptäckte att de inte bara kunde dra upp vatten i källaren, de kunde också fiska. En underjordisk flod hade tagit sig in i den antika grunden som det modernare huset vilade på. Nu är det ett museum. Det moderna huset är i stort sett utblåst och man kan stiga ner i den översvämmade källaren som nu kallas Cistern-basilikan. Det är vackert och suggestivt, som en scen ur Fantomen på operan. Man går på träbroar mellan de gamla pelarna. Det var svalt och skönt i underjorden. Gröna mynt och ryggarna på mörka fiskar skymtade i det arketypiska vattnet.

Bella tog min arm. Gabbi och Åsa höll sig tätt inpå och de ledde mig genom den dunkla kammaren. Vi kom till slutet av källaren, en av de djupare hörnen.

"Jag har läst om det här," sa Gabbi och pekade mot en upplyst pelare. Fundamentet som stack upp ur vattnet var ett uråldrigt stenblock med ett stort medusahuvud i relief. För att passa in var stenen ställd på högkant och gorgonens huvud låg på sida. En dödsgudinna flytande i sitt eget gift. Ett mörkt kvinnligt mysterium. Prästinnorna tog den manliga adepten och visade honom vägen.

Jag såg mig om efter Maria men hon var inte där.

Det började bli dags för vår sista middag i Istanbul. Vi tog oss mödosamt upp till den utan nåd strålande dagen, fast det hade började skymma vid det här laget.

"Ska vi bara ta något hemma på gatan, eller?" lades fram och röstades enhälligt igenom.

Vi gick tillbaka mot hotellet över den öppna platsen mellan Aya Sofya och Den Blå Moskén. Ett nät av lampor lyste uppspända mellan spirorna på den mindre moskén. Det verkade ha någon betydelse.

Vägen svängde ner bakom Den Blå Moskén och nivåskillnaden skapade den mur vi promenerat längs en gång den första dagen. Uppe på torget där vi haft vår första basaarupplevelse hade nu restauranger öppnat på kvällskvisten. Det stod en varm stimmighet över platsen. Många bord hade tagit in vattenpipor. Servitörerna bar ut en strid ström av brickor med antingen glöd till piporna eller en myriad av små förgyllda teglas.

"In med mezetallrikar och bröd," mälde vi på förekommen fråga. Vi fick vårt te och började snart att bryta bröd. Maria hade hamnat vid andra änden av bordet. Vi tog rasande för oss av maten.

"Kan vi inte ta in en vattenpipa?" frågade Bella efter en stund som alltid spanar på de andra borden, "dom berättar nog hur man gör."

"Det är inte så svårt," sa Maria, "jag fick en i 30-års present."

Bella tog det med servitören och så hade vi snart en pipa i var ända av bordet. Munstycket vandrade runt. Det finns alltid en risk att den fastnar hos mig för jag tar ett bloss och pratar, tar ett bloss och så vidare. Jag brukar få några gliringar och sen skrattar man åt mig.

"Em, sitt inte och prata. Skicka vidare." "Ja, nu sitter han där igen med pipan."

"Är det starkt," undrade Åsa.

"Nej, det är förvånansvärt lätt att dra in," sa Gabbi.

Pipan kom tillbaka till mig. Jag tog ett djupt och gemytligt bloss och släppte ut den täta vita röken ur näsan. Jag gjorde en övertydlig ansats att börja hålla ett anförande.

"EM!"

"Jag är ingen talare," sa jag och tog ett bloss till innan jag skickade vidare.

När ögonblicket var över drog vi nöjda tillbaka mot hotellet i den kolsvarta natten. Det hade känts som ett sluttande plan större delen av dagen och vägen hem kändes än brantare än tidigare.

Bella och Dennis var snabba att få ut sin nyckel den här kvällen och försvann med ett kort "godnatt, allihop."

"Vi behöver inte ha bråttom imorgon bitti, va," sa jag, "Planet går vid två tiden, väl?"

"Ja, vi tar frukost och checkar ut i lugn och ro," sa Gabbi. Jag var redan på väg upp på mitt rum för jag hade inte lämnat nyckeln i receptionen som man skulle. Jag vinkade från trappen och lämnade tjejerna i foajén.

Den sista natten i Istanbul var här. Jag ville bara ta en dusch och krypa till kojs. Jag knäppte på tv:n och valde en turkisk kanal vilken som helst. Ibland är det skönt att veta varför man inte förstår någonting.

När jag sval och skön kom från duschen la jag mig på sängen och öppnade en ny bok. Jag reser alltid med fler böcker än jag någonsin har möjlighet att läsa. Vi kan väl säga att det var Erica Jongs *Fear of flying*. Jag tyckte väl att det skulle vara lustigt att sitta med den på planet hem. När jag precis hade läst det inledande stycket om *the zipless fuck*, knackade det på dörren. Det var en väldigt försiktig knackning. Jag drog fort på mig ett par jeans och en t-shirt och öppnade dörren. Det var Maria som stod där utanför.

"Jag tänkte att jag kunde stanna här i natt," sa hon till slut. Hon kom in och vi pratade så obesvärat vi kunde en stund. Vi satt på sängen och kysstes en stund till ett långt reportage om vad jag tror var gatulivet i Beyoglu.

"Ska vi lägga oss," sa jag och hon nickade. Jag släckte ljuset och stängde av tv:n.

"Är det ok om vi bara sover... inte gör något mer." sa Maria. Jag kommer inte ihåg exakt vad jag svarade men jag är inte en av dem männen som har svårt med självkontrollen och jag kan låta saker bero i åratal utan att komma till skott, så inga problem.

Maria hade snabbt tagit sig mellan lakanen. Jag klädde av mig och kröp ner bredvid henne som ett skedblad i ett annat. Jag insåg att hon inte var naken, att hon fortfarande hade på sig sin klänning. Det kändes som om jag redan hade gjort bort mig. Jag låg på min arm och täcket var på tok för tjockt och varmt. Jag nästan hyperventilerade och min puls rusade. Vi låg i den tillkämpade närheten i en stram evighet. Jag kunde inte andas och paniken kom krypande. Hur kan jag vara så här otroligt självmedveten.

"Vänta," sa Maria plötsligt och satt sig upp. Hon drog klänningen över huvudet och la sig på mage. Jag la mig till rätta och undvek att lägga mig på min avdomnade arm och drog inte täcket över mig mer än blygseln bjöd. Jag kysste hennes axel och så somnade vi.

# 5.

Jag vaknade av ett ytterst anklagande böneutrop nästa morgon. Tillbringa natten med en ogift kvinna! Alla vet vad ni har gjort!

Vi sov vidare i lakanens skyddande kokong. Närmare klockan åtta reste jag mig på armbågen och såg på kvinnan i min säng. Det är den vackraste synen på jorden. Jag kunde se lite hår som stack fram under troskanten i ljumskarna. Hon vände sig om och drog täcket över sig. Jag gled ner bakom henne igen. Jag prövade med att lägga en arm om henne och hon makade sig närmare, vilket jag tog som ett gott tecken. Jag var helt vaken nu och visste inte vad jag skulle göra av mig själv. Inte kan man gå upp och sätta sig och läsa. *Dumdidumdidumdum*. Rätt säker på att man inte kan onanera heller.

När vi hade legat en stund allt mer ihopslingrade lösgjorde hon sig och klev upp. Hon hade det mesta av täcket om sig och letade efter sin klänning nedanför sängen. Jag låg där med min erektion i kalsongerna och såg på när hon trädde på sig sin Desigualtrasa.

"Jag går över till mig och duschar tror jag," sa hon och lade sen till, "Jag behövde det här." Hon lutade sig ner och kysste mig. "Vi ses på frukosten om en stund."

Jag låg kvar på sängen när hon gått utan en tanke i huvudet. Till slut gick jag väl upp, skalade av mig underkläderna och klev in i duschen. Jag runkade min rödgråtna penis med det varma vattnet forsande över ryggen och axlarna. Den utdragna upphetsningens alkemi hade gjort satsen tunn och genomskinlig och orgasmen näst intill omärkbar, den bara rann ur mig utan kraft som de sista tårarna av en lång sorg.

Efter att ha tagit hand om affärerna tog jag raskt på mig resekläder, jeans och t-shirt alltså, och begav mig upp till frukostterrassen. Det var en synnerligen vacker morgon. Ljuset över Marmarasjön var spunnen av en särskild fiber; innerlighet och suckar. När jag hade stått där så länge att min vördnad blivit en pose, utan att någon ur mitt sällskap hade uppenbarat sig, drog jag mig hungrigt mot buffén. Den sista frukoststräden är alltid den mest rovgiriga. Man äter som om hotellet har något att sona för. Jag tog två tallrikar på en gång. Säg omelett.

Jag var nästan helt färdig med mitt syndfulla frossande när Åsa och Gabbi dök upp.

"God morgon, Em," sa Åsa, "allt packat och färdigt?"

"Är det därför ingen har ätit än, för att alla håller på att packa," sa jag, "jag förstod inte att det var så man gjorde."

"Nå, du kanske inte har så mycket att ordna med," sa Åsa.

När tjejerna kom tillbaka till bordet med sin frukost ursäktade jag mig med att jag nog borde ta hand om min packning ändå. Jag hade verkligen inte så mycket att ordna med när det väl kom till kritan. Jag borstade tänderna och fick undan necessären. Jag hade en stark känsla av att det när som helst skulle knacka på min dörr, att Maria plötsligt skulle svepa in, att det ordlöst skulle leda till sängen och förlösning.

Jag packade färdigt utan avbrott dock, och gick tillbaka upp till restaurangen. Nu var alla där. De hade satt sig vid ett långbord istället för flera mindre. Bella och Maria satt i den bortre änden.

"Vi har beställt taxi till elva," lät Bella meddela när jag slog mig ner.

"Går inte planet först vid två?" undrade jag.

"Man vet aldrig med trafiken," sa Bella.

"Vi vill komma iväg i god tid," sa Therese.

134

Jag satt mittemot Gustav. Han hade några salladsblad, gurka och en liten orörd bit lax på sin tallrik.

"Hur är det med magen?" frågade jag.

"Det här är allt jag får i mig, som det ser ut. Det bara krampar ihop sig i kistan om jag försöker äta något av det andra."

"Hur har du haft det? Du har väl inte legat på rummet bara hoppas jag."

"Nej, jag har kommit iväg lite jag också, varit på militärmuseet, som ligger utåt flygplatsen till... jag kan rekommendera det, verkligen, och så har jag åkt runt lite med spårvagnen. Så lite har man sett i alla fall av stan, det tycker jag."

"Skönt att höra," sa jag. Therese sa inget.

Sällskapet rörde sig ut på terrassen för att med kaffe i handen ta farväl av den eteriska Marmarasjön.

"Hit kan man väl åka tillbaka," sa Dennis. Ingen protesterade. Jag stod vid Maria men visste inte hur jag skulle bete mig.

"Där är ju du," sa jag. Vi stod nära utan att röra vid varandra.

"Nej, om man skulle borsta tänderna och packa färdigt," sa Bella och upplöste andaktsstunden vid räcket med ens. Jag gick ner till mitt rum som inte kändes som mitt längre. Jag kollade att boken och passet låg ytligt i väskan. Jag var redo att åka hem hur man än vände på det. Jag var först ner i foajén. Jag lämnade in nyckeln och ordnade med utcheckningen innan någon annan syntes till. Jag är verkligen inte i takt med resten av världen.

Jag satt mig i en fåtölj utan armstöd och tog upp *Fear of flying*. Klockan var bara halv elva. Efter tjugo minuter kom hela mitt sällskap samlat nedför den vita trappen. De flockades runt receptionen. Dennis kom och satt sig i en fåtölj och sträckte ut sina långa ben.

"Jo du, Em, här har du hittat en läshörna!" Han synade min

135

bok. "*Fear of flying*... är det en sån självhjälpsbok."

"Kunde vara," sa jag, "Nej, det är ett skönlitterärt porträtt av en neurotisk kvinna. Det är en metafor för den manliga psykologins oförmåga att lindra hennes hang ups... tror jag, jag har inte läst den än. Den börjar iallafall med att hon sitter på ett plan fyllt med psykologer på väg till en konferens i Österrike, män som hon känner och i vissa fall blivit behandlade av, men hon är flygrädd och fantiserar om frigörelse."

"Men visst har det varit bra!" sa han och slog sig på låren.

"Det är en fantastisk stad," sa jag, " kul att vi varit på vattnet så mycket. Det är rofyllt, tidlöst. Det är något annat än att bara gå gata upp och gata ner hela vistelsen."

"Verkligen! Jag har fått en helt ny syn på landet."

"Vad vi har här är en historisk, kosmopolitisk mönsterstad. Otroligt att så många skiftande arv kan bevaras och hedras på en plats. Det antika, kristna och muslimska; det europeiska och det orientaliska sida vid sida men ändå sammanhållet."

"Ja, det är en mustig gryta," skrattade Dennis, "Mycket att uppleva, mycket att upptäcka!"

"Är ni redo att åka hem?" sa Gustav och slog sig ner.

"Ja, det känns lite som att väckarklockan ringer lite tidigt, om man säger så. Lite längre hade man kunnat stanna," sa Dennis. "Hur är det med kistan idag?," lade han till.

"Kistan är låst," skrattade Gustav, " nej, men, jag måste gå till läkaren när jag kommer hem och kolla upp det. Det har varit rent ut sagt för jävligt i omgångar, jag har inte kunnat äta stora delar av tiden, men jag ska kolla upp det, absolut, så fort jag kommer hem. Det här är inget man ska gå och omkring och dra med. Det är bara att kolla upp som sagt."

"Nu är taxin här," ropade Bella plötsligt.

"Så, upp, bär väskor män!" ropade Therese.

Vi stuvade in oss i den lilla bussen som kört fram.

"Hur lång tid kommer det att ta?" undrade någon.

"Morgontrafik. Tar en timme, minimum." svarade taxi-

136

chauffören på knagglig engelska.

Vi snirklade oss ut från Sultanahmet och åkte sen längs vattnet västerut. När vi närmade oss en påfart till motorvägen såg vi köerna och trafikpoliser.

"Wow, kolla bara!" sa Therese, "Tur att vi kom iväg. Det här kommer att ta tid."

"NATO summit," sa chauffören. Men så vinkade poliserna fram oss och vi kunde köra på. Vid varje korsning ända fram till flygplatsen vinkades vi igenom och hade fritt körfält. Tjugo minuter senare stod vi utanför utrikesterminalen med våra väskor.

"Det har aldrig gått så fort!" sa den förvånade chauffören, "vi måste ha hamnat precis framför poliseskorten."

"Vad gör vi nu då?" sa Dennis, "Incheckningen öppnar först om fyrtio minuter."

"Det gick väl inte att veta att vi skulle flyta igenom trafiken på det där sättet," sa Therese, "Nu är vi här i alla fall. Vi hade lika gärna kunnat suttit fast i köerna i två timmar och nästan missat planet.

Det enda som var öppet på vår sida av säkerhetskontrollen var ett hamburgerhak. Gustav beställde en korg pommes frites con gusto och laddade förtjust upp med ketchupkuddar.

"Nu kan du äta!" utbrast Therese och beställde en Cola. De som hade shoppat under resan slog sig överlastade och skuld-medvetet ner i utkanten av den ändå tomma restaurangen.

"Nu var vi aldrig och letade efter Orhan Pamuks gamla hus," sa Dennis. "Hade inte du skrivit upp var den låg, Em?"

"Jag skrev upp några ledtrådar han lämnade i självbio-grafin. Det får bli nästa gång. Vi missade Trotskijs hus ute på Prinsöarna också. Jag tror vi måste åka tillbaka snart."

"Så lite tid," sa Dennis harmset, " så många hus. Vilket bestämde du dig för, Em, där ute på Büyükada?"

"Jag tänkte mig ett par stycken faktiskt, strategiskt place-rade så man kan få upp värdet och sälja av med obscen förtjänst."

"Det är en liten spekulerare i dig som vill ut, det hör jag det!" skrattade han.

"Nått sorts spe i alla fall," sa jag, "Eller om det bara är späck."

Till slut öppnade incheckningen och vi kunde börja den utdragna processen att ta oss till gaten. Ingen skämtade om boardingkort den här gången. Jag tänkte på hur uttråkad man måste bli för att köpa parfym för att slå ihjäl tid, men innan jag hann säga något började Bella leta efter en lapp där hon skrivit upp vad hennes bror bett henne köpa med sig från tax-free. Hon kunde naturligtvis inte finna den även om allt hennes handbagage låg utspritt på golvet. Sen försökte hon ringa sin bror men han svarade inte. Hon skickade både ett mail och ett sms och gick omkring och försökte brainstorma fram vad hennes bror beställt. Ingen var till någon hjälp.

"Ska vi ta en sista Efes," förslog Dennis för att två sina händer. Jag och Maria hängde med till baren. Vi tre höjde skummande glas med ett sista, "Sheriffen."

Efter en stund kom Bella och ställde ifrån sig sin väska och en påse vid Dennis fötter. Hon hade telefonen vid örat och håret snurrat omkring fingrarna.

"Ja, hörrni," sa Dennis till mig och Maria, "Jag tycker att vi har hållit jämna steg bra i vårat lilla gäng. Mycket trevligt, eller vad tycker ni?"

"Det har varit riktigt kul," sa jag.

"Spännande med Ramadan också," sa Maria, "Det har nog gjort sitt till den speciella stämningen i stan."

"Det har sannerligen legat något i luften," sa Dennis.

"Som vila efter ett gott dagsverke," sa jag, "en bra känsla i kropp efter en ansträngning som man vet kommer att bära frukt."

"Det där tål att tänka på," sa Dennis.

"Det är en väldigt vacker stad, Istanbul, med vattnet och allt," sa Maria.

"Dennis, kan du komma och kolla på en sak," sa Bella

någonstans utanför scenen.

"Hem till Uppsala igen," sa Maria och tittade på mig när Dennis gått, "Vi kanske kan hitta på något sen, bio eller så."

"Det vore kul," sa jag och sken upp.

"Jag är så hemskt dålig på sånt här... börja gå ut och sånt. Du får ha lite tålamod med mig bara."

"Vi får ta det lite som det kommer, då," sa jag.

"Ey, ni två," ropade Åsa, "planet boardar strax!"

Unisont tömde vi glasen och plockade ihop våra saker. Jag tog upp Bellas väska och shoppingpåse och sa, "Dennis öl är förverkad men Bella kan väl få tillbaka sin bolsa."

"Det vore väl snällt, tycker jag," sa Maria. Vi drog oss bort mot gaten i den allt tätare strömmen av resenärer. Alldeles innan jag skulle visa passet för sista gången i Turkiet kom Bella med andan i halsen.

"Tack, Em, åh vad stressigt allt blir nu då. Är Dennis fortfarande på toaletten?"

"Har inte sett honom," sa Jag. Vi bordade planet och fann våra sittplatser. Stuvade undan handbagaget och spände fast oss. Maria satt raden framför mig med Bella och Dennis som hann med planet trots allt. Jag klämde ner Erica Jong i nätet på stolsryggen och lutade mig tillbaka. Fear of flying är inte en av mina idiosynkratiska belägenheter.

Det måste ha varit den första gången jag var upprymd över att åka hem från en semester. *Vi får ta det som det kommer,* är ju ändå den mest romantiska prokrastineringen som finns, den sexigaste av alla dunkla vagheter. Stora tider stundar.

Allt är inte vad det verkar.

- SLUT -

# Precis som hundar
(Avgrunden)

**1.**

Det skulle ha kunnat vara vilken dag som helst där jag stod med trucken uppe i Centralköket och väntade på matvagnar, men det är här berättelsen börjar. När något börjar vet man bara vad som har varit, som William Carlos Williams säger, innan han börjar beskriva floden Passaic's lopp genom hemstaden Paterson. Jag trodde säkert att förloppet jag var mitt uppe i var en gammal fortgående ström där det ena hade lett till det andra och så vidare, men det är här som den här delen av berättelsen egentligen börjar. Sagan om den sista gången jag försökte göra något.

Jag hade börjat koppla på några vagnar i Köket som var *redo att serveras.* En aningslös september, som varken gjorde av eller till, spelade ut sommarens sista kort ute på Uppsala-åsen. Rönnbären borta mot infektionskliniken hängde i tunga klasar. Ljuset i den lägre vinkeln flödade in i vagnhallen. Dockningsstationerna brummade och diskmaskinerna brusade.

Santiago kom uppfarande från kulverten med sin truck och stannade tvärt jämsides mig, utan att sno runt trucken. Han lutade sig långt tillbaka, sträckte på överkroppen och höll sitt huvud med båda händerna och masserade skalpen genom sitt rufsiga hår. Han hade en vit t-shirt på sig, passerkortet i en

143

tunn rem om halsen. Han hade dammiga arbetsbyxor på sig som hölls uppe av ett bälte en bit nedanför boxershortsen som en hyllning till gatan. När han klev av trucken slog jag ihop boken jag stod och läste. Han tog en kaffefläckig vit kopp från trucken och gick bort mot kökets kaffeautomat. Snart var han tillbaka med en ångande kopp.

"Var du upp till Pelle?" frågade han medan han samtidigt blåste på och försiktigt sörplade i sig sitt heta kaffe.

"Ja, jag var upp. Det gick jävligt fort," sa jag.

"Vad sa han då?"

"Han började fråga om varför det hade legat så mycket sopsäckar kvar i kulverten efter helgen när jag hade kört senast." Santiago nickade med koppen till munnen och jag fortsatte. "Så jag förklarade läget med sopvagnarna, att de saknar sidor, att vi inte får spännband att säkra lasten med, och jag förklarade att säckarna ramlar av i kulverten därför att golvet är i så dåligt skick att stora delar av lasten ofta skakas av."

"Vad sa han då?"

"Han sa att då plockar man väl upp det man tappar, det kan inte ligga sopor i kulverten, men då sa jag att det inte kan vara annat än mening att det ska vara på det sättet, att soporna ska ligga i kulverten, eftersom inget görs åt alla trasiga sopvagnar eller de dåliga golven... och han köpte det. Han lät mig styra samtalet. Han lät mig få samtalet att handla om de bakomliggande orsakerna, inte det primära att jag lämnat tokmycke sopor i kulverten. Det var liksom, ja, det har jag gjort och här är orsakerna... och han tog det."

"Så nu har du pratat med honom... vad fick du för känsla?" undrade Santiago.

"Han var jävligt flat... undfallande. Han försvinner lite bakom skrivbordet."

"Vad sa han egentligen om vagnarna, golven... lyften."

"Han sa inte mycket... jag tror att han uppfattade det som en aktion, en politisk handling på ett sätt... att jag hade skickat

144

ett meddelande. Ny chef på jobbet och så där."

"Så ny är han ju inte längre." Han tog en klunk kaffe och fortsatte, "Jag har en lång lista med brister i vår arbetsmiljö... jag har jobbat på den hela året, men det är svårt att få ihop det... att få uppmärksamheten."

Den sista vagnen jag hade väntat på signalerade att den var färdig så vi lossade bajonettfattningen på handsken och kopplade på trucken.

"Skulle du kunna titta på det jag samlat ihop..." fortsatte Santiago, "du kanske kunde ta med datorn när vi jobbar helg nästa gång så skriver vi ihop något... presenterar det... ihop, liksom... för att få igång något. Det måste hända något! Vi kan inte gå här och låta dom hålla på som dom gör. Arbetslivsmiljö... miljöverket har ju sagt sitt och cheferna sitter på sina feta arslen och låter oss jobba ihjäl oss!"

"Det finns en hel del att titta på där," sa jag, "vi borde göra det. Lägga fram en skrivelse, få gruppen bakom oss och ställa krav här... för vi måste få dom att fatta hur illa det är här nere."

"Jag ska ta fram mina papper," sa Santiago, " så ska du få se hur jag tänkt." Han gjorde skrattande plötsligt ett utfall mot Octavio som jobbar i köket medan jag taxade ut med mitt släp från köket. De dansade runt lite på skoj, med höjd gard. "No mas, no mas," skrattade mannen när Santiago studsade runt allt vildare. En pelare fick sig några snabba kroppsslag för den goda sakens skull. Santiago hade spillt det sista av sitt kaffe i stridens hetta.

Vi hade stigit ner i floden. Jag såg inte var stenarna låg.

## 2.

Det är någon som håller räkningen. Åtta sträck hittills på den här toalettväggen, lagom i ögonhöjd när man satt sig ner. Det är en smutsig vit vägg med gamla fläckar som också är svärtad av svartsulade arbetsskor förvånansvärt högt upp. Men det finns inget klotter förutom de åtta sträcken.

Vem det är som håller räkning eller vad det gäller finns det inga tecken på. Det är frågan om *vad* som leder tankarna i en oroväckande medvetandeström. Vad behöver man hålla räkning på i ett smutsigt litet toalettbås? Det känns inte som att det är någon som kommunicerar via toalettväggen, det är mer som en liten privat minnesanteckning.

Nedstigningen till underjorden är en klassisk signal på att initiationen påbörjats. Kardinalpunkterna har mätts ut av ceremoniledaren. Golvet i omklädningsrummet är till och med schackrutigt för vad det är värt. Vack upp! Ritualen tar sin början.

Klockan var strax efter sex och jag hade bytt om till transportblått och hörde den första ur nattskiftet sparka av sig arbetsskorna och sucka högt.

”Jaså, hemgång”. Stack jag huvudet runt hörnet.

”Ja fy fan, nu får det vara nog.”

”Sov så gott då.”

”Nej, nu ska jag sätta mig och köra fyra timmar till svärföräldrarna.” Han tog fram en glasflaska med ett klart innehåll ur sitt skåp, och tog en hastig klunk. ”AHH, skaru ha en

146

jävel," sa han och höll fram flaskan med ett krokigt leende.

"Lite tidigt för mig"

"Och det är försent för mig" skrockade han och stuvade undan flaskan i sin träningsväska. "Hade flaskan i skåpet och tänkte på svärgubben."

Han drog igen skåpdörren och satte av västerut.

Det var lördag morgon och det var fridfullt på sitt sätt. Gatorna i city hade varit uppochnervända. Fåglarna behöver inte ens slåss om snabbmatsresterna. Alla soptunnor svämmar över. Soluppgången var ett sorgset stilla vittne till den drabbade, övergivna staden.

Den här lördagsmorgonen var en helt vanlig okynneshelg, utan extra tillägg. Nattpersonalen som var kvar låg hopkurade i vaktrummets soffor när jag trängde mig in i deras förtätade värld.

"Lugnt, eller?" frågade jag socialt förbigående och börjar knappa in mig i flexen. Manuell inloggning; kod 3; Enter; IN.

"Varit väldigt lugnt sen klockan tre... några ströjobb"

Jag nickade ett erkännande. Vaktrummet hade inte mycket syre. Det var navet för de som körde patienttransporter. Det var ett annat gebit än truckgruppen som jag tillhörde. Vi delade på många ytor och resurser. Vaktrummet var ett litet källarkrypin under akuten. Innesluten som en bunker i sin falska självtillräcklighet. Några små källarfönster silade snålt in dagsljuset. På en skärm vid dörren kom patientförarnas jobb upp på en skärm. Två öppna datorer fanns om man hade tid att slösurfa mellan passen. Det fanns en väggfast platt-tv, som oftast går utan ljud, med ett enkelt basutbud. Ibland spelade gubbarna kort vid ett runt matbord mitt i det trånga utrymmet under tv:n. Jag stannade inte där längre än jag behövde. En kort korridor ledde till det ännu mer klaustrofobiska, kaffe-fläckade lunchrummet. Här fanns det inga fönster överhuvud-taget. Lysrören surrade och for som en stråke över nerverna.

Santiago stod i köket. Vi bekräftade varandra med ordlösa

åtbörder. Han ställde in sin matlåda i kylen. I plastkassen han hade burit med sig matlådan i låg en morgontidning. Santiago läste Svenska dagbladet. Han lade in kassen i kylen med tidningen fortfarande i. Reflexmässigt sa jag, "så du är ute efter riktigt kalla fakta." Santiago fnös och skrattande med den lägsta graden av road, trött.

"Jag kan bättre," fortsatte jag, "det finns en bättre, jag vet det."

"Jag tyckte att den var bra," sa Santiago.

"Jag kommer inte på det nu, men det måste finns något bättre än *kalla fakta*. Det är för tidigt, men jag ska nog komma på det."

Santiago såg inte ut att ha sovit mer än en timme eller två. Han var på fötterna trots allt. Hans hår var nyvaket men hade en medveten volym. Han har en sorts James Dean-air. Ett lovande ansikte och en perfekt ram av avstånd. Väl utmätt i att inte bry sig, men med en nervös energi vibrerande. Det är svårt att se om det är han som har svikit sitt löftesrika ursprung eller om omgivningens lögner blev för mycket för den unga mannen.

Jag lärde känna Santiago inte långt efter att jag blivit far och gift mig. Det hade varit en omvälvande tid som skapat en mognare tillförsikt och ny palett neuroser att se världen genom. Santiago är mer är tio år yngre än jag, men det spelar mindre roll eftersom vi är så olika personer att vi hade kunnat fötts inom loppet av minuter och ändå befunnit oss på olika stadier i livet. Han är en eld som alltid behöver mer bränsle och själv är jag sen att blomma.

Han kom från god medelklass, var stjärna i något ungdoms-lag. Hade en äldre syster som alltid gjort bra ifrån sig och som var måttstocken mot vilken Santiagos alla tillkortakommanden mättes. Santiagos fall var inte djupt eller fullständigt. Han hade rest sig för länge sen och gick med en värdighet. Det är den ständigt gnagande idén om besvikelse som genomsyrar valen han gör. Som att gå ut och festa med sina polare hela natten fast han vet att han ska vara på jobbet tidigt nästa morgon. Alla framtidens oklarheter leder till de enklaste beslut i nuet. Han var på fötterna trots allt.

När vi stuvat in våra matlådor gick vi tillsammans och hämtade truckarna.

"Jag kör 30-50," stämde jag av. Det syftar på klinikernas beteckningar, och den del av sjukhuset som var min lott den här helgen. Santiago nickade gäspande, sen sa han: "Jag är inte helt på det klara... nattens händelser... jag knackade på en dörr och människorna där... bara skumt... jag vaknade hos en tjej, nån tjej... snygg också... men jag vet inte... det händer inte bara... Jag ska försöka få ihop grejen så får vi se om jag kan berätta sen."

Det lät som en sorts ursäkt eller en bekännelse på det sätt han sa det på. Han skrattade uppgivet lutad över truckens ratt och körde iväg. Santiago brukade dra fragmentariska kroghistorier. Rätt harmlösa eskapader; hon sa, han sa narrativ om ett gäng rumlare ute i svängen. Jag kände igen stilen av det han just berättat, men tonen var en annan än den brukar.

Jag satte av efter Santiago mot Köket. Det första vi gör på morgonen är att köra in matvagnarna som vi kvällen innan ställt på led i kulverten nedanför Centralköket. Jag och Santiago körde skytteltrafik upp och ned från Köket tills alla vagnar var inne. Santiago såg mer trött ut nu. Han ställde trucken åt sidan och gick med uppdragna axlar genom vagnhallen bort mot kökets fikarum. Han verkade ha en egen uppgörelse med de som jobbar i Köket att han får ta kaffe och en smörgås mot att han har en glimt i ögat. Tanterna tycker om att ta hand om honom. Jag körde iväg och lämnade Santiago till sin frukost. En lång dag hade bara tagit sin början.

Nu var det dags för morgonens soprunda. Jag kopplade på ett par tomma vagnar och begav mig ut. Det första stoppet var

149

under akuten. Det var fullt från dörren ända upp till sopröret med säckar. Tvättsäckar och brännbart blandat. Bara att hugga i. Det här var ett av de mer trånga passagerna. Truck med släp stod längs den vänstra väggen, vilket förvirrar för att vi vanligtvis kör högertrafik. Det fanns inte plats att rulla in en sopvagn till soprummet så jag fick bära säckarna ut till släpet.

Det här är en av de första platserna på sjukhuset som kommer att drabbas vid ett zombieutbrott. Ambulansintagen till akuten och hjärtkliniken ligger alldeles alldeles ovanför. Trappen vid sidan av soprummet leder ner i kulverten från akuten. Trappräcket kommer att vara täckt av blod. Röda, utdragna handavtryck på väggarna kommer trevande att leda ner i kulverten. Röda fotavtryck, de från springande långt isär och andra mer otydliga spår av hasare.

De första offren för de odödas attacker kommer att föras hit. *What's wrong with that man. Why did he try to bite me.* Deras feber kommer att vinna till slut. Det sprider sig snabbt till resten av akademiska, men det är här det börjar.

En man kanske tog en taxi från Arlanda. Han började nog känna sig dålig redan under flygningen, men kunde ändå med en ren viljeakt ta sig till en taxi. Han fick ur sig adressen och tystnade. Chauffören kanske körde mannen ända till dörren innan han märkte att mannen inte sov i baksätet. Han ropade nog in det innan han satte av mot akuten. Han hade tur nog att passageraren inte vaknade i bilen. Chauffören hann kanske skakigt röka en cigg ute på parkeringen innan viruset väckte den hungriga kroppen djupt inne i vårdapparaten, en våning ovanför där jag för hand tömmer soporna. Det händer ovanför mitt huvud.

Om jag inte blev antastad av odöda fortsatte jag mot infektionsklinikens soprum, när jag var klar med Akuten.

Infektionskliniken, 30, var ett av de större soprummen. Det fanns plats inne i rummet för en sopvagn. Smutstvätten kom direkt ner i tvättvagnar, så vi slipper lyfta tunga tvättsäckar, i bästa fall. Vi bara byter vagnar i *karusellen.* På 30 fanns det också en återvinningsstation vid soprummet. Där stod en mängd olika vagnar, tunnor och kärl där kliniken källsorterar. Ofta betyder källsortering bara att man dumpar det man inte vill ha på avdelningen i källaren. Vi brukade få med oss återvinningen på den ordinarie turen men jag tog för det mesta en separat runda på söndagen där jag bara tog återvinning.

Så fortgick morgonen, några små rum med litet armbågsutrymme och ett par stora rum överfulla med sopor och smutstvätt. Det tog omkring två timmar om man låg i, allt som allt.

En av poängerna med att köra truck på akademiska är möjligheten att kunna köra undan sina rundor för att sen ta det lugnt fram till nästa runda. Patientförarnas jobb kommer ständigt in, där står man alltid på tur, medan truckförarna har fasta rundor. Jag river av mina rundor och går undan och läser. Jag kör omkring med min bok hela dagarna och läser vid varje tillfälle som ges. Nu tog jag min bok, Kerouac's *Big Sur,* och en kopp extra svart kaffe. Jag gick till atriumet i thoraxklinikens entré. Det är lugnt och stilla där på helgerna. Bara några få besökare som passerar.

Jack velade mellan slummen och ensamheten vid havet och ältade döden och alkoholism. Prosan var inte lika amfetaminhård som hans tidigare arbeten. Kanske en av hans bästa böcker.

Atriumet var en stiliserad innergård. Det fanns ett verkligt liv i fönstren som vetter ut mot ljusgården. Öppna fönster till dagrum och expeditioner sände ut delar av tv- och radioprogram, telefonsamtal och skratt. Ljuset och det rent mänskliga på den här platsen var en god kontrast till den smutsiga söndrade världen bakom den offentliga sektorns tunna slöja.

Jag sparkade av mig skorna och kröp upp i en väntsalssoffa i hörnet. Mina fötter var mogna men vädrades fort ut. Godisautomaten brummade i bakgrunden, med en kompressor som oregelbundet slog av och på. Svängdörren i entrén kände viskade av de få som kom och gick. De små växlingarna och

151

återkommande intrycken liknade mer en naturupplevelse. Den naturliga tidens gång. Inte en bestämd linjär sträcka.

Jag åkte tillbaka till vaktrummet vid 10-tiden för att se om Santiago kommit tillbaka från sina rundor och för att ge honom texten jag skrivit ihop utifrån hans lista på arbetsmiljöbrister. Han satt vid den bra datorn och spelade något spel. Han flyttade runt stenar på spelplanen, matchade färger för poäng. Det var vad det verkade gå ut på. Han lyssnade på South Park Mexican rappa över stråkar på låg volym.

"Visst tog du 96:an," tittade han upp från skärmen.

"Det är fixat," sa jag. Han gjorde ett uppskattande ljud i mungipan och gav tummen upp. Handen föll sen slappt till hans sida.

"Var det lugnt där ute," frågade jag.

"Karusellen på 70 hade löst ut. Jag ringde om det. Får se om dom fixart. Annars är det..." Santiago följde spelet på skärmen.

"Varför har dom inte en gubbe som bor på 70. Det är ju samma jävla spel varje helg. Det är stopp på 70... Nej, är det... har du återställt det... Ja, jag har gjort mitt jobb kan du bara komma och fixa skiten!" Santiago skrattade ljudlöst, hans axlar ryckte och ansiktet strålade mot skärmen. Han satt ihopsäckad över datorn.

"Såg du återvinningen," frågade han.

"Jag har bara tagit soporna... är det illa"

"Det lät inte som om dom fick med sig allt igår."

"Det låter som ett söndagsproblem," sa jag

Santiago är alltid märkvärdigt informerad om läget. Folk berättar allt möjligt för honom i förbigående, lämnar lappar, ringer på kvällarna. Han har ett vidsträckt kontaktnät för skvaller och förvarningar som han ombytligt underhåller. Jag är en person med få kontakter och få gemensamma nämnare med min omgivning. Santiago kan växla mellan sfärer och jargong utan ansträngning, och göra sig förstådd i vilken naturlig social situation som helst, därför att det är en naturlig social situation för honom. Jag har märkt att han har en tendens att stamma när han ger sig in i abstrakta diskussioner med en främmande vokabulär, men vem har inte det.

"Du," sa jag apropå, "Jag har skrivit ihop en grej om det vi pratade om... dina punkter."

"Schysst, har du den med?" Jag lämnade över utskriften. Han la den bredvid datorn. Jag satt mig ner igen och läste min bok det som återstod av rasten, medan Santiago lojt spelade sitt spel. Tv:n stod på men ljudet var av, det gick inte ens något program, bara en lång tablå som rullade.

När det så var dags sköt Santiago ifrån skrivbordet och lät stolen rulla iväg ohindrat, och snurrade ett halv varv innan den stod still. Han satt dubbelvikt i stolen, orörlig ett ögonblick. Sen stod han upp.

"Nu rullar vi," sa han. På väg till trucken sa han, "Såg du nyheterna igår?"

"Jaa... var det nått särskilt du tänkte på?"

"Det är så tragiskt!" Santiago hade satt sig på trucken nu. Halvt lutad över ratten höll han plågat sitt huvud i båda händerna. "...bara mänskliga misstag ...maktmissbruk och girighet, och jag blir så här... DET ÄR INTE RÄTT DET NI HÅLLER PÅ MED"

"Det är brutalt där ute," flikade jag in.

"Det måste bli en reaktion bland folk. Vi borde reagera mot dom som släpper ut dårar och pedofiler på gatorna, mot dom som lever på våra besparingar. Att dom inte blir lynchade!"

"Det är trögheten i samhället"

"Men fack tröghet, ansvaret då. Dom pissar på oss!" Santiago släppte uppgivet sitt huvud och tog ratten. "Dom pissar på oss."

Uppe i köket var det full fart. Det första släpet om fyra vagnar stod redan färdigt. Santiago kopplade på vagnarna och drog

153

iväg. Jag slog en lov och kollade läget. Det såg normalt ut. Maten dukas portionsvis på brickor inne i ett kylrum vid ett löpande band. Brickorna åker kalla in i matvagnarna och matvagnarna kopplas in i dockningsstationer där maten värms upp i 45 minuter. När man kör mat möter man i princip bara den i köket som tar vagnarna från kylrummet ut i vagnhallen. Vagnarna blir klara eftersom, ibland är väntan längre. Signalen att en vagn är klar är en hemsk, entonig version av Beethovens 9:a, *Ode till glädjen,* som får mig att känna med broder Alex i *A Clockwork Orange.* Jag brukar försöka att stänga av *musiken* på första anslaget. En favorit är när fler dockstationer blir färdiga ungefär samtidigt och dem ger sig in i en sjuk, dissonant kanon. Mitt släp var snart färdigt utan att jag hade behövt höra mer än nödvändigt av Europa hymnen. Jag kopplade ihop de fem vagnarna som skulle till infektions-kliniken.

Vagnarna var ytterligare ett av det lägsta budets triumfer. Det finns väldigt litet utrymme mellan vagnarna när man kopplade och dragen var vassa kärvande metallblad som bet en i handen titt och tätt. Vaktmästaren fick vrida sin manliga bringa för att nå in mellan vagnarna för att slita med de motsträviga dragen.

Jag gav mig iväg med mitt släp. Från köket var det en tvär sväng och en kort brant backe ner i kulverten. Det var det första provet. Vagnarna börjar slingra sig som en orm redan i mycket låga hastigheter. I branta backar är det nästan omöjligt att undvika att vagnarna börjar slå. Smällde det fick alla äta gubbröra. Vagnarna var inte gjorda för att köra på Akade-miskas ojämna, branta vägar. Hjul och drag tog otroligt mycket stryk de fyra gånger om dagen vi körde runt dem under åsen.

Vid infektion stannade jag till och kopplade av släpet i kulverten. Inne i hisshallen tryckte jag på matknapparna som meddelar avdelningarna att de kunde komma ner och hämta maten. Utanför infektions soprum fanns det en lampa som blinkade om det är något som felar eller om det helt enkelt var fullt. Nu blinkade lampan förstås. Jag överlade med mig själv en sekund innan jag satt av trucken och öppnade rummet. Det var inte något allvarligt, bara en tvättsäck som satt sig på tvären i karusellen. Tanken är att säckarna skall komma ner genom röret och falla i tvättvagnarna. En sensor håller reda på när det är dags att snurra runt karusellen. När avdelningarna slänger för stora säckar fastnar dem på vägen ner i vagnarna och sensorn upplever en rent mänsklig stress och checkar ut. Resultatet är att hela systemet låser sig. Ett av alla dessa driftstörningar.

När jag kom upp i köket igen stod Santiago och hängde vid en docka. Han skrev på ett intensivt SMS. Ett halv släpp var kopplat efter hans truck.

"Dom sa att 30 hade ringt," sa Santiago, "Dom kan inte kasta"

"Jag var in och slet ner en monstersäck i karusellen," sa jag.

"Dåså," nöjde sig Santiago och fortsatte skriva. Jag slog ut med armarna."Dom där idioterna... om dom inte glömmer att stänga luckorna trycker dom ner värsta säcken och sen ringer dom och undrar varför dom inte kan kasta."

Plötslig började *Ode till glädjen* spela innan jag hann stänga av den. Varför har de valt en sån fulsignal. Man kan få mer välljud ur en överstyrd Tamagotchi. Det var i alla fall Santiagos släp och han  rullade iväg.

Jag brukar stå och läsa mellan stationerna. Marie, som jobbade i köket kom ut i vagnhallen med en extrabricka. Hon snurrade runt en del och letade efter rätt vagn. Marie påminde mig om ansikten från någon holländsk mästare. Det stämmer bra ihop med att vi är i ett storkök. Det moderna kliniska sjukhusköket verkade ha utvecklats omkring hennes autentiska, rosiga kinder. Jag hjälpte henne öppna vagnen hon sökte. Hon var alltid smittsamt glad. En person man väljer att prata med om bra saker. Det kunde lätt bli trivialt, men det behövde

155

inte vara så. Hon var glad inte för att hon såg den komiskt uppgivna sidan av verkligheten, utan för att hon såg den goda sidan. Hon strålade av tacksamhet mot mig som ett helgon.

Fler vagnar lät signalera sin status och Santiago kom susande tillbaka. Det är svårt att veta på förhand vilken Santiago som skall uppenbara sig från situation till situation. Han kan vara var som helst mellan utmattad och överenergisk, likgiltig eller djupt engagerad. Han svängde runt trucken och blev stående ett ögonblick. Han dröjde där en aning för länge, bara satt på trucken, i tankar eller som om han faktiskt hade somnat. Han svävade på något viktigt där, något kvantifierbart. En arketypisk bild eller annan. Var det så att människan framför mig var ett ideogram?

Jag började koppla loss de färdiga vagnarna och drog fram till trucken och skar mig på ett av de vassa dragen. Ett av alla dessa små skärsår. Det är en god idé att ha skärsår på händerna när man ofta kör smittfarligt riskavfall.

Så åkte jag iväg med ännu ett långt slingrade släp. Det bar av mot ortopedkliniken. Kulverten mot ortopeden var en backig, ödsligt bred och smutsig gång under sjukhusvägen. En lång rad med lysrör lyste upp varsin tom yta på den vita grova betongväggen. Det liknade ett galleri utan konstverken. Den långa uppförsbacken ledde till ett vägskäl där det var en tvär nedförsbacke till ortopeden åt höger och nedförsbacke till öron-näsa-hals åt vänster. Det fanns inga fönster, inget naturligt dagsljus i den här delen av kulverten. Under zombieutbrottet kommer den här platsen att vara ett dödens fält så länge nödbelysningen räcker. När det apokalyptiska mörkret sänker sig över det akademiska sjukhuset kommer det att vara en nedstigning i helvetet. Den klaustrofobiska night visiondelen av filmen där de dömda karaktärerna blinda trevar fram i underjordiska tunnlar över ett djupt täcke av stympade kroppar.

Det finns ingenstans att fly när man råkar på en större hord odöda och kulverten är bred nog för att en betydande ansamling av zombies skulle kunna komma hasande upp från ortopedkliniken. Vänder man om möter man de odöda från Infektion och Akuten. Den gröna gången, som den här delen av kulverten kallas, är en dödsfälla. Det finns två rostiga golvbrunnar längs vägen, så blodet har någonstans att rinna undan i alla fall.

Den tvära nedförsbacken mot Ortopeden var det andra provet vid matutkörningen. Vagnarna började slingra och kränga med det samma. Gången var betydligt smalare än gröna gången och vid botten av backen låg det ett omklädningsrum på ena sidan och ett flertal förråd som används av hantverkarna på den motsatta sidan. Längre ner i korridoren låg ett soprum. Ofta stod en eller fler av dörrarna till förråden öppna, ofta sprang det ut någon från omklädningsrummet, ofta mötte man andra truckar med släp, ofta var stora okoordinerade grupper, som var på gränsen till att förlora orienteringen i underjorden, på väg till eller ifrån någon viktig funktion eller annan. Det var en hinderbana med en verklig insats av liv, av aningslösa människor och luttrade truckförare. Truckförarna försöker i alla fall att inte ta livet av någon, även om många läkare inte gör det lätt för oss.

Jag ställde ut mitt matsläp och åkte tillbaka till köket för mer av det samma.

Santiago var kvar i köket. Han skrattade stort, och var mitt i en rövarhistoria. Några ur kökspersonalen var hans publik. De hängde vid hans manér. Jag var för långt bort för att uppfatta några detaljer men spelet och reaktionerna visade på en tydlig ton. Santiago kom till poängen och gänget snurrade runt som om han visat ett smärtsamt Youtubeklipp.

Santiago svarade nonchalant i telefonen, satte sig på trucken och körde iväg med sitt släp. "Nej, jag är på jobbet," hörde jag honom säga när han körde förbi med rövarhistorians triumf fortfarande på läpparna. Utkörningen fortled som eljest. Jag stod och läste mellan stationerna, körde vingliga släp. Man

157

kan inte räkna med det, men ibland får vi truckförare mat uppe i köket. Det var enskilda ur kökspersonalen, som Marie, som stack åt oss varsin tallrik av det som bjöds. Det var en enorm good-will handling till ett ringa personligt pris. Maten som blev över kastades ändå. Det var enkel sjukhusmat, men man stod sig på den och det var gratis. Jag fick två tallrikar, en vegetarisk till mig och grått kött och potatis till Santiago.

"Jag ställde din mat i kylen," sa jag när jag ett par släp senare mötte Santiago i kulverten på väg tillbaka till köket.

Han höjde på ögonbrynen och gav mig tummen upp. "Schysst, vad blev det."

"Grått kött och ett plastlock."

"Vad passar det för vin till det då?"

"Något från den nya världen kanske... sydafrikanskt. Jag säger Pinotage... en Simonsig blir nog bra."

"Är det rött?" frågade Santiago.

"Ja, det är rött."

"Vi tar en flaska pina Simon då." Han ruskade på huvudet och skrattade "...så mega pretentiöst."

Jag gick in och åt mina vårrullar utan något vin alls. Inte ens något onämnbart utan etikett. Jag satt för mig själv med min bok som vanligt. När jag läste återkom jag plötsligt till föreställningen att Santiagos många gestaltningar av männ-iskan ska läsas som ideogram, som visioner av någon kinesisk alkemi. Varje gång jag såg honom hade han antagit en ny och fullständig form, från medvetslös genom frånvarande och upptagen till samlad, känslosam och manisk. Han spelade på ett register från likgiltig, deprimerad, analytisk, inkännande, charmerande till rasande.

Varje gång han kom i mitt blickfång blandade han och gav ett Tarotkort, räknade fram ett hexagram i I Ching med sina spontana uttryck. Det var en oberäknelighet som inte behöver vara opålitlig. Det här var innan jag egentligen sett honom berusad. Vi hade gått ut och tagit ett par öl några gånger när

158

inget stod på spel, men jag hade inte observerat det lösa nattrovdjuret. Santiago var inte en stor kille och upplevde sig själv säkert inte som trubbel. Han ansåg nog att varje fyllebråk hade haft starka yttre omständigheter, och att hans främsta brist var principfasthet. Jag hade inte sett det så, men jag var inte den som kände honom närmast heller.

Jag försökte återkalla bilderna av hans gestalter där under lunchen, som han uppvisat sedan morgonen. Det var inte helt klart vad jag menade här. Vad utgör en sådan arketypisk gestaltning, att det skall räknas som ett ideogram? En väg att gå är att intuitivt avgöra från fall till fall, en annan är att se till de situationer där Santiago inte i gängse mening meddelar sig med mig utan antar en särskild air över en sammanhållen tidsrymd. Jag talar om extrasocialt kroppsspråk, den levande tablån av en människa. Den centrala tesen är väl att dessa ideogram är meningsfyllda för oss eller åtminstone att vi söker mening där. Santiagos miner var i sin stora ombytlighet och omfång mina bananflugor i litteraturen, min Neal Cassady och danske prins.

Utan att räkna med varje flyktig glimt kunde jag erinra mig två distinkta uttryck sen jag först sett Santiago i morse. En var när han för ett ögonblick verkade somna på den stillastående trucken uppe i köket. Jag hade sett något liknande förr. Han svänger runt trucken och stannar. Det var verkligen bortom tankfullhet eller ens trötthet. Man ser honom inte nicka till eller säcka ihop, han bara upphör helt enkelt. Upphör att röra sig, som om han buffrar. Det är suspensen när ett nyhetsankare väntar på ett inslag som aldrig kommer, men utan självmedvetenhet.

Det andra uttrycket som utmärkt sig under morgonen omgav den fragmentariska kroghistorien han halvkvädet började dra. Det var inte själva berättelsen, utan mer den förvirrade ångern. Han verkade inte själv veta hur han skulle få rätsida på problemet, minnet av natten som sporadiskt spelades upp inför hans inre blick. Han såg ut att vänta på domen, sitt eget domslut. En annan suspens än den tidigare, som helt saknar värdegrund. Jag fick aldrig veta vad som låg bakom nattens händelser eller vad som kom av dem. Antingen kunde han aldrig få fatt i de undflyende bilderna eller så var det inget. Han tog inte upp saken igen med mig i alla fall.

Betyder det att den överhängande känslan av dom, av att vänta på startskottet eller nackskottet, är temat?

Jag sköljde av tallriken i köket. Det var omkring en timmes rast innan matvagnarna skulle köras in. Santiago syntes inte till. För att få lite luft gick jag ut en sväng runt sjukhuset. Det var en varmdisig dag i början av hösten. Rönnbären gav en blodig föraning av hösten färger och lindarnas torra högblad låg i gulnade drivor, de som inte fortfarande var fastklistrade på trottoarerna. Ventilationen bakom akutens ambulansintag lät som en syrsa, stor som en buss, som nyligen haft en stroke. De stora lövträden uppe i slottsparken tornade mot himlen, utmanade molnen. Där stod det monumentala konstverket med en man som upprymt ska peta ett lodjur i rumpan. Jag gick upp förbi förlossningens ingång och tog den smala och branta down-hill-race gången runt kvinnokliniken. Det var en markant skillnad på den djupa ravinen mellan klinikerna och åsryggens torra högland. Som Uppsalabo är man alltid på gränsen till vansinne svulten på intryck, så alla små och obetydliga nyanser retar ens sinnen.

Från barn- och kvinnoklinikens gemensamma entré leddes en yngre kvinna ut av en äldre. Den ledda kvinnan jämrade sig med en palestinsk intensitet. Högt och världsutplånande med en uthållen ton från själen. De försvann mot parkeringen.

Det är lätt att glömma sjukhusets grymma verklighet när man varje dag harvar på med sitt nere i kulverten. Många är ansiktena som passerar förbi, som berättar om smärta och sorg, om ovisshet inför nya livsvillkor och rädsla. Sjukhuset är en plats där mänskligheten blottläggs, dödlighetens kamp, men det är också en själlös maskin, en genomström av fall och

160

avfall, monoton rutin och byråkratiska motsägelser. Maskinen sjukhuset har ett mänskligt pris av lidande. Det som står mot varandra är den offentliga verksamhetens dumma sömngångare och en oförfalskad mänsklig bräcklighet hos patienter och anhöriga. En dehumaniserande institution och individens förtvivlan. Det är sorgligt att vara en del av maskinen, eller skulle vara det om kuggarnas tänder lämnat kvar någon omtanke.

Betryckt gick jag till trucken. Santiago syntes inte till. Klockan ett körde vi tillbaka matvagnarna till köket. Man fick flänga runt mellan klinikerna och plockade upp de färdiga vagnar som avdelningarna sporadiskt släppte ifrån sig. Jag hade fått in de flesta av mina vagnar innan jag såg att det började röra på sig på Santiagos sida.

Jag gjorde färdigt min inkörning och nickade till diskplockarna att jag inte skulle komma in med fler vagnar. Dagen började kännas lång, men det var ännu en bra bit kvar. Santiago kom precis in med ett släp när jag skulle åka och sa, "Jag har läst texten nu... är du klar med dina vagnar... väntar du i vaktrummet så får vi snacka."

"Det blir bra, jag har ett par cigarrer med också," sa jag.

När Santiago kom tillbaka gick vi ut och tände varsin cigarr i den bleknande hösten. Det var en tjock, halvtimmes Macanudo, som såg ut som marsipanbröd. Santiago gick i snabb takt genom vad han tyckte om det jag skrivit innan vi ens hunnit sätta oss och verkade nöjd.

"Jag tror nog att vi får med oss dom andra på det här," sa Santiago bolmande. Han skickade tillbaka min cigarrsnoppare.

"Så länge vi gör allt jobb är dom med," sa jag.

"Det är så, va."

"Ger vi dom bara en chans att läsa igenom det i veckan och alla får säga sitt innan vi lämnar över det så tycker jag att det är lugnt," sa jag och fyllde mun och näsa med en rik rök.

"Den här var bra," sa Santiago och blåste ut rök som Gandalf och lutade sig tillbaka i den rangliga trädgårdsstolen.

Sjukhusfasaderna stod höga omkring oss. Operation, röntgen och akuten på ena sidan och barn- och kvinnokliniken på den andra. Den här klyftan var skapad av människohand. Det fanns inga naturliga formationer i den här världen. I en värld där allt var skapat finns det högre makter som måste bevekas, blidkas eller övervinnas.

"Det här kan gå hur som helst," sa Santiago lugnt förvissad.

Det var så här dags på dagen jag brukar lämna arbetsplatsen själsligt. Klockan tre på eftermiddagen. Alla tunga uppgifter är överstökade och resten är i stort sett en lång väntan på en tröttsam repetition uppe i köket. Jag lämnade Santiago spelandes på datorn och gick till kiosken. Jag ville ha kexchoklad, den bruna belöningen, jag önskar att jag kunde sälja det som en slogan åt Cloetta. Det var dyrt att handla på sjukhuset, eftersom att det marknadsmässiga läget erbjuder kunder som inte har ett val. Sjukhuset som hyrde ut till kioskerna och kaféerna på området, ett sjukhus som har patienten i fokus, verkade inte ha något emot den makalösa mark-up som alla värdelösa varor hade. Det är fel att ta tre gånger så mycket för en vara, bara för att man kan. Marknaden tillåter det, uppmuntrar det, men det är ju därför vi har ett politiskt system i samhället. Marknaden är aldrig det önskvärda och alltid en ursäkt för rovdrift.

Men jag ville ha en kexchoklad, och jag köpte två Trisslotter för att känna mig som om jag gav mig en möjlighet att förändra mitt klassöde.

Jag gick tillbaka till min hörna i 50-huset med en kopp kaffe. Koffein, kakao och skraplotter är de pelare var på svenskarnas själ får sin näring. Den verkliga fördelen med Sverige är fred, frihet och byggnormer, men det finns ingen snabb belöning i enastående, gamla sociala landvinningar.

Det var ingen vinst på lotterna, och jag läste otacksamt vidare på betald arbetstid.

162

Strax innan fyra satte jag mig åter på trucken och åkte till köket. Santiagos truck stod med ett halvt släpp redan kopplad men han var inte i vagnshallen. Jag släntrade runt och kollade läget precis som på lunchen. Santiago kom ut från toaletten alldeles blöt i synen, som om han frenetiskt hade blaskat vatten i ansiktet. Hans ögon var lite röda, av tvätten eller något annat.

”Nu är det inte långt kvar,” sa jag upprymt.

”Slutet är alltid nära,” skrattade han.

*”The future is uncertain, the end is always near,”* sjöng jag från *Road house blues,* ”Jim Morrison rimmade det på *I woke up this morning and I got myself a beer.”* Santiago var van vid att jag pratade om The Doors i tid och otid. Det är inte Santiagos kopp te, men han låter det passera.

Vi packade ihop soporna mellan matsläpen, i de stora rummen, där det behövdes och det behövdes, och inte bara för att få mindre nästa dag. När vi hade kört ut maten åkte vi upp till komprimatorerna för att kasta det vi packat. Santiago hade en stor frigolitlåda fylld med kylklampar från Klin-kem.

”Vart går kylmedia,” frågade han trött.

”Har du klamydia?” sa jag spelat.

”Kylmedia!” sa Santiago övertydligt och skrattade.

”Det kanske brinner,” sa jag och började fundera, ”Där har vi det, *kylmedia,* jag visste att det fanns ett bättre skämt än *kalla fakta,”* sa jag triumferande, och på den höga noten var arbetsdagen slut.

**3.**

När vi kom tillbaka efter vår jobbhelg, började Santiago dela ut vår skrivelse till våra kollegor. Många läste det utan vidare kommentarer än ett grymtat godkännande. Stämningen var positivt dämpad. Allihopa föreställde sig ännu ett möte som inte skulle leda någonstans, och vem kan klandra dem. Det finns inte mycket hopp på golvet och entusiasm stör.

På borden i lunchrummet låg även en del informationsblad utlagda. Det var en enkel sammanställning av diskriminerings-ombudsmannens föreskrifter och ett kort utdrag ur arbets-miljölagen.

Bakgrunden, allvarlig som den var, var att en kvinna som mycket kort hade jobbat med patienttransporter, uppfattat språkbruk och jargong bland vaktmästarna som alltför grov. Det verkade inte finnas någon anmälan om sexuella trakasse-rier, bara det allmänna klagomålet.

Det gick många rykten om händelsen, men ingen verkade veta något konkret. Jag slog det ur hågen. Om det framförts ett klagomål till våra chefer så får de ta hand om det. Reda ut vad som hänt och agera utifrån det. Göra sitt jobb, liksom.

Det som spelade en roll var utdragen ur arbetsmiljölagen. Jag strök under raderna på pappret där det stod att arbets-givaren var skyldig att behandla anmälningar om arbetsmiljö-brister och se till att åtgärder vidtas.

"Det är i alla fall nån där uppe som vet att det finns en arbetsmiljölag," skrattade Santiago

"Vi får se om den gäller för våra arbetsmiljöbrister också," sa jag, "eller om det bara är dagsformen som avgör."

På lappen stod det att vi, alla på Transport, var kallade till ett möte.

"Vad kan dom säga på det mötet," undrade jag högt, "Att vi måste följa lagen och inte kränka vår omgivning."

"Låt dom säga vad dom måste för att ha ryggen fri," sa Santiago.

"Ja, det är det enda skälet, *selfserving basterds!"*
Ett rykte som bet sig fast, var att vi skulle bli tvungna att skriva på ett papper att vi förstod diskrimineringslagen.

"Det är ju inte vi som är oklara om vad lagen säger," sa jag och höll en lång tirad.

"Jag kommer inte att skriva på," sa Santiago.

"Det är väl ungefär lika stor chans som att dom ska få ett urinprov," uppskattade jag.

Jag kom tillbaka in efter mina morgonrundor och tog en kopp kaffe. Mitt möte var inte förrän klockan 10 så jag hade en tjugo minuter att vinka på. Min bror som också kör truck och som skulle på samma möte satt med en bok och en kopp i lunchrummet. Runt omkring oss var det en märkbar förstämning bland kollegorna.

Min bror, som är en lugn och beräknande natur, manade till eftertänksamhet. "Det är fullt möjligt att dom kan göra något bra med det materialet dom har att jobba med. Man får inte anta att dom kommer att fucka upp det. I värsta fall blir det bara ointressant... och dom betalar ju oss ändå, även om dom slösar bort tiden."

"Jag kommer inte att tåla några dumheter, inte nu...," sa jag och det var nästan dags att gå på mötet.

Många stressade kollegor ramlande in på slaget, dragna från sina krävande arbetsuppgifter. Det föregående mötet var avslutat och utrymt så vi började ta plats i konferensrummet. Vid det långa bordet satt redan några låga gruppchefer med allvarliga anlagda masker, dova av stundens tyngd och många mötens syrebrist. I ett hörn vid ett blädderblock stod en kvinna i min ålder som utmärkte sig genom att vara välklädd. Vi andra var alla i landstingsblå maoistisk stass. Hon såg koncentrerad och/eller en smula frånvarande ut. Hon gav inget tecken på att märka att vi ens kom in i rummet. Såg inte åt oss.

När vi satt oss vid bordet tog hon ett myndigt kliv in i handlingen. Hennes blick gick från frånvarande till anklagande. Hon anslog en litet överspänd förmanande ton som riskerade att brista i de högre tonerna. Det var från första stund som att bli utskälld av en skolfröken, som rosenrasande går på om ett krossat fönster som hon vet att pojkarna haft sönder.

"Jag har inte haft mer tid än att jag bara kunnat gå tillbaka några år i dokumentation, men jag är chockad över vad ni säger till varandra, den människosyn ni har här nere. Vet ni att ni befinner er på fyrtiotalet. Det är förjävligt, rent ut sagt!"

Hon gick litet fram och tillbaka framför blocket. Santiago munhöggs några gånger om kommentarerna hon fällde om oss och situationen på fyrtiotalet. Hon spände hårt blicken i honom och gick på om vilka fruktansvärt låga varelser vi var.

Hela affären var otroligt beklämmande. Först tog anstormningen luften ur lungorna på mig och jag böjde skyldigt på nacken. Det var ett psykologiskt angrepp på min person. Kvinnan som höll i bestraffningen, för det är vad det var, gick upp till blädderblocket. Hon började en förvirrad utläggning om FN:s arbete med de mänskliga rättigheterna och DO:s riktlinjer, men hon kunde uppenbart inte materialet och hon upprepade sig, stakade sig och verkade plötsligt osäker. Hon återtog sin hysteriska fattning och nästan skrek åt oss att, "det här har förstås gått er helt förbi," och högg upprepat med en öppen hand i luften mot blädderblocket där grunderna för diskriminering stod listade. Det såg ut som om hon ville stampa med sina läderstövlar.

Hon fortsatte i hårda ordalag ondgöra sig över vår makalösa brist på kunskap om den sociala värdegrundens historiska utveckling. Sen ändrades tonen och hon lät besviket sårad, som om hon ville vara en strikt moder som helst hade sluppit ta till riset men att vi inte gav henne något val. "... och det är därför... som ni alla vet som uppfostrat en hund eller ett barn så måste man ibland sätta ner foten ordentligt."

Jag ryckte till där jag satt. Vad står hon och säger?

"Är vi barn eller hundar då?" frågade jag. Hon stannade upp i en rörelse och vände sig mot mig och kan ha stammat något. "...du kan inte ...jag sa inte"

"Hur ska jag uppfatta det... vi sitter här därför att man måste ta i åt ouppfostrade barn och hundar ibland."

"Jag vill inte att du ska se det så"

"Ändå är det precis det du står och vräker ur dig!" Jag ställde mig upp i vredesmod. "Jag accepterar inte att du kallar oss för hundar!" röt jag upprört och lämnade ett dödstyst konferensrum bakom mig när jag stormade ut och kraftfullt drog igen dörren med en smäll och en svavelosande ed.


Mina ben bar mig iväg. Känslorna gav en våldsam reaktion i kroppen. Jag hade synbara skakningar och skenande puls. Jag var inte van vid konfrontationer, eller var det inte vid den här tiden.

Jag tog trappa 35 upp till korridoren ovanför akuten. Mycket ljus kommer in där uppe. Omkring det medicinska biblioteket sitter en samling oljemålningar som jag då och då dröjer vid. De små dukarna, med enkla landskap, sitter fast-limmade på vitmålade vedklabbar. Verken hänger stående. Jag var så upprörd att jag inte kunde stå still. Jag blängde på tavlorna hastigt och gick vidare längs röntgenmottagningarna. Det hänger otroligt mycket målningar och reproduktioner inne vid röntgen. Det måste vara en av Uppsalas konsttätaste platser, och sorgligt nog en av de mest undanskymda. Jag var fortfarande topp tunnor rasande. Mina ben bar nedför trappen till huvudentrén på 70. Jag gick ut och svalnade av en smula i höstluften. Det var ändå snart dags att börja köra ut matvagnar.

167

Jag tror nog att jag gömde mig, på min vredes promenad. Jag ville inte svara på några frågor, eller stå till svars för mitt utbrott. Det var en omedelbar känsla av att dra en filt över huvudet och glömma konfrontationen. Jag smög tillbaka till trucken och åkte till köket.

Allt var som vanligt i köket. Några vagnar stod klara och uppställda, några andra pinglade på med Beethoven i sina stationer. Jag kopplade fundersamt på det första släpet och åkte iväg.

När jag ställde ut släpet slog det mig att jag måste gå vidare med saken. Hur skulle det annars se ut. Jag skulle bara vara någon som tappade humöret när arbetsgivaren informerade om sin policy mot sexuella trakasserier. Jag stannade resolut vid interntelefonen i kulverten vid 70 och slog min närmsta chefs nummer, ett av stenansiktena som också suttit med på mötet. Hela samtalet kämpade jag med att hålla mig samlad och tydlig.

"Jag tror ingen missade att du blev upprörd," konstaterade Pelle torrt. Jag förklarade att jag ville gå vidare och anmäla saken. "Vi får titta på det. Det är olyckligt att det blev så här. Vi har precis avslutat mötet... det blev en lång diskussion efter du hade gått. Det var synd att du gick för hon hade velat tala med dig... förklara." *Då skulle hon väl ha sagt fot då*, tänkte jag ursinnigt. "Kan du komma upp till mig imorgon så får vi prata om vad som ska hända nu," föreslog Pelle och jag sa att jag skulle komma.

När jag kom tillbaka till köket stod Santiago lutad mot trucken med ett halvt släpp kopplat. Han gav mig ett krokigt leende.

"Jag var rädd att du hade gått hem."

"Nej, inte går jag hem heller... det roliga har ju bara börjat. Jag pratade med Pelle precis, hörde att ni satt kvar sen."

"Ja, det blev en lång diskussion. Hon fortsatte skälla på oss. Jag, din bror och Ville pratade... eller Fredrik och Ville pratade och jag bråkade. Det var hårt. Hon började om om kränk-

168

ningar, och vi sa men nu kränkte ju du honom, oss. Till slut sjönk hon ihop på en stol och så var mötet slut."

"Jag har anmält henne," sa jag, och jag trodde då att den muntliga anmälan jag upplevde mig ha gjort var värd mer än luft för mina chefer, men det var fel skulle det visa sig.

"Vad sa Pelle?"

"Jag ska upp och prata med honom imorrn." Santiago nickade. "Det värsta är att det känns som om jag visade vår hand för tidigt," sa jag, "Den här striden kommer att ta tid och ork från det vi vill bråka om. Jag ska ändå gå upp till Jon med vår skrivelse idag. Den måste in."

När vi kört ut maten, åkte jag nervöst upp till Gluntenområdet där min chef satt. Jag knackade på dörren och släpptes in av ett *kom in* och jag visste inte riktigt vad jag skulle säga.

"Har du tid en minut?" han slutade först inte att skriva, men nickade. Till slut vände han sig med eftertryck och såg uttryckslöst på mig.

"Jag vet inte om du hört vad som hänt idag... på mötet om sexuella trakasserier."

"Neeej," drog han ut.

"Det gick inte så bra. Hon som höll i det var väldigt otrevlig och hon jämförde oss med hundar." Min chef blundade plågat.

"Sa hon verkligen det."

"Utan tvekan. Hon gick på om hur värdelösa vi var och sen sa hon att vi var som ouppfostrade hundar. Jag har pratat med Pelle om det, som också var där, och jag har sagt att jag vill anmäla henne."

"Jag hade tänkt gå på mötet... nu ångrar jag att jag inte gick."

"Jag har en sak här som... där vi skrivit ner vår syn på problemen med arbetsmiljön." sa jag efter en kort paus.

"Det här har inget med det som hände idag på mötet, jag vill vara helt klar med det." fortsatte jag. "Hela truckgruppen

169

står bakom det som står här, och vi vill ha ett klart svar från dig... jag tror vi sa inom två veckor i skrivelsen." jag lämnade över plastmappen med vår skrivelse. Jon tog den en smula tveksamt, han såg på mig med sin patenterade uttryckslöshet. Jag blev mer nervös av bristen på respons.

"Jag hoppas att det ska gå att tyda våra tankegångar." sa jag för att säga något

"Jag ska läsa det här och återkomma med ett svar så snart jag kan. Det är ju bra att ni satt ett datum." sa han till slut.

"Då hörs vi," sa jag och backade ut från hans rum. Jag kände mig dum när jag gick nerför trappen till trucken. Det slog mig att min chefs blanka uttryckslöshet och oförmåga att känslomässigt knyta an till situationen är raka motsatsen till Santiago hypernärvaro.

Santiago hoppade av trucken och studsade runt i kulverten.

"Hur gick det … Vad sa han," hoppade han.

"Han såg på mig som om jag berättade vad barnen åt till frukost, men han tog pappret."

"Bara vi minns att det kommer att ta tid, men nu gör vi det verkligen!" Han strålade och det spratt i kroppen hans. Han dansade som en boxare och jabbade än mot väggen än mot Danne som skrattande gick förbi mot sin patienttruck.

"Jag trodde ni var skulle vara råförbannade." sa han.

"Förbannade?... vi har dom ju! ...det är bara för bra för att vara sant" mälde Santiago bakom garden.

"Jag hörde att det inte gick så bra på ert möte," sa Danne lite tystare med en förtrolig inlutning.

"Ja, det kan man väl säga," sa jag, "Hon jämförde oss med ouppfostrade hundar och jag kan ha höjt rösten och sen rest mig upp och gått ifrån mötet."

Danne såg förvånat, lite tvivlande på mig och så följde ett *sa hon verkligen Ja hon sa På allvar Ja.*

"Jag tror inte att någon kom ifrån sitt möte med någon positiv känsla men ni verkar ha tagit rekordet... Så... vad händer nu?"

"Fler möten och dålig stämning," sa jag, "Jag har sagt att jag vill anmäla kränkningen... får se vart det leder."

"Bra att du sätter ner foten." sa Danne och gick iväg på jobb.

Santiago hade en cigg bakom örat och foten i garagedörren. "Jag ska röka."

"För all del," sa jag och hängde på ut.

**4.**

Pelle satt bakom sitt skrivbord och pillade med sin iphone, försökte sätta i en laddarsladd som fastnat under några papper. Jag hade precis klivit in på hans kontor.

"Det var ju synd att det skulle bli så här," började han och lade ifrån sig mobilen. Han hade bara haft sin tjänst i två månader och jag trodde att hans osäkra och förvirrade sätt att omintetgöra alla möjligheter till en organiserad utveckling av verksamheten bara berodde på att han inte hunnit sätta sig in i villkoren på akademiska. Pelle är inte en stor man och han är renrakad som en liten pojke, hans mörka korta hår är, i hans begynnande medelålder, fortfarande tjockt och på plats och det verkar vara lagt av hans mamma när hon gav honom hans lunch. Han försökte alltid att vara din vän, som den krämare han är.

"Vad var poängen med allt det där?" undrade jag.

"Det hade ju kommit in ett allvarligt klagomål som arbets-givaren måste ta hand om."

"Det är ju en avsevärd skillnad på att hantera ett klagomål och att grovt förolämpa och kränka sina anställda."

"Nu tycker jag att det inte riktigt var så..."

"Hon jämförde oss alltså inte med olydiga barn och hundar!"

"Det var synd att du gick iväg innan hon fick en chans att förklara vad hon menade."

"Jag förstod vad hon sa. Jag behöver inte få det förklarat på vilket sätt jag är lik en olydig hund. Hon uttryckte sig djupt kränkande och jag vill att hon tar ansvar för det."

"Hon vill träffa dig och förklara..."

"Men jag vill inte ha en förklaring."

"Hon vill ändå ge sin syn på saken, kan jag ordna så att ni får sätta er, bara ni två, så får ni prata igenom det här."

"Ja, jag kan träffa henne."

"Jag hör av mig när jag har tid och plats, går det bra att jag lägger det en dag du jobbar?"

"Det blir bra," sa jag, "men jag vill vara klar och tydlig med att jag vill anmäla henne för den här kränkningen."

"Hur menar du då?"

"Jag vill att det ska bli en officiell anmälan mot henne för det hon gjorde och sa under mötet."

"Jag vet inte riktigt hur det går till," sa han och såg obekväm ut, "men jag ska kolla upp det."

Santiago väntade nere vid trucken efter mötet med Pelle.

"Vad sa dom," undrade han trött lutad över sin truck.

"Det var bara Pelle," sa jag, "han tycker att det är synd att jag gick ifrån mötet."

"Skulle du bara sitta och ta det?"

"Det blir ett möte mellan henne och mig, någon gång, så hon får förklara."

"Hon måste ju be om ursäkt!"

"Det är vad jag sa, men det värsta är att Pelle inte tycker att det sas något kränkande på mötet."

"Men han var ju där, sov han eller!"

"Jag har i alla fall varit klar om att jag vill anmäla saken."

Vi tog truckarna och åkte ner för tvättbrädet för att börja köra ut maten från köket. Santiago fick det första släppet som ska till 85:an. Jag stod bland dockstationerna och funderade på om jag borde få ner min version på papper, som underlag för min anmälan. Omsorgsfullt började jag formulera inlagan i mitt huvud.

När jag varit med mitt matsläpp till infektionskliniken mötte jag en patientförare som bestämt vinkade åt mig att stanna.

"Hade du problem med den där kärringen som var här om det där sexuella trakasseri ståhejet," sa han upprört.

"Ja, jag har anmält henne för grov kränkning."

"Så jävla underbart, hon var på mig... skrek i en timme om vad jag är för en jävel. Då får jag väl gå ut och ställa mig i garaget, sa jag, så kan ni ha er jävla syjunta ifred här inne, om det ska va så, sa jag."

"Vad då, hade du ett eget möte med henne?"

"Ja, du vet, dom hade ett med mig och ett med Erik. Roger kom bara och plockade upp mig när jag flexa in på morgonen. Fick inte ens en kopp kaffe med mig. Vi ska på möte, sa han bara och drog in mig på rummet."

"Fick du något fackligt ombud?"

"Nej, det är ju det som är så jävligt. Ett jävla bakhåll bara och så den där jävla kärringen!"

"Är *du* anmäld för sexuella trakasserier?"

"Nej, det finns ingen anmälan. Jag ville veta vad det är jag har sagt som är så jävla allvarligt, men det finns inget hon kan peka på."

"Om man inte kan hitta något fult du har sagt, då har man tusan inte ansträngt sig ett dugg."

"Vill mena det. Jag har ju inte ens jobbat med den här tjejen nått. Hur hon kan ha pekat ut mig blir jag inte klok på."

"Det är väl inte ens säkert att hon har det. Dom verkar inte bry sig särskilt mycket vad som har hänt. Det verkar mer som att dom väntat på ett tillfälle att ge sig på oss allihop."

"Men du har alltså anmält henne."

"Ja, det här är inte ok någonstans. Får se vad det leder till."

"Bra, låt mig veta hur det går," sa han och skyndade iväg på ett jobb som precis kom över radion.

Jag körde tankfullt ut resten av mina vagnar och sen letade jag upp Erik och han hade samma historia, inget förvarning,

174

inget ombud och ingen anmälan eller ens någon konkret, påvisbar missgärning. *Vad håller de på med*, tänkte jag.

På kvällen, när jag hade kommit hem satt jag mig ner och skrev ned min syn på det som hänt. Jag skickade iväg mailet till Pelle. Det kändes inte som om det var något konstigt med att vara upprörd över att jämföras med en olydig hund av arbetsgivaren på ett möte om trakasserier och kränkningar.

Jag hade ett par dagar ledigt och tankarna malde runt i huvudet. Jag var osande förbannad över hur jag och mina kollegor blivit behandlade. Det här var bara början på arbetsgivarens nakna förakt för sina *medarbetare.* Jag var ute på långa promenader och gick igenom det som hänt om och om igen, höll långa, helt lysande, förkrossande tal mot mina motståndare, och fann ingen ro.

När jag var tillbaka på jobbet hade ryktet spritt sig, och jag fick återberätta historien ett otal gånger, och alla jag pratade med hade sin egen berättelse om hur obehagligt de uppfattat mötets innehåll, och att de var glada att någon stod på sig och sa ifrån. Det var påfrestande att vara epicentrum för vakt-mästarnas upprättelse, och ingen klev fram och hjälpte mig driva fallet. Ingen klev fram och sa att de också känt sig kränkta av det som sagts på mötet. Det var bara ryggdunkar och viskningar, det betydde inget i slutändan. Det var bara ett gladiatorspel, att se på när jag slog mig blodig mot kolossen.

Efter ett par dagar meddelade min chef tid och plats för mötet med *Människan.*

"Jag tänkte sitta med," sa Pelle, "om det går bra." Och det fick han väl. "Jag har läst det du skicka och jag tycker att det var bra skrivet."

"Lustigt," sa jag, "Att hon har behövt tio dagar på sig för att formulera en ursäkt. Det måste bli något i häst väg nu." Pelle såg på mig som om han tagit lektioner hos Jon i tom uttryckslöshet.

"Jag säger bara att det tagit lång tid för henne att komma

och be om ursäkt," lade jag ansträngt till.

Jag var nervös inför mötet. Det skulle vara i ett litet konferens-rum vid 50-entrén, där jag brukar sitta på helgerna och läsa. Jag var lite tidig, som jag föredrar att vara, och kunde samla mina tankar en smula innan det var dags. Jag gick till och med in på toaletten och gjorde en stridstömning, för jag anade väl att det skulle bli stormigt. Pelle var den förste att dyka upp, någon minut tidig även han. *Människan* fick vi styltigt små-pratande vänta på. När hon behagade komma skakade hon hand med min chef, men drog sig sen tillbaka och gjorde ingen ansats till att hälsa på mig.

"Ska vi gå in och börja," sa Pelle, vilket kan ha varit det sista han sa tills mötet var över och *Människan* hade gått.

"Det var verkligen synd att du inte kunde sitta kvar på mötet, så jag fick göra klart vad jag menade."

"Jag satt precis så länge som det behövdes," sa jag.

"Jag blir också bestört när jag läser din version av det som sas och behandlades av mig på mötet. Det jag sa kan inte uppfattas så som du påstår."

"Så du säger att du inte jämförde oss med barn, med olydiga hundar som man måste ta i åt ibland?"

"Det jag sa kan inte uppfattas så..."

"Fast du sa precis så."

"Jag kanske sa så, men det hade att göra med... om du hade suttit kvar så hade du förstått vad jag menade."

"Så hur ska det du sa förstås, då?"

"Att man måste vara tydlig... jag sa så för att jag har fött upp hundar."

"Så jag ska inte ta illa upp för att du har fött upp hundar. Det är bara naturligt att jag i en pedagogisk tillrättavisning har den olydiga hundens roll, eller?"

"Man kan inte se det så... jag sa inte."

"Så du jämförde oss inte med barn och hundar?"

"Man måste se till helheten i det jag sa."

176

"Du sa att anledningen till att vi satt där, var att precis som när man uppfostrar barn och hundar måste man sätta ner foten. Anledningen till mötet var att vi var som olydiga hundar, enligt dig, och jag tar anstöt av din nedvärderande och kränkande syn på mig."

"Ingen annan på mötet uppfattade det så."

"Är det bara jag som kände mig illa berörd av det du stod och vräkte ur dig, ere deru påstår?"

"Om du suttit kvar, som dina kollegor, hade du också förstått syftet med det jag sa. Vi hade en lång diskussion där vi enades om att det jag sagt inte kunde uppfattas som kränkande på något vis. Du måste förstå att klagomålen mot er är så allvarliga att arbetsgivaren måste agera. Jag önskar att du tog det här på allvar."

"Är det att ta situationen på allvar, att kalla in alla vaktmästare och skälla ut dem och kalla dem hundar, att attackera visa utpekade, utan att de fått någon anmälan emot sig eller tillåts försvara sig, att inte ens ha ombud närvarande."

"Det är inte din plats att säga hur jag ska göra mitt jobb. Jag hade klara direktiv från mina överordnade att ta i med hårdhandskarna i det här ärendet."

"Fick du order uppifrån att förolämpa oss, att åsidosätta rätten till ombud, vad är det du säger?"

"Det är väldig synd att du beter dig så här. Det är väldigt viktig att Landstingsservice tar itu med dem här frågorna."

"Så att du får stå och kränka oss i tjugo minuter, är att ta itu med frågan?"

"Jag har bett om ursäkt, och du har inget för att hålla på så här."

"När bad du om ursäkt?"

"Om du hade suttit kvar hade du fått den på en gång, och jag bad om ursäkt när vi började här..."

"Du sa att det var synd att jag gjorde som jag hade gjort, det är väl ingen ursäkt för den kränkning du gjorde."

"Jag bad om ursäkt!"

"Det gjorde du inte! Du sa att det var synd att jag lämnat mötet. Det låter inte som att du ber om ursäkt för att du kallade mig hund."

"Jag har inte kallat dig hund!"

"Ändå säger du att du har bett om ursäkt."

"Jag ber om ursäkt för att du..."

"Nej, jag vill att du ber om ursäkt för vad du sa, inte för att jag skulle ha missförstått dig. Ta ansvar för vad du gjorde!"

"Jag måste sätta stopp här. Vi verkar inte komma längre, och Tore sa att om det här händer, så skulle jag avsluta mötet direkt. Vi får fortsätta vid ett senare tillfälle och då vill jag ha med Tore, Gun och facket kommer att vara där."

"Då får det väl bli så," sa jag och hade inte en aning om vilka *Människan* pratade om, högdjur tydligen, som partiskt hade rådgjort med *Människan* innan vår enkla sammankomst. Hon samlade ihop sina papper och lämnade rummet. Pelle satt blek i hörnet och darrade. Han hade inte sagt ett pip under mötet. Visserligen hade jag och *Människan* haft ett intensivt meningsbyte, men något borde han väl ändå ha sagt. Han var ju med på brottsplatsen och hade kunnat sagt bu eller bä om det vi tvistade om.

"Det där gick ju inte så bra..." kläckte han stammande ur sig till slut. "Jag håller kontakten med henne, så ser vi om det blir fler möten eller så."

Jag gick ursinnig från 50-torget. Det allvarligaste hon sagt var att mina kollegor gått med på att det hon sagt inte var kränkande. Det var en lögn, men den rapporterades uppåt i kedjan. För att trots allt vara säker på att mina kollegor inte gått bakom min rygg och intygat att de inte uppfattat det *Människan* sagt som stötande, gick jag och letade upp min bror, som varit med på hela mötet.

"Nej, nej," sa han när jag berättat vad som hänt, "alla var ju rätt upprörda på vad hon sagt, och vi sa det klart och tydligt. Det kan ingen ha missat."

"Så hon ljuger alltså!"

178

"Det är inte sant i alla fall," sa min bror, "Jag tycker att du ska åka upp till Santiago, han sitter vid en dator i godsmottagningen... åk upp och gör en egen anmälan internt så att det inte försvinner. Få in det i systemet."

## 5.

Allt prat om att bli kallad hund la sig allt eftersom bland mina kollegor och vi hade viktigare saker ta tag i. Efter två veckor meddelade Jon att han hade läst igenom vår skrift. Mötet han bokat var i slutet av Oktober. Det var en av mina lediga dagar, så även för Santiago, så vi var civilklädda, precis som cheferna.

Santiago och jag träffades nere i vaktrummet under akuten för att få med oss varsin kopp kaffe med på mötet. Vi kände oss otroligt laddade och målmedvetna. Resten av truckgruppen började ansluta.

Santiago var uppe i varv och höll på med en lång lista med krav på åtgärder.

"Vi låter cheferna säga det dom har att säga, vilket inte kommer att vara mycket, bara samma skit som dom alltid kastat ut på oss, men den här gången har vi förberett oss." sa Santiago och riktigt gnuggade händerna av förväntan.

En annan viktig fråga var vad vi skulle göra med *Praktikantpengarna.* Kommunen erbjuder ungdomar sommarjobb i offentliga verksamheter, och de avdelningar som kan och vill ställa upp får en slant för besväret. Så under tre veckor efter skolavslutningen åker det med tonåringar på trucken som egentligen inte får utföra något arbete, bara se på i princip. Jag vet inte vad de får betalt men vi får en enkel kväll på stan av det, den där kvällen när alla i truckgruppen magiskt nog kan. Den här sommaren hade vi ofta varit kort om folk, så Pelle

180

hade satt ut sommarpraktikanterna att köra själva. Det är strikt emot reglerna, men det var väl billigare än att skaffa riktig arbetskraft, med avtal och sånt.

Det var Ibrahim som var ordförande i festkommittén. Han är en vaktmästare med samma sorts tjänst som jag har, Mat- och Sopturer. Han blev ordförande därför att han kan boka bord, det är en bonus att han har kontakter i krogvärlden. Han är med i ett scream-metalband, om det ens betyder något, och spelar ofta på olika ställen i Uppsala, så jag antar att han känner *folk*. Jag är bara bekant med nationssvängen och har en genuin misstro mot den lokala scenen, även fast jag är född i stan.

"Om alla som vill, kan på fredag nästa vecka så ringer jag och bokar," sa han i fikarummet när de flesta var samlade.

"Vem är det som jobbar helg då?" undrade någon.

"Det är inte jag i alla fall," sa Ibrahim.

"Det är jag som jobbar då," sa jag, "så vi bryter vid halv nio snåret, man får drick ur sin öl om man skulle råka ha kvar, men inga beställningar efter kvart över åtta, tack."

"Jaa, så kan vi göra, absolut," sa Ibrahim, "Då ringer jag då."

Vi gjorde sällskap upp till biblioteket med fler av våra kollegor. Vi blev stående vid en låst dörr på vägen in till seminarierummen. Ingen av våra passerkort fungerade så vi fick vänta. Så dök en stressad Pelle upp och började försöka låsa upp dörren utan resultat. En av våra timmisar klev fram och drog sitt kort, trots att vi alla sa, "det är ingen idé," "Våra kort funkar inte," men han lyckades, triumferande låsa upp.

"Ha, ha, han är visst mer betrodd än du, Pelle," sa Santiago.

Det första arbetsmiljömötet, som kom av vårt engagemang, blev av en torsdagseftermiddag, i en sal på Medicinska biblioteket. Det var inte ett konferensrum, utan ett klassrum med bänkrader vända mot en white boardtavla. Vi gick in i skolsalen och satt oss. Jag och Santiago satt oss i främsta bänkraden, och resten av truckgruppen spred ut sig i salen. *Vi är inte här för ett samtal*, tänkte jag, *dom tänker förklara hur det ligger till bara, som en gammaldags magister i sin kateder.*

"Hej, vad bra att så många kunde komma," sa Jon när han till slut gjorde entré. Han är van att hålla presentationer och han kopplade upp sin dator och började sin Powerpointvisning. Han började med att prata om hur viktigt arbetsmiljöarbetet var och att det var bra att vi visade ett så stort intresse för frågorna och att han var glad att få en möjlighet att gå igenom med oss vad som faktiskt görs i dessa frågor som naturligtvis är svåra att få en god överblick på och processerna som är igångsatta tar tid att fortplanta sig i organisation och därför kan det ta tid innan det märks någon verkan av de insatser och åtgärder han och många andra i arbetsledningen vidtagit och kontinuerligt utvärderar och utvecklar. "Man kan se här," sa han och började gå igenom i detalj vilka kortläsare som behövde bytas ut för risktransporter i hissar på Rudbecks-labben och andra brister i gashanteringen. Det var en övning i att nöta ut oss med en långdragen föreläsning. *Det här är varför vi sitter i skolbänkar.*

"Kan vi komma till saken," avbröt Santiago plötsligt lektionen med en irriterad ton.

"Vi har ju sett den här listan förr," sa jag, "och den har väldigt litet att göra med det vi är här för."

"Det här är en utförlig beskrivning av de frågor ni ställt, kanske inte ett uttömmande dokument, men det är ett pågående arbete som ständigt modifieras av våra många behov. Det uppkommer ständigt nya frågor och det är väldigt fascinerande att arbeta med dessa frågor."

"Nu hade ju vi gett dig en skrivelse, som du kanske har läst," sa Santiago.

"Ja, jag har läst den, och jag förstår nog inte riktigt syftet med allt ni tar upp där."

"Redan 2007 var arbetsmiljöverket här och inspekterade verksamheten," började jag, "då fastslogs bland annat att vi

182

har för många och för tunga lyft per arbetspass."

"Jag minns inte riktigt... vad..."

"Enligt lagvårdande myndighet bryter den verksamhet du är ansvarig för mot lagen. Den har brutit mot lagen i alla år du varit chef, och var, i den där gamla åtgärdslistan du började redovisa finns det riktade insatser för att komma till bukt med att vi lyfter för mycket."

"Det finns planer... andra planer."

"Andra planer?" sa Santiago.

"Vi har att göra med väldigt gamla och slitna fastigheter, där det är svårt att få till bra lösningar på de problem ni nämner, men det finns planer på ombyggnationer och till och med rena nybyggen som vi hoppas ska lösa inte bara lyften, som är ett stort problem, men också andra lika allvarliga områden."

"Man vad händer med oss medan ni har andra planer?" undrade jag.

"Vad menar du då?"

"Vi är ju tvungna att arbeta under förhållanden som bevisligen bryter mot lagen, har gjort det i åratal, och vad det verkar kommer att få gå och dra i många år till innan ni har byggt ett nytt modernt sjukhus."

"Vad gör ni för att skydda oss från den skadliga arbetsmiljön?" sa Santiago.

"Det finns en mängd olika saker vi kan titta på, olika hjälpmedel."

"Som vad, ni har ju haft snart fem år på er sen arbetsmiljöverket var här att komma på något," sa jag.

"Det är det här vi pratar om," sa Santiago, "Ni har inte gjort er del, ni har inte gjort ert arbete, men ni förväntar er att vi ska göra vårt, att vi ska ge den service ni lovar uppåt utan att ge någonting nedåt."

"Så vad är det vi pratar om," sa Jon märkbart defensivt.

"Ni måste ge oss något för att vi gör arbetet ni inte kan garantera är säkert."

"Man kan inte köpa bort arbetsmiljöbrister, det går inte," sa Jon misstänksamt.

"Vaktmästarna måste värderas högre. Det är inte tal om att köpa bort något alls, ni måste göra något åt bristerna, helst nu, men vi borde ha en höjd ersättning för det arbetet vi gör, för vi gör ett jävligt bra jobb, ett viktigt jobb." sa jag.

"Jag är inte beredd att diskutera lön här. Lönerna sätts enligt avtal, det är inte en fråga jag tänker ta här."

"Så allt vi får är att fastigheterna är dåliga, men det är ju vi som får betala med vår hälsa att samhället kan få sina jävla tjänster."

"Det är synd att du ser det så. Jag kan garantera att vi arbetar hårt med dom här frågorna."

"Ändå skickar du ut oss varje dag, att göra saker som du vet inte är säkert eller ens lagligt."

"Ni ska naturligtvis inte gör sånt som ni känner inte är säkert."

"Säger du att vi ska ställa arbetet?"

"Ja, om det föreligger en överhängande risk för skada, måste ni väl stoppa det ni gör."

"Det innebär till exempel alltid en överhängande risk för livshotande skada, när vi tömmer soporna, eftersom sjukhuset, mot rådande EU-lag, inte har gått över till säkra nålar och kanyler."

"Jag känner inte till den frågan."

"Ändå träder lagen fullt i kraft vid årsskiftet, och då måste sjukhuset ha ställt om."

"Jag har inte hört om den lagen."

"Och så påstår du att du jobbar hårt för vår arbetsmiljö. Sanningen är att du gör ett så bra arbete att vi kan ställa truckarna när som helst."

"Jag tycker inte att det verkar vidare konstruktivt... Vi kan inte fortsätta diskussionen på det här sättet. Det leder ingenstans att hota med att sabotera verksamheten."

"Att du har suttit på dina händer i åratal är en

arbetsprocess, men när vi säger att det inte längre går att utföra jobbet på ett säkert sätt, då är det sabotage. Vad är det du säger!" sa Santiago upprört. "Vi säger att du måste göra något åt arbetsmiljön, och du säger *hot* och *sabotage,* är det konstruktivt!"

"Ni vill ha pengar annars ställer ni verksamheten... vad ska jag tro?"

"Nej, vi vill ha en bättre, hållbar arbetsmiljö och vi vill ha bättre betalt för det jobb vi utför," sa jag, "det finns inget antingen eller i vårt resonemang."

"Det är kanske läge att skicka in en anmälan till Arbetsmiljöverket," sa Santiago.

"Jag tycker inte att det är rätt väg att gå i det här läget. Jag arbetar hårt för att komma fram med våra problem till rätt människor, och en anmälan tror jag bara leder till en olycklig polarisering i organisationen som inte gagnar någon i sammanhanget."

"*Organisationen* har ju varit helt kallsinnig inför de utpekade brotten i förra inspektionen, men en myndig påminnelse är kanske vad som krävs," sa jag.

"Tiden har tyvärr rusat iväg," sa Jon när han tittat på klockan, "Jag skulle vilja att vi träffas igen, ska vi säga om två veckor... kan du boka det Pelle? Så får vi fortsätta då, och försöka hitta någon konstruktiv väg att gå vidare och inte gräva ner oss i beskyllningar och dålig stämning. Det är viktigt för mig att ni står bakom mig i det arbete jag gör och att ni kan känna att jag jobbar för er, för vi sitter verkligen i samma båt här... bra, då ses vi, grabbar." Så kastade han sig ut ur salen som om han var en arkeolog som lämnade ett kollapsande Mayatempel.

Santiago reste sig upp och sa, "Jag hoppas att ni andra kan sitta kvar en stund, jag har lite att höra med er om." Han vände sig till Pelle, "Det jag har att säga nu är för truckgruppen, så jag vill be dig att gå." Pelle samlade ihop sina papper som han lagt ut på bänken framför sig, fast han inte sagt eller gjort

185

något på mötet, och gick utan att röja en min.

"Jaha ja," sa Santiago, när Pelle stängt dörren om oss, "Där har vi det. Dom har inte tänkt göra ett skit för oss... som vanligt. Nu frågar jag er, är det här ok det dom gör?" och det fick vi tillstå att det inte var.

"Då har jag några punkter här," sa Santiago, "några krav som vi behöver enas om."

Det var en lång lista, men vi var snart nog överens.

## 6.

Fredag efter jobbet gick jag direkt till *Terrassen,* på Drott-ninggatan, där jag skulle möta mina kollegor för att äta lite krögarmat och dricka öl. Vi tänkte börja med några öl på egen ficka medan sällskapet samlades.

Det var en kall kväll. Den där köldknäppen som gör att man plockar fram vinterkläderna, men man har dem alltså inte den här kvällen i slutet av Oktober. Det är inte ens risk för snö, men man kan fram tills nu ha lurat sig att sensommaren fort-farande dröjer sig kvar, men det har den inte.

Jag såg Henry när jag kom fram. Han stod på andra sidan gatan och tog ut pengar. Henry var den förste som jag körde tillsammans med när jag började i truckgruppen. Det var åtta år sen. Jag trodde länge att han var någon sorts savant. Han spelar poker, och när hans alkoholintag tillåter det är han lysande. Jag vet det för han går med vinst. Han borde inte behöva ett dagjobb. Det som gjorde att jag tog honom för *speciell* var att han kan hela IMDB, om man ställer direkta frågor. Han ser ut som Mickey Roarke i *Barfly.* Han såg mig inte förrän han hade kommit tillbaka på min sida av gatan.

"Tjena, det är ju du," kacklade han hysteriskt när han såg mig. Han var välgrundad. "Jag ska bara köpa lite cigg," sa han och gick in där de har ett porträtt av kronprinsessan. Han kom strax ut med både cigaretter och snus. Från andra hållet, uppifrån Stora torget kom Christo gående. Han är klassens clown, men han är 1.90 och har svart bälte i karate. Han är för

187

glad och lat för att vara den grymma snubben han är på pappret. Han är hellre DJ än dörrvakt den här ladugårdsväggen till karl.

Vi blev allt fler truckförare omkring, innan vi upptäckte att *Terrassen* inte hade öppnat för kvällen. *"Pitcher´s* då," sa någon. Jag visste inte vilket ställe dem menade, men det gängse bifallet verkade lovande så jag följde efter mot Påvels gränd. Ibrahim som var siste man att ansluta på Drottninggatan, skickade ett par sms till de som inte hunnit komma, Santiago bland andra.

"Skulle Anders komma?" "Han är nog på *Pitcher´s* ändå." "Rock´n´roll!" "Piller!!"

På den mörka puben som byter namn allt som oftast, tog vi in den första rundan öl och skaffade oss ett bås. En TV uppe i hörnet visade välproducerad Cup-fotboll. Anders var där, som väntat. Han satt med sina generationskamrater och delade minnen från när Cornelis Vreeswijk hade kommit in på Upplands med guran i en hand och en barstol i andra.

I båset trängde vi ihop oss, allt mer eftersom kollegor anslöt. När Santiago kom fick han ändå dra fram en stol hur vi än trängde ihop oss.

"Hade ni inte kollat om *Terrassen* hade öppet klockan sex," sa han jäktat. Han hängde en kasse med papper på stolsryggen och jackan över den. Bredbent långt ut på sätet satt han sig med en arm hängande över stolsryggen. Han såg tankfull ut, som om han inte kommit fram än. "Skarunte ha nått," sa Christo. Santiago tittade upp med ett leende och morsade med en kort nick, "S´up."

"S´up dog!" ropade Ibrahim långt inne i hörnet.

"Hörderu," gastade Henry till mig fast jag satt alldeles bredvid honom, "Han kallarej hund."

"Vart skare sluta," sa jag.

"Hurru, han tycker inte om att man kallarn hund." "My bad, man." "Det är häst mot folkgrupp." "Häst mot

188

folkgrupp?" "Ja, häst, varente deja sa, va." "Hets mot hundras." "Det är säkert längre straff på det än att faktiskt hetsa en hund." "Ja, men hundar anmäler inte." "Dom går inte ens på läkarundersökningen efteråt." "Dumma hundar, dom bara tar det." "Doggystajl."

Jag dricker öl långsammare än genomsnittet, så jag låg snart efter. Jag hade fortfarande halva kvar när andra rundan påbörjades. Det märktes inte så tydligt eftersom alla fick beställa och betalade ur egen ficka innan vi gick dit där vi skulle äta. Ibrahim tog Henrys öl när han inte tittade, och slog över det mesta i mitt glas.

"Tror du behöver det mer, än han inte... alls, eller något," sa han med en blinkning. I nästa stund såg Henry sitt i stort sett tomma glas.

"Va ere för råtta som e på ölen," utbrast han onaturligt högröstat som en bergssprängare på tebjudning. "Nån jävla kackerlacka," sa Manfred som nyligen anlänt, men som höll på att ta igen förlorad tid och mer där till.

"Vicken kackerlacka... Kackerlacka... hahahahahaha, de´e en kackerlacka i min öl kyparn! GARCON!"

"Lugna dig nu... du skrämmer hjälpen," sa Ibrahim vänligt. Henry satt sig tillbaka mot ryggstödet och var tyst. Han lutade sig snart på en armbåge mot bordet och lyssnade på de många replikerna över bordet. Plötsligt doppade han ner handen i sitt ölglas och drog den skummiga handen genom sitt hår.

"Vad gör du," sa Ibrahim bestört.

"Öl är väl bra för hårbotten," sa Manfred.

"Jaså, men vakter brukar skicka ut dom som häller öl över sig."

"Hinner vi ta en till innan vi måste gå?" undrade Manfred och gick till baren, "Hank, ska du ha."

"Nej, tack du, men det går nog bra... ändå," svarade Henry trött.

Det var på *Bullit,* nere vid ån, vi hade ett bord bokat till halv

189

åtta. Jag visste inte ens att det gick att boka bord där. Det finns bord där och mat, och man kan försäkra sig om det. Vi blev visade till vårt bord av en servitör. Jag visste inte att *Bullit* hade servitörer. Bartender som man beställer öl av med teckenspråk har jag sett där. Man skriker, "Or Ar," för *stor stark*, och håller upp ett finger, för en.

Vi fick ett långbord, resten av lokalen var halvsatt och volymen på musiken var inte särskilt hög. "Slå er ner, så kommer jag med dricka innan maten är färdig." "Den kommer alldeles strax, tror jag." "Öl, öl, öl... ska jag ta öl för alla?"

Jag satt i änden närmast baren med Santiago, Christo, Ibrahim och Manfred omkring mig och mitt emot mig. Det var ett stort ögonblick när den första gratis ölen kom in. Vi höjde våra glas, "för landstinget!"

Pearl Jam gick igång, en låt från *Ten,* och jag vände mig till Ibrahim, som jag visste var ett oväntat fan.

"Första gången jag hörde dom," började jag, "var en TV inspelning från Roskilde ´92. dom gjorde *Alive* och *Porch.*"

"Ja, det är i *Porch* dom röjer så jävla mycke. Jag brukar visa klippet för bandet, och säga, det är så där vi ska göra."

"Ni borde göra en cover, *Animal,* från *vs* skulle bli grym."

"Jag har inte lyssnat på den... bara på *Ten.* Inget kan vara lika bra, så varför förstöra den."

"Men *Vitalogy* är ju asbra rakt igenom. Har du inte lyssnat."

*Enter sandman* började spela och satte slut för Grungen. Ibrahim gjorde en imitation av Lars Ulrich, grimaserade våldsamt, "Han är så ond," ropade han över musiken.

"På ett plank i Roskilde såg jag det bästa klottret jag nånsin sett, det stod, Lars Ulrich är skyldig mig tio spänn," sa jag utan att överrösta musiken alls.

Hamburgarna som snart kom in var riktigt välgjorda. Som vegetarian fick jag quornfiléer mellan bröd, men kocken hade trots allt ansträngt sig att få den smakrik. Vi tog för oss av klyftpotatis och olika tapenader som ställdes fram på bordet

190

När vi hade ätit en stund, plockade Santiago fram sina papper och en hel näve pennor.

"Har du tagit med jobb," undrade jag.

"Jag tänkte att vi skulle ha en liten frågesport," sa Santiago och reste sig upp. "Det är lite frågor om landstinget och transport som jag har totat ihop. Tanken är väl att vi kunde ha en tävlan inom gruppen, att när vi träffas så här, så göra vi något och den som vinner får ett märke, och den som får flest märken på ett år blir transportmästare." Han delade ut papper och penna till var och en. Det var frågor som man antingen vet svaret på eller så vet man inte, det går inte att resonera sig fram. Några kunde jag svaret på, några fick jag rätt av en slump och en eller två missade jag. Vi fyllde i våra tipsrader, drack öl och tömde faten.

Henry var väldigt högljudd på sin kant. Han deltog inte i konversationen, han ropade berusat enskildheter och konstiga infall, till den som orkade lyssna. Vi runt bordet lyssnade knappt. "Voulez-vous FUCK YOU!" skrek han. "Easy piecy japaneesy!" Jag hörde honom inte, vad han sa egentligen. Bakom mig var det någon som skrek, "Men vad fan, håll käften!" och för mig var det bara mer berusade människor som skrek, obehagligt men inte mitt problem.

Plötsligt var det en stor kille framme vid vårt bord.

"Varför sitter ni och skriker om gulingar!"

"Va, det är ingen som sagt *guling*." hörde jag från andra änden av bordet.

"Jag hör ju med mina egna öron vad ni sitter och skriker!"

"Men ingen har sagt det och vi kommer inte att säga något."

"Min kompis är från Filippinerna, en känd kickboxer, bara så ni vet, och vi tycker inte om att ni sitter och skriker om gulingar."

"Det förstår vi, men vi har inte gjort något."

"Vi har ögonen på er!"

Vi samlade oss en smula och återgick till frågesporten. När

vi hade rättat svaren, var jag på delad första plats med Henry, och det blev en utslags fråga. Henry tappade fokus och jag vann den triviala jakten. Som reaktion på sitt nederlag skrek Henry för full hals, "Mattias Stolt är Adolf Hitler!"

Det rasslade till bakom mig och den stora killen kom tillbaka, med sig hade han sin filippinske vän.

"Nu skriker ni om Hitler!" sa han upprört.

"Han menade inte så... det finns ingen som tycker om Hitler här." "Jag är jude!" *Nej, det är du inte.*

"Jävla rasister!" sa den store killen. Ibrahim ställde sig upp.

"Han får Tourettes när han dricker, men han kommer att ta det lugnt nu. Det finns inget att bråka om längre. Vi kommer inte skrika mer och ni får gå och sätta er." Vakterna som känner Ibrahim väntade varligt i bakgrunden.

"Tror ni att ni kan sitta och skrika Adolf Hitler!"

"Det är en historisk person..." sa Henry neutralt.

"Men håll käften nu, Hank," sa Manfred bestört.

"Vi hatar Adolf Hitler, vi hatar Adolf Hitler, Vi Hatar Adolf Hitler!" sa Santiago med en hög röst, "Räcker det."

Killarna gick motvilligt tillbaka till sitt bord, bakom ryggen på mig uppe vid fönstret. Det var svårare att samla oss den här gången. Stämningen var avgjort lägre och verkade inte återhämta sig. Santiago som satt mitt emot mig kunde se det andra sällskapet. Jag såg att han då och då verkade ha ögonkontakt med någon där borta. Han nickade till någon och log förslaget. Bakom mig ropade någon till. Santiago lutade sig lugnt tillbaka i sin stol och slog ut med armarna. "Jag ska skära dig!" hörde jag nu. Den filippinske fightern kom fram till Santiago. Han lutade sig ner som för att viska något, men Santiago satt orörligt kvar. Något måste ha sagts där som jag inte kunde höra. Santiago lutade sitt huvud bakåt och visade sin hals, han hade armarna avslappnat nere längs sidorna, och sa,

"Men skär då."

Jag såg då att fightern hade en av de tandade bordsknivarna

192

mot Santiagos hals.

De stod i den posen i en evighet. Fightern gav med sig till slut och backade undan. Santiago såg sig långsamt om, var han hade motståndaren, och sa föraktfullt, "Du är inte så jävla tuff som du tror."

Den store killen kom fram till sin kompis och ställde sig mellan honom och oss. Christo ställde sig upp och drog upp ärmarna på sin huvtröja till armbågarna. Han fick dem att gå lite åt sidan för att prata. Läget lugnade ner sig märkbart och Christo kom snart tillbaka och satt sig.

"Så där, ett snack lite fighter till fighter."

Vakterna gick fram nu till det andra sällskapet.

"Då så, dags att gå, grabbar." "Kastar du ut *oss*," sa den store killen förvånat. Sårat plockade de ihop sina saker och gick ut. Vakten kom fram till oss och pratade med Ibrahim, sen sa han till oss, "såg ni att han hade en kniv." Vi svarade att vi hade sett vapnet.

"Det går att anmäla förstås, och killen är känd här," sa han som i förbigående. "Hoppas att resten av kvällen blir trevligt."

Vi beställde mer öl, vi hade inte hunnit tömma vårt konto än. Samtalsämnet var att vi hamnat i bråk. Någon som säger något oövertänkt med en egendomlig referensram, som någon annan tar ett verkligt anstöt av. Precis som att någon som fött upp hundar jämför en hel arbetsstyrka med olydiga hundar, bara för att förhålla sig till en situation. Henry får inte vräka ur sig vad som helst för att han är full, och *Människan* får inte uttrycka sig hur som helst bara för att hon inte kopplar samman mening med de ord hon råkar säga.

Stämningen var ganska låg vid transportbordet.

"Det viktigaste man ska komma ihåg här," sa jag, "är att jag vann och ni förlorade, ni förlorade faktiskt och det var jag som vann."

"Ja, men du fick lika många poäng som Henry, så det är väl... inte... så mycket att komma med," sa Ibrahim.

"I och för sig, men jag vann och ni förlorade... loooosers."

Jag såg mig om och sa, "Vad är oddsen för att dom som just blev utkastade står där ute med ett dussin av sin närmsta vänner när vi ska gå. Vad är chansen att vi kommer härifrån utan att dö ikväll."

Jag hade inte märkt att Henry gått från bordet men plötsligt kom vakten fram och sa, "er kompis står där ute och spyr. Jag kan inte släppa in honom igen." Ibrahim och Manfred tog Henrys jacka och gick ner för att se hur han mådde och styra honom hemåt.

När Ibrahim och Manfred kom tillbaka, fick alla som hade en Henryhistoria att berätta en möjlighet att komma till tals. Det tog sin tid att gå igenom de mest relevant skildringarna av hans fylleri. Det gjorde att vi kände oss bättre. Det var inte vi som hade orsakat bråket. Våra gratis öl var snart slut och vi drog vidare till *Flustret* som eljest. Det var inget gäng utanför på Västra Ågatan väntade på oss trots allt. Punk ass bitches.

194

## 7.

Det var förändringar på gång, men inte med den allmänna arbetsmiljön. Santiago skulle få andra arbetsuppgifter, i ett halvår skulle han delta i ett projekt som husvaktmästare på neurologen och förlossningen.

"Jag var tvungen att komma bort från trucken," sa han urskuldande, "var till läkare med ryggen... det är illa, men inte så illa som jag trodde. Det kommer att läka ut. Jag var rädd att jag hade pajat ryggen för alltid, liksom." Jag kände mig lite dum, för jag hade inte riktigt uppfattat hur orolig han hade varit för ryggen. Jag förstod inte varför de hade smugit med projektet, inte sagt något förrän allt var spikat.

Vi gick ut och satt oss utanför tryckeriet med varsin cigarr. Det var kallt i Novemberluften. Santiago drog på sig en mössa.

"Det här blir nog säsongens sista," sa jag och snoppade min kuban, vi hade till slut kommit fram till Coxiborna. "Det börjar verkligen bli kallt."

"Jag ska kolla runt lite, men det måste finnas nått bra rökrum vi kan hitta," sa Santiago.

"På stan... det är värt att kolla upp."

"Det är inte den med starkast smak vi haft, men den här var god," sa han och höll upp rökverket framför sitt ansikte.

"Mötet nästa vecka... det är många punkter... jag tror att vi ska koncentrera oss på säkerheten, vagnar som lossnar under transport, truckar som inte har bromsar. Lyften är viktigare, men att dom inte tagit säkerheten i kulverten på allvar är något

195

vi kan trycka på... hårt," sa jag.

"Bara vi kan få det till att det är vår bild som gäller, att han inte börjar snacka."

"Vi kan ju lätt visa att det är deras brist på kontroll som leder till situationer där folk svävar i livsfara."

"Det är bisarrt att det inte är självklart att vi måste ha truckar som har bra bromsar, och som inte tappar ratten," sa Santiago.

"Menar du att du måste kunna både styra och stanna, under rådande budgetkrav kan vi inte tillåta sådan vidlyftighet i verksamheten, ni får klara er med antingen ratt eller broms, och inte lika ofta som ni är vana med, alla måste spara i offentliga sektorn.

"Vi har upphandlat vänstersvängar, men avtalet för högersvängar löpte ut vid årsskiftet, och där var vi tyvärr tvungna att ta om budgivningen igen. Vad gäller bromsar så saknar det politisk förankring, då en majoritet av landstingsfullmäktige hellre vill se att verksamheten går framåt och utvecklas än att belägga verksamheten med bromsåtgärder."

Det andra krismötet om arbetsmiljön var inte i en skolsal, som det första. Vi var i det konferensrum på Thorax-kliniken där jag hade haft min, hittills enda, överläggning i kränkningsärendet. Det här var en arbetsdag för mig, så jag var i min proletära stass. Uniformen är som en matta, för den är närmast golvet och de trampar alla på den.

Jag gick till mötet med en mängd truckförare, min bror och Conrad bland andra. Conrad är inte mycket äldre än jag, men han har gjort mer än tjugo år på trucken. När jag började fanns det några äldre, men de har fått andra arbetsuppgifter eller slutat, så Conrad är en naturlig lagkapten. Han hade varit märkvärdigt tyst under Santiagos och min kampanj för att lyfta arbetsmiljön.

Alla kom ungefär samtidigt till mötet, utom Jon så klart, men också Santiago. Han var oroväckande sen. Jon började en

196

av sina öppningsharanger, men jag lyssnade inte så uppmärksamt. Det här skulle bli knepigt om inte Santiago... men så kom han infarande, med ett Höganäskrus i en svångrem om halsen. Vi hamnade i varsin ände av rummet.

"Jag har haft möjlighet att gå igenom den nya listan med synpunkter som ni gav mig efter förra mötet, och jag kan väl säga att jag inte har någon avvikande uppfattning, egentligen. Det finns somligt som jag inte riktigt följer med i, men det är väl därför vi behöver träffas och samtala om dessa frågor, och jag hoppas att diskussionen inte går överstyr, utan att vi kan ha en god och öppen dialog. Jag tror att det är en förutsättning för att arbetet skall gå framåt på det sätt vi hoppas."

"Stämningen av konfrontation på förra mötet kommer till stor del av att du har en så allvarligt oriktig bild av verkligheten," sa jag.

"Oriktig bild?"

"Jag lyfter ett par ton sopor varje dag, med stor risk för smitta i illa anpassade lokaler som enligt inspektion, menligt påverkar min hälsa, och kör ålderstigna, dåligt underhållna truckar och vagnar som gång efter gång orsakar tillbud som bara med försynens hjälp inte skördar människoliv. Hur liknar det din situation.?" Jag hade förberett mitt öppnings anförande.

"Jag kan inte..."

"Ändå påstår du att vi sitter i samma båt. Det är anstötligt. Du riskerar inte blodsmitta, eller att ha ihjäl folk när du sitter och försöker få in arbetsmiljökoncept i nästa ombyggnadsprojekt. Vi, vaktmästare, befinner oss i en akut situation, som du måste börja ta på allvar."

"Jag tror nog att vi har förstått, och ni måste förstå att vi arbetar med dom här frågorna, att vi tar det på fullaste allvar."

"Ja, ni säger det, men vad har ni gjort på fem år?" sa Santiago.

"Det är väldigt mycket som behöver åtgärdas, naturligtvis, och vad föreslår ni som det mest prioriterade fältet?"

197

"Ja... lyften, men nu känns det som om du låter oss göra ditt jobb... igen. Frågan var ju vad ni hade tänkt göra."

"Det är ju som sagt mycket, och jag förstår att ni är upprörda för det är ju rent för jävligt hur långt det har fått gå med vissa..."

"Men det är väl ändå ditt ansvar?" undrade jag.

"En del kan jag visst ta på mig, men det är oerhört svårt att få gehör för våra frågor i ledningsgruppen, men jag har insisterat på, och även tilldelats en plats där nu, så jag förväntar mig att dom ska börja ta våra problem på allvar. Det är en så gammal kultur i dom här väggarna, och jag som kommer utifrån chockas ofta av den ineffektiva ordning som råder."

"Så efter sex år är du nu i en position där du kan föra din avdelnings talan."

"Jag förstår er frustration, för hur tror ni jag känner det, när jag ligger på i ett och ett halvt år om mattan i Maskinbacken, och så lägger dom om den nära TV4 ringer. Tror ni att jag ljuger om dom här sakerna, sa jag till dom."

"Du har det säkert svårt, men till saken, nämligen lyften," sa Santiago.

"Ja, vad skulle ni föreslå?"

"Vi måste bli fler som delar på lyften, per dag," sa jag.

"Hur skulle det gå till, jag kan inte lova några nya tjänster."

"Vi har tänkt oss en arbetsrotation inom Transport, mellan truckgruppen och patientförarna."

"Jag kan inte säga varken ja, eller nej här och nu. Kan du, Pelle, höra med Roger på patient och se hur intresset ser ut där, och kan ni," sa Jon och vände sig till Santiago, "ta fram ett konkret förslag på hur det skulle kunna se ut i praktiken, så får vi se, ...vad mer?"

"Nålar, vagnar och truckar," sa jag och Jon tog ett djupt andetag.

"Det verkar finnas ett projekt för att byta till säkra nålar, men jag har inte fått någon rätsida på i vilket stadie det arbetet ligger i. Det skulle vara önskvärt om vi ligger på lite där och tar reda på vad avdelningarna kommer att göra och när."

"Mer önskvärt än att få HIV i alla fall, men om inte sjukhuset är färdig till årsskiftet när den nya lagen börjar gälla så har vi ett intressant civilrättsligt läge," sa jag och Jon stirrade fånigt på mig med sina tätt sittande ögon.

"Hur som helst," fortsatte han, "vad är det för problem med vagnarna?"

"Den rena tvätten kommer på trasiga vagnar som vi tappar under transport, och det innebär att det skenar ett tåg på upp till tre ton ner genom sjukhuset. Det är bara tur att ingen har dött än," sa Santiago.

"Hur ofta händer det här?" undrade Jon.

"Om du hade läst tillbudsrapporterna skulle du se att det händer allvarliga tillbud omkring fem gånger om året, men det upptäcks fel på dom vagnarna vi får levererade från tvätteriet varje vecka."

"Men jag har ju pratat med tvätteriet om det här."

"Vad ställde du för krav då, och vad föresatte dom sig att åtgärda, och när hade ni en uppföljning av hur de nya rutinerna hade slagit ut," undrade jag.

"Alltså, jag hade ett samtal med en person på tvätteriet om våra problem."

"Vi riskerar dagligen att ta livet av folk, och du kunde bara besvära dig med ett enda telefonsamtal."

"Jag får ta upp det igen."

"Det kommer säkert att vara en stor tröst för de anhöriga, och deras advokater," sa jag. Jon såg plågad ut.

"Många av de äldre truckarna har otillräckliga bromsar," sa Santiago, "det finns ingen här som kan stanna med en blåtruck, med fullt släp i nedförsbacke, ändå sätter vi oss och kör," han vände sig till gruppen," och det är den som kör som åker dit på det, om det händer något."

"Om det är något fel på trucken, ska ni naturligtvis inte köra den," sa Jon.

199

"Bromssträckan med en blåtruck är tills det planar ut, det går inte att helt få stopp längs vägen."

"Ni får helt enkelt göra en bedömning."

"Konsekvensen är att det imorgon kommer att stå fem av åtta truckar. Konsekvensen är att fem av åtta jobb inte kommer att bli utförda, och det här är imorgon bitti," sa Santiago, "jag anser att vi har stöd i arbetsmiljölagen att ställa det som utgör en akut risk för liv och hälsa."

"Det är upp till skyddsombud..."

"Om du som anställd ser risker i din arbetsmiljö, sådant som innebär olycksrisker eller på sikt kan ge dig arbetsskador, är det din rättighet och skyldighet att påtala det och att kräva förbättringar. Du ska uppmärksamma din chef på vad som är dåligt. Du får avbryta ditt eget arbete om du bedömer något vara en akut risk och gå och tala med chefen eller skydds-ombudet. Ett skyddsombud, liksom chefen, har befogenhet att stoppa arbetet för alla på en arbetsplats. Du måste dock enligt lag gå tillbaka till arbetet om din chef eller skyddsombudet bedömer det annorlunda," läste jag innantill om arbets-miljölagen.

"Så vad vill ni att jag ska göra," utbrast Jon förtvivlat.

"Vi behöver kördugliga truckar omgående, annars får du ta att din avdelning inte klarar uppdraget," sa Santiago.

"Kan man inte köra blåtruckarna alls nu helt plötsligt!" sa Jon upprört.

"Dom har ju rullat så länge, så det går nog i ett par dagar till, tills vi kan få ny truckar," sa Conrad.

"Ska vi säga så, att blåtruckarna rullar, så får vi titta på nya truckar," sa Jon lättad.

"Men vad är det ni säger," sa Santiago, "Hör du inte... det går inte att stanna med en enda av dom jävla blåtruckarna. Det går inte att få stopp där ute, i kulverten på ett sjukhus som det rör sig tusentals människor. Du tänker alltså låta oss köra!"

"Ni måste ju kunna avgöra om det är säkert."

"Det är inte säkert, och du kan inte komma undan. Du

200

måste ge mig en direkt arbetsorder, och ta allt ansvar här," sa Santiago.

"Om jag ser en enda blåtruck ute i fortsättningen kommer jag oavsett vem som kör ställa mitt arbete och lämna kulvert tills det är säkert. Den som tar ut en blåtruck sätter alla i kulverten i fara," sa jag och såg mig allvarligt om i rummet.

"Hur många truckar behövs det?" sa Jon mörkt. Vi räknade snabbt igenom parken och gav en siffra. "Pelle, du får kolla imorgon om det finns någon som har några truckar att hyra ut, grabbarna måste ju ha truckar för tusan." Han tittade på klockan och konstaterade att tiden rusat iväg. "Tills hyrtruckarna dyker upp måste vi lösa transporterna med de säkra truckar vi har."

Mötet var över och truckförarna skingrades. Jag och Santiago dröjde kvar.

"Han gick just med på att ställa 60 % av vår truckpark utan att kontrollera vår beskrivning eller ens titta på en enda truck. Vad fan sysslar han med? Han har ingen som helst aning om något!" sa jag.

"Jag blir så äcklad av hur dom tänker, eller inte tänker. Skulle dom ändå köra... Jag blir så här..."

"Men vi fick igenom det!" sa jag och kunde knappt tro det.

Ett par dagar senare var det en massa snack och rykten på golvet. En gammal uv kom fram och pratade med mig i kulverten.

"Vilka dumheter att ta ifrån er truckarna," sa han, "Det är bara för att ni bråkat om arbetsmiljön och så gör dom så här... det är bara ett straff!"

"Det var faktiskt jag och Santiago som krävde att truckarna skulle ställas," sa jag försiktigt.

"och det kunde ni säga, att alla dom truckarna inte höll."

"Våra argument gick igenom. Jon tog beslutet."

"Har du kört *fyran?*"

"Inte på länge."

201

"Vi behöver den i Flytten, men så säger du att den inte har bromsar... vem fan är du!"

"Vi sa bara att det inte går att köra sop- och tvättsläp med den gamla häcken! Och cheferna måste ha hållit med!"

"Det är fan inte klokt. Vi har kört i åratal och så kommer du." Han gick argt iväg med stora steg.

Lite senare kom det en annan uv som sa, "Så här mycket har det inte hänt på 25 år, fan vad bra att ni ligger på."

**8.**

Under jul och nyår hade jag tagit ut min sista föräldraledighet. Conrad och Santiago hade arbetat på med nya arbetsscheman. När jag var tillbaka bad Conrad mig titta på vad de kommit fram till.

"Jag har fått reda på varför våra idéer kastas ut," började Conrad när vi satt oss, "Cheferna vill byta en mot en, två från oss mot en patientförare och en från yttre rakt av."

"Men då minskar vi ju inte lyften, om två går ut och två kommer in är det ju lika många lyft per dag."

"Det verkar inte var deras syfte att göra en arbetsmiljövinst här. Dom vill bara göra det enkelt att räkna."

"Men då behöver vi ju inte göra några nya scheman. Då är det ju bara för dom att sätta igång, och vi kan ju inte dom andras scheman. Hur ska vi kunna lägga ett förslag?"

"Det är så det ser ut nu."

"Så vad gör vi?"

"Vi gör upp en plan för hur deras beslut skulle se ut för oss."

Vi började titta på de olika tjänsterna på truckgruppen. Lade ut körscheman framför oss på bordet. Det fanns vid den här tiden 12 trucktjänster inne varje vardag, och totalt innehåller truckgruppen 14 personer. Det är skamligt att Pelle inte kan sköta en avdelning med så få anställda.

När Santiago kom instörtande en halvtimmes arbete senare hade vi en god bild av hur det skulle komma att bli, hur

203

meningslöst det skulle bli. Omställningen skulle också inne-bära en förändring i arbetstider för oss på golvet, våra arbets-tider skulle kraftigt fluktuera eftersom en sopåkare slutar tre och patientförare fem.

"Men varför håller ni på med det där?" sa han upprört, "om ni lämnar över det där så är det det där som vi kommer att få, och är det det där vi vill ha, eller?" Jag kände att han hade rätt. "om cheferna vill ha det där systemet, med en mot en, då får dom skriva det själva, och själva ta ansvaret för det. Annars blir det ju vi som själva har skrivit våra scheman och då är det vårat eget fel att det inte löser sig med arbetsmiljön."

Vi gick tillbaka till trucktjänsterna och började identifiera vad vi kunde göra för var och en i truckgruppen. Vi isolerade specifika uppgifter och klockslag där vi uppfattade att arbets-rotation skulle förbättra arbetsmiljön för hela truckgruppen. Allt som allt hade vi fem personer ur truckgruppen som varje dag roterade från en del av sina soprundor, vilket i praktiken gjorde att det istället för fem sopåkare var dag ökade till tio med vår plan. Det var en god lösning och en detaljerad lösning som med mycket liten anpassning hade kunnat införas på direkten.

Vi lämnade in förslaget, och bara vårt förslag. Jag sparade anteckningarna som utgick från chefernas önskningar, men behöll dem själv.

Och där kom Pelle och kliade sig i huvudet. Jag och Conrad satt och fikade en morgon i bunkern när han kom smygande.

"Har ni tid en stund grabbar att gå igenom schemaförslaget. Jag har lite frågor och funderingar kring det här." Vi slog oss ner i ett par fåtöljer i konferensrummet.

"Jag har alltså titta på det ni lämnade in här om dagen, och jag blir inte riktigt klok på det... hur det ska gå till det ni föreslår," sa Pelle och bläddrade planlöst bland sin många papper.

"Vi skrev så tydligt vi kunde om exakt vem som gör vad

204

vid vilken tidpunkt," sa Conrad.

"Ja, men det handlar ju om ett par timmar här och där. Hur ska man kunna gå emellan?"

"*Boken* får listan, och ropar ut jobben på den som vilket jobb som helst, den som står på tur i vaktrummet går ut och kör den rundan, och truckföraren går in på patientsidan."

"Jag är rädd att det kommer att vara för många som kommer och går mellan rundorna då. Det kommer att vara svårt att veta vem som gör vad."

"Inte om man läser innantill," sa jag.

"Det är redan nu många som snurrar runt på rundorna, och dom problem som det skapar har vi redan och klarar av," sa Conrad.

"Det kommer att bli svårt att se hur hur mycket tid som flyttas mellan sektionerna, om man inte byter rakt av," menade Pelle.

"Ni pratar ju alltid om att ni vill att de olika delarna av Transport ska komma närmare varandra, och kunna dela på uppgifter, men när det väl kommer till kritan så väljer du att behålla de vattentäta skotten," sa jag.

"Vi har i vårt förslag gett bort mer tid än vi får av Patient-sidan. Vi har gjort så för att dom ska tjäna i tid på det. Vi får en bättre arbetsmiljö och dom får ett minskat arbetstryck mitt på dagen när det är mycket patienttransporter," sa Conrad.

"Jag kan ändå inte se hur det ska gå till..." klagade Pelle.

"Min främsta kritik mot att byta rakt av, är att det inte blir fler personer per dag som lyfter. Med vårt förslag blir det dubbelt så många som lyfter per dag än nu. Det finns knappt någon arbetsmiljövinst i det ni vill införa. Jag skulle komma i fråga för arbetsrotation i ett tillfälle var sjätte vecka. Effekten av ert förslag är i bästa fall ytterst marginell, medan vårt förslag fördubblar antal sopåkare varje dag," sa jag.

"Det blir mindre lyft med ett byte rakt av," envisades Pelle.

"På ett år, ja, men ert förslag innebär färre än tio tillfällen av arbetsrotation per år och vårt förslag ger omkring 300 tillfällen per person och år," sa jag, kanske en smula upprörd nu.

"Jag vill att vi gör ett nytt schema, där vi avdelar en fast runda till Patientsidan, som dom alltid ansvarar för," sa Pelle, "vad känner ni för att lägga över grisgörat på den rundan," lade han till försiktigt.

"Nej, så kan man inte göra," sa jag bestört.

"Vi vill ju att dom ska hjälpa oss, då kan man ju inte lura dom att ta en skitrunda," sa Conrad.

"Nej, jag bara tänkte att vi hade en möjlighet att göra oss av med lite tunga bitar."

"Vi försöker ju att få bättre arbetsmiljö här, inte lämpa över skiten på någon annan," sa jag, " det är allvarligt att du inte förstår att syftet är arbetsmiljön, inte att slippa undan från skitgörat."

"Det var inte så jag menade. Jag tänkte bara att ni ville bli av med några tuffa rum," sa Pelle.

"Din lösning på problemen är alltid att någon annan får göra det. Som med testrundan, den skulle köras preliminärt i två veckor och nu är vi uppe i åtta veckor. Vi säger att något är skadligt, och din reaktion är att sätta någon annan att köra det. Hur löser det något," sa jag.

"Jag är ledsen att du ser det så, det har varit väldigt mycket den senaste tiden, och jag har inte hunnit ta tag i det där."

"Du har en timmis på en plats i schemat, utan att han täcker för någon. Det är ju emot avtalen," sa jag.

"Det finns tyvärr inget utrymme för att anställa i nuläget."

"Men timmisar kan du ta in, ofta tre om dagen på en arbetsstyrka på 12 man. Hur motiverar du det uppåt?" sa jag.

"Nu gräver vi ner oss i det som varit, och jag tycker inte det är vidare produktivt."

"Det som varit... Jesper är ju ute och kör nu!" ropade jag.

"Det som är viktigt nu är att vi kan ta fram ett bra schema som vi kan köra efter och bygga förnyelsen på."

"Varsågod!" sa jag och sköt fram förslaget på arbetsrotation.

"Det där är inte det vi ska gå efter. Vi behöver skilja ut en runda åt Patient, och sen fördela resten så bra som möjligt på resterande truckförare," sa Pelle.

"Jag tänker inte ta fram ett schema som jag vet är ett sämre alternativ. Man måste ju kunna visa sig bland kollegorna," sa jag.

"Det är ju jag och Roger som är ansvariga för schemat."

"Det är ju ingen hemlighet var schemat kommer ifrån, och så måste jag stå där och försvara mig," sa jag.

"Jag kommer inte heller att delta i schemaläggningen om det är ett krav att vi ska räkna på ett byte rakt av," sa Conrad, "vid ett byte rakt av kommer jag att vara tvungen att ta arbetstider som inte passar mig. Jag tränar ett innebandylag, och det är viktigt för mig, att vara ledare i ungdomsidrotten, men jag måste sluta klocka tre för att hinna, och om ni kräver att jag ska jobba till fyra eller fem vissa dagar så blir det omöjligt för mig att leda mitt lag. Jag är nog inte den enda som har rutiner och fritidsaktiviteter som är anpassade till hur vi jobbar nu. Det är få som kommer att nappa på arbetsrotation om bytet är rakt av, eftersom vi inte får det bättre med arbetsmiljön och vardagen blir svårare att sy ihop," sa Conrad.

"Såna hänsyn får vi naturligtvis ta ställning till, men Transport kan inte gå efter det här förslaget," sa Pelle och sköt ifrån sig pappret framför sig, "Det är viktigt att ni står bakom mig, att vi är eniga."

"Vi är eniga, truckgruppen är enig i det här. Det är bara du som inte är enig," sa jag argt.

"Jag kan sätta mig och skriva ett schema själv, men det kommer inte att bli så bra," sa Pelle.

"Och varför är det så?" undrade jag.

"Ja, jag kan ju inte riktigt era arbetssätt, vad som är tungt, hur lång tid allt tar och så."

"Ändå har du en ganska bestämd åsikt om hur vi ska lägga schemat," sa jag.

207

"Det har ju blivit bestämt hur vi ska samarbeta med Patient," sa Pelle.

"Utifrån vilket underlag undrar jag. Jag kan inte minnas att vi var eniga i den frågan," sa jag, "men ni fattade beslutet. Då kan ni väl skriva schemat själva också. Saken är ju den att ni inte bryr er om några konsekvenser eller resultat, bara det är lätt för er att administrera," sa jag.

"Det är oerhört svårt att få något vettigt gjort, när ni hela tiden motsätter er förslagen."

"Du har inte ett förslag," sa jag, "Det här är ett förslag, en detaljerad plan för att i ett slag fördubbla den arbetsstyrka som delar på lyften."

"Det går inte att göra," sa Pelle.

"Du säger att du inte kan se hur det ska gå till, och det är en helt annan sak

"Det är meningslöst att fortsätta träta om det här. Jag får ta fram ett förslag, men det är tråkigt att ni väljer att inte vara delaktiga i det här förändringsarbetet som är oerhört viktigt. Vi har stora brister i vår organisation och jag hoppades att ni förstod att jag behöver en gott samarbetsklimat för att orka driva dessa frågor på ett bra sätt."

"Så du upplever att det är truckgruppen som motsätter sig förändring?" sa jag.

"Inte truckgruppen som sådan... kanske."

"Utveckla gärna!" sa jag och mina ögon smalnade.

"Det blir lätt en sån konfrontation när du ångar på," sa Pelle.

"Jag håller med att mitt konfronterande av din inkompetens är ett återkommande tema i våra diskussioner!" sa jag häftigt.

"Vi kommer ingenvart så här," sa Pelle och började plocka ihop sina papper. Mötet var visst över, och jag och Conrad gick tillbaka till våra skadliga rundor. Det är fascinerande att jag efter varje urladdning mot ledningen ändå gick till trucken och de sjuka uppgifterna de hade mig att utföra åt samhället. Är det nödvändigt att samhällsservice bygger på illa dolt lidande.

"Jag håller med i sak," sa Conrad på väg ut till trucken, "men det där sista var jävligt onödigt."

**9.**

En bister morgon i slutet av Januari när jag kom in till jobbet, sa Conrad, som just stämplat in också, "Har du hört om Mauro och Christo?"

"Neej... vad har dom gjort nu?"

"Dom flög ihop i fredagsmorse... Vi var där uppe och kopplade tvätten. Jag var borta mot apoteket till och drog fram vagnar, och Christo stod utanför godsmottagningen och kopplade släp. Mauro kom upp bakom honom, och du vet hur han är, han liksom knuffade eller sparkade till Christo i röven där han stod dubbelvikt mellan vagnarna. Christo sa inget men han vände om och sparkade kaffekoppen ur Mauros hand. Det bara sprutade hett kaffe ända upp i taket, och Mauro kastade sig på Christo, skallade honom först, klockrent, och så matade han slag, tre, fyra stycken innan Mats sprang ut från godsmottagningen och särade på dom. Christo slog nog aldrig ens tillbaka."

"Det låter ju helt vansinnigt. Vad hände sen?"

"Cheferna dök upp på två röda och dom blev avstängda utan lön på en gång. Vi vet inte om dom får behålla jobbet."

"Nej, båda har ju gått för långt. Skallade han verkligen honom?"

"Ja, och det är alltid grov misshandel om man skallar, och Christo sparkade med stålhätta väldigt högt. Man står ju inte med koppen så här, nere vid knäna."

"och så har han svart bälte... han är så körd!" sa jag.

Hela Transport var som ett getingbo av rykten och hårda ord.

”Om han inte får sparken för det, då kan man ju göra precis vad som helst utan att nått händer!” ”Jag tänker i alla fall inte jobba ihop med den där nå´ mer!”

”När Grodan skrek åt Mauro att han och alla jävla brunskallar kunde ta och åka hem, så fick han bara en tillsägelse, dom gjorde inte ens en anmälan, så lugna ner er nu,” sa jag på kaffet.

”Mauro skallade Christo, inget snack,” sa Mats på godsmottagningen senare, ”men han följde aldrig upp med några slag, och dom hade redan skakat hand när cheferna kom ner. Det är bara Conrad som jagar upp sig och han såg fan ingenting långt där bortifrån,” sa han och pekade mot apoteket, ”Chisto låg på golvet och ba´, *Tänk på vad du gör nu Mauro.* Dom lugnade sig på en gång, det var över på tre sekunder. Jag stod ju här och det var över innan jag hunnit fram.”

”Hur tror du att det kommer att gå för dom,” sa jag.

”Det är båda eller ingen, dom kan inte sparka den ene och behålla den andra, så jag tror att båda får behålla jobben, men att det blir skriftlig varning. Det är vad jag tror.”

Mats förutsägelse stod sig väl. Efter två veckor var Mauro och Christo tillbaka på jobbet, med varsin skriftlig varning. Jag råkade en skamsen Christo inne i omklädningsrummet en morgon. Han hade en bleknande blåtira.

”Nämen, kul att se dig!” sa jag, ”då blev det en varning antar jag eftersom du är här.”

”Ja, det har varit tufft att gå och vänta på besked... bli kallad på möten efter möten.”

”Men är det över nu, inga rättsliga efterspel?”

”Nej, dom sa att jag ska vara glad att få behålla jobbet. Dom sa att jag inte kan polisanmäla Mauro, eller kan och kan, jag har inget för det... våra advokater säger att du inte har någon grund för anmälan, sa dom till mig. Äh, jag skiter i det.

211

Jag vill inte göra det mot Mauro ändå."

"Men han skallade dig faktiskt. Det är inte något man kan gå omkring och göra bara. Och du sparkade honom med stålhätta, kaffekoppen visserligen, men va fan!"

"Ja, jag vet... fattar inte hur jävla dum jag var. Jag hade ont i ryggen och så kom han där... Jag satsade mot koppen, bara koppen, men den hade ju kunnat hamnat var som helst, porslinsskärvor... hett kaffe. Jag var så jävla dum."

"Hur tar Mauro det?"

"Vi har pratat ut om det, och vi är ok med varandra."


Santiago som stod Mauro mer nära än de flesta på Transport var på helspänn under hela den här affären, och tog en massa strider med dem som i ren affekt kan ha uttalat domar och fört vidare tendentiösa beskrivningar av Mauro.

Santiago hade nu helt gått över till husvaktmästarprojektet. Han gick omkring med en pärm och en mapp, och ett fransigt kollegieblock. Uppjagat försökte han att lära sig tvätt- och förrådsbeställningssystemet på en mängd olika avdelningar på neurologen och förlossningen, som ligger i ett helt annat hus. Han hade på sig sin egen civila jacka, och hade nog varit ute för att röka när jag träffade honom i kulverten vid 85:an.

"Du ser nästa viktig ut!" sa jag.

"Jag känner mig sjukt viktig."

"Jag pratade med Christo i morse. Han verkar sliten... Hur är det med Mauro? Är han tillbaka än"

"Han är tillbaka... han mår kasst. Christo är det ingen som vill bli av med, och han vet om det, Mauro alltså." sa Santiago, "Det är ju tragiskt hela grejen. Jag har varit så jävla arg på Mauro. Jag har suttit med honom, pressat honom att inse vad han gjort... och så har jag den här skiten," sa han och visade alla pappersbuntar han hade under armen,"om du bara visste vilka jävla avtal sjukhuset har med leverantörerna. Det är som om någon varje dag rånade det här stället *blind.*"

"Offentlig verksamhet är ju bara en bankomat för slipade

entreprenörer."

"Vi går runt här med en dumstrut på huvudet och en måltavla på ryggen... vi har låtit det bli så här." Han ryckte uppgivet på axlarna, "Jag måste upp och få ordning på det här."

På eftermiddagen när jag hade en längre rast, åkte jag för att se om jag kunde hitta Mauro. Han jobbar mest i *Boken,* vår sambandscentral, och dom sitter långt bort, där kulverten slutar.

Mauro är en person som jag respekterar men hade svårt för i början. Han är en utlevande varelse som tycker att alla borde utstå hans *skämt,* men han är snar att attackera andras kommentarer med häftigt humör. Han behåller inget för sig själv utan säger allt som flyger in i hans huvud, och han tror att det betyder att han är ärlig, och borde tackas för sina goda insikter. Han är en skitstövel, men om man ser förbi hans osäkerhet och humör, så vet man var man har honom, och det är alltid något.

Mauro stod en trappa upp, när jag fann honom, med ytterkläderna på, en mössa neddragen i pannan.

"Tjena, kul att se dig!" sa jag när jag såg honom.

"Kul att nån tycker det!" sa han och skakade min hand.

"Är du på väg hem?"

"Ja, jag kände att det fick räcka för idag... vem ska du träffa?"

"Tänkte att jag skulle se hur du mår."

"Jag tänkte ta ett bloss, hänger du på ut?"

Vi gick ut mot parkeringen. Det var mycket snö och grus. Det hade inte snöat på ett tag så drivorna började få den där mörkgrå industrivinterfärgen.

"Du röker inte va," började Mauro, "Det är bara du och din bror som har varit upp och kollat hur jag mår. Det betyder mycket ska du veta. Det har varit tufft. Jag har precis flyttat ihop med min tjej, köpt en bil, och så kommer jag hem, å så

213

bara, Hej jag får nog sparken för att jag var i slagsmål på jobbet, över ingenting. Så jävla puckat, och med varningen, nu kan jag ju inte öppna käften."

"Varningen betyder ingenting," sa jag, "det är bara en markering från arbetsgivaren. Vill dom sparka en så hittar dom ett skäl oavsett, och du har ju gått här i åratal utan att dra på dig någon varning. Snacket kommer att lägga sig och du kommer att öppna käften snart igen. Det här betyder ingenting, om du bara inte skallar någon igen, på ett par år i alla fall."

"Nej, skalla någon tänker jag inte... fattar inte att jag gjorde det."

"Det gäller att använda huvudet, men inte som murbräcka."

"Det värsta är alla lögner. Folk vill mig verkligen illa på det här stället."

"Det kommer att lägga sig. Dom är utfreakade nu, men snart har dom nått annat att hacka på."

"Tro inte att du har så många vänner här heller... jag säger det som en vän, men när det kommer att hetta till, och som du och Santiago håller på så kommer det att hetta till rejält, då kommer ni att stå där själva, du kommer att få stå där själv."

Jon, vår chef kom förbi då. Hans dag var också slut vad det verkade.

"Mauro, hur har det gått idag?" sa Jon.

"Jag har tagit det lugnt här upp, vill inte kasta mig in."

"Det är nog klokt, nu ska jag hem och ta en stor whisky och lägga den här pärsen bakom oss."

"Blir det en islamist då," sa Mauro.

"En Islamist?"

"En Islay mist, alltså... jag läste fel en gång och jag kan inte se flaskan utan att skratta."

"Ja, ibland blir det tokigt, så där." Jon gick iväg till sin bil och vinkade till oss.

"Du kanske inte tror det, men Jon har faktiskt varit bra, han har ställt upp och sett till att jag inte blev helt överkörd."

"Du har rätt, jag tror det inte."

214

**10.**

Slutet av Februari var ovanligt varmt och cigarrvänligt. Den 29:e stod jag ute i lä mot en tegelvägg med solen i ansiktet blossande på en Macanudo. I huvudet spelade Small Faces, *Itchycoo Park.* Han som bodde ovanpå med taxarna kom ut på balkongen och prisade det rara vårvädret. Det skulle komma att visa sig vara årets varmaste och torraste dag.

Santiago hörde av sig, och ville att vi skulle gå ut och ta ett glas vin, en *pina simon* eller nått. Det blev en flaska Sangiovese på den italienska restaurangen uppe vid universitetet. Det är inte en pizzeria, men jag tog en stenugnsfrasig quatro formaggio. Vi högg in på maten med stor gusto inne i hörnet. Ett större sällskap höll på att beställa ute i matsalen.

"Vanligtvis är det antingen blå eller gröna druvor som används vid vintillverkning," sa jag, " men Sangiovesen, som är vanligast i Toscana, är den enda röda druvan som det görs vin på."

"Bra att veta," sa Santiago, " om man är på date och vill impa lite." Han höll upp sitt glas som jag gjorde, "Vin till pizza, det är jag inte så van vid."

"Pizza är bra mat, om den görs så här," sa jag, "Det här är fyra ostar, jag skulle vilja ha en restaurang där man bara börjar på fyra och sen stiger det därifrån! När jag var i Florens fick jag en pizza med sex ostar. Dom hade lagt med en rökt Scamorza. Jag fick den ur ett håll-i-väggen bakom San Lorenzo basilikan."

215

"Och du ska vara vaktmästare."

"Jag känner mig mer som Hannibal Lector."

"Dom ser oss som sämre människor," sa Santiago, "det är därför dom pissar på oss. Dom tror inte att vi varken kan ta fram informationen eller förstå den. Jag ringde till kommunen för att få en siffra på hur mycket brännbart som går varje år från Ackis, och det dom gav mig ligger så löjligt lågt. Jag försökte förklara att det inte kan stämma, och hon sa att jag kunde vända mig till miljöansvarig på akademiska och få siffrorna förklarade, som om jag inte fattade. Och jag försökte säga att vi har en komprimator som tar sex ton, och den fyller vi, vi har fyra, fem tömningar i veckan. Min enkla uppskattning ger över tusen ton om året men deras siffror ligger på under femhundra. Antingen har inte vår relativt nya komprimator den kapacitet som sägs eller så ljuger kommunen."

"Det ena behöver ju inte utesluta det andra."

"Men det där att hon säger att jag behöver någon som kan förklara hur man läser av siffrorna... det gör mig helt... och det här är ju den officiella statistiken som våra chefer utgår från när dom beräknar vilket tryck det är, och jag menar om det är för mycket att vi lyfter femhundra ton sopor om året, om den korrekta siffran är att vi lyfter tolvhundra ton så vill jag se blod!"

"Vi lyfter varje säck minst två gånger också!" sa jag.

"Dessutom! ...skål!"

"Mängden sopor är allvarlig men svår att leda i bevisning. Det vi kan skjuta in oss på är att det finns en regel att man inte får ha lyft över axelhöjd på mer än tre kilo. Tänk om vi konsekvent skulle vägra lyfta tungt över axelhöjd, det skulle göra nästan hela smutstvätts hanteringen omöjlig, och vi skulle inte kunna packa sopvagnarna ens halvfulla. Bara ett sånt krav skulle omkull kasta hela vår verksamhet."

"Det är skitbra!"

"Och ingen kan ge oss en arbetsorder på att gå ut och aktivt bryta mot en specifik angiven regel."

"Då kan vi ju lamslå Transport och hela Akademiska Sjukhuset om vi bara vill," sa Santiago.

"Det är ett kort vi har på handen i alla fall."

"Dom pissar på oss hela tiden... kommer ner och kallar oss hundar, för det är vad vi är för dom!"

"Det förväntas av oss vaktmästare att vi ska vara på den nivån, som att det bara är hit vi har nått upp. Att vi är vaktmästare för att vi inte duger till något annat, och det är därför Pelle nästan har slutat med upplärningen, han sätter bara ut folk att köra nu. Kan man bara jobba på måndag så kan man göra mitt jobb tror han. Jag får jobba med folk som aldrig kört en soprunda förr, dom kommer med en lapp där det står vilka rum dom ska ta, som om det är allt man behöver veta, och så ska jag ta hand om dom, jag har väl egna sopor, vad fan."

"Dom ser oss som djur utan förstånd," sa Santiago.

"Det värsta är att jag drar mig för att prata om att jag är vaktmästare, eller sopåkare på sjukhuset. När jag var på inskolningen på dagis med Emil så satt alla föräldrar och pratade, och jag vill inte att dom ska veta, tro att det är så jag är, och det är så synd. När jag tittar på oss som jobbar på truckgruppen är det en skön samling, men det alla har gemensamt är att vi är nöjda med vår ärliga sysselsättning, vi har ingen lust att springa runt och jaga, vi vill inte ha ansvar. Vi vill göra våra rundor och gå hem sen. Vi vill inte bli sedda som lägre stående djur."

"Det låter som om du har tänkt på det här."

"Jag har fått lite vin i mig... det utmärkande draget för oss är att vi inte söker utmaningen på jobbet. Vi har tydliga och enkla uppgifter, och inget stök. Det ska vara snart överstökat och sen går vi hem till vårt. Någon spelar poker, någon tränar ett innebandylag, en annan karate, och jag har min poesi."

Vi hade druckit tillräckligt med vin för att det skulle vara en god idé att gå vidare och dricka öl, nu när pizzan var slut.

217

## 11.

Veckan efter var det dags för ett arbetsmiljömöte igen, det tredje, och sista i den här formen. Det började närma sig mitten av Mars så vi tog på oss våra togor och gick upp till Forum.

Santiago frågade om jag hade läst tidningen, vad vår högste chef, Tore Häst, hade sagt om att två vaktmästare hade slagits på arbetsplatsen. Tore hade ungefär sagt att det finns en råhet och jargong bland vaktmästarna på akademiska som gör att ett sådant beteendet är väntat. Arbetsledningen uttalar i pressen att vaktmästarna på akademiska är råa sällar som pucklar på varandra då och då. *Vem är den här människan,* undrade jag förtvivlat.

Mötet var återigen i konferensrummet på bottenvåningen i 50-huset, och vi fick snällt vänta på Jon som vanligt. Han började med att förklara varför vi hade samlats och hur viktig arbetsmiljön var för honom och Tore som gett honom särskilda direktiv att ta itu med frågorna.

"Ni blir glada att höra att jag fått igenom ett beslut på att upphandla nya truckar för 4.5 miljoner."

"Borde man inte titta på truckar och undersöka vad vi bäst behöver och se vad dom kostar, och sen ta ett budgetbeslut, nu är vi ju låsta vid 4.5 miljoner," sa Santiago.

"Det är så man gör," sa Jon.

"Säger bara att det låter lite bakvänt."

"Jag sa att nu måste vi ha nya truckar. Killarna kan inte

218

köra med dom här gamla häckarna vi har längre, sa jag. Och så fick jag pengarna!"

"Du var ju emot att ställa truckarna," sa Santiago.

"Nej, det var jag väl inte."

"Du får ju det att låta som om det är du som har gjort något här, men om det hade varit upp till dig hade vi ju fortfarande kört *dom gamla häckarna.*"

"Det spelar väl ingen roll nu... vi har pengar till nya truckar... det är väl bra," sa Jon förvirrat.

"Det får vi väl se vad vi får för truckar, men ta fan inte åt dig äran av det här!"

"Det är tråkigt att du ser det som någon tävling i ära, vi vill ju ha samma förändring, samma förbättringar."

"Nej, jag är inte så säker på det, hur går det till exempel med arbetsrotationen. Där har ju vi i truckgruppen presenterat två detaljerade planer hittills men som inte godkänts av er. Jag antar att ni har en plan redo att sjösättas," sa jag.

"Ja, hur går det med det," sa Jon och vände sig till Pelle som harklande stammade fram, "det finns inget, hrm, konkret att presentera i nuläget tyvärr, men jag, hrm, tittar på olika lösningar med Roger."

"Bra, då rullar den bollen, får man väl säga," sa Jon.

"Nej," sa jag, "inte bra, det finns åtminstone två bra planer som hade kunnat införas redan vid årsskiftet om viljan funnits hos er, men inget händer."

"Jo, men det händer faktiskt en massa, Mattias, du kan inte säga att inget händer," sa Jon.

"Ja, det som händer är att våra förslag ratas, att ni struntar i att det ni tvingar oss att göra varje dag bryter mot lagen. Vad sa tvätteriet när du kontaktade dom om att vi fortfarande får trasiga vagnar levererade."

"Jag har inte haft någon ytterligare kontakt med tvätteriet, men deras tidigare information borde..."

"Så på fyra månader har du inte ens pratat med dom! Vi tappade ett släp för en vecka sen som dundrade ner från

219

Rudbeckslabbet ända ner till onkologen innan det kraschade in i en branddörr."

"Jag har inte hört om den incidenten," sa Jon.

"Rapporterade du inte den, Pelle?" undrade jag.

"Jag har den på mitt skrivbord."

"Du borde ha den på ditt samvete. Vem är ansvarig om det hade blivit personskada?" Det var tyst från *arbetsledarna.* "Jag har inte sett ett enda konkret förslag från er, sen vi började ha dessa möten i Oktober. Jag har inte fått ett enda nöjaktigt svar från er på en enda av de frågor vi ställt." Det var fortfarande tyst. "Du har varit ansvarig för en verksamhet som brutit mot lagen i över fem år, och den här skiten du kommer med är vad du lyckats komma fram till på den tiden. Det är inte acceptabelt, det borde vara straffbart."

"Det är synd att du känner så, men det här med att bryta mot lagen, vart kommer det ifrån?"

"Arbetsmiljöverkets inspektion 2007, ni fick nedslag på en mängd saker som bröt mot lagar och föreskrifter," sa jag.

"Ja, du säger det, ja," sa Jon.

"Nej, det finns offentliga handlingar, protokoll från inspektionen som har din underskrift för tusan! Det här är ingenting som är taget ur luften förstår du väl," sa jag.

"Då tycker jag att vi lämnar in en ny anmälan till arbetsmiljöverket och får klarhet i det här," sa Jon.

"Det sa ju vi i Oktober, vad är skillnaden nu mot då, vad har hänt som ändrat läget?" undrade Santiago.

"Ja, det är väl inget som är annorlunda, men vi kan inte ha den här situation när vi talar med olika förutsättningar," sa Jon.

"Så du kan inte ta del av offentliga handlingar, vi har dom här papprena och ditt namn står med på dom, du har skrivit på dom. Varför gäller inte den inspektionen. Vad är det som gör att ni inte tror att ni behöver göra något åt det här!" sa Santiago.

"Det kan inte råda något tvivel om att ni begår brott med den verksamhet ni har idag," sa jag.

"Då tar vi hit Arbetsmiljöverket och får det svart på vitt," sa Jon.

"Vi ville det för ett halvår sen, men du sa nej då. Det var inte rätt väg att gå, men nu är det plötsligt rätt väg. Du har slösat bort ett halvårs arbete genom det här!" röt Santiago.

"Det finns *svart på vitt* redan, du måste ta dom här bristerna på allvar!" sa jag.

"Nu tycker inte jag att det här är roligt längre," sa Jon och reste sig upp. Han samlade ihop sin papper och lämnade mötet.

Det var helt tyst på mötet länge. Alla satt kvar och väntade på inget alls. "Kan man göra så," sa truckföraren Gunnar, "ställa trucken vid ett soprum, *nu tycker inte jag att det är roligt längre,* och gå hem som nån jävla liten unge. Hade vi fått behålla jobbet då, troru."

## 12.

Chocken över att cheferna bara behövde sköta sitt jobb om dom tyckte att det var roligt, skakade oss djupt. Varför ska vi överhuvudtaget gå ut och ta en enda runda för den här ledningen?

Vi blev kallade till ett möte om det som hänt mellan Mauro och Christos. Det hade bestämts att vi som grupp behövde prata ut om det, två månader senare. Transports kvarnar mal långsamt.

Precis som med mötena om sexuella trakasserier hölls dem i det lilla konferensrummet nere vid vaktrummet. Vi var nu som då uppdelade i mindre grupper. Jag var återigen uppsatt att gå på ett av de senare tillfällena.

Där var Jon och en velourmänniska som jobbade med konflikthantering; där var Mauro och Christo, och de såg alla trötta ut. Det hade redan varit många möten under dagen med samma berättelse och samma syre.

Den utomstående konflikthanteraren, som verkade minst trött inledde mötet med att förklara att vi var där för att få en chans att prata om det som hänt, och att Mauro och Christo kunde svara på eventuella frågor och be gruppen om ursäkt. Han bad Mauro börja.

"Jag har tänkt väldigt mycket på det som hänt," sa han, "och jag har mått väldigt dåligt. Jag har insett att jag måste arbeta på hur jag reagerar på folk omkring mig, hur mitt beteende upplevs av andra. Jag ber verkligen om ursäkt för det

222

jag har gjort och hoppas att ingen av mina arbetskamrater ska behöva känna någon oro över att jobba med mig i framtiden." Han måste ha sagt det många gånger redan, med de orden, men upprepningen gav en antydan till desperation som gjorde det han sa mer trovärdigt. Sen var det Christos tur. Han såg ut som en diskuskastare som någon tagit av sig och kastat över en stol.

"Jag ber om ursäkt för det som hände," han lyfte aldrig blicken från sina fötter, det var så långt från bordet han satt, "Jag önskar att det aldrig hade hänt. Jag och Mauro tog i hand direkt efter bråket och vi är fortfarande vänner. Jag vill ta den här möjligheten att visa för er alla att det som hände var en engångsföreteelse, det är inget som ligger kvar och jäser. Jag ber, som sagt, om ursäkt och hoppas att vi kan dra ett streck nu."

"Bra, killar," sa psykologen, "ni ska alla runt bordet få en chans att säga det ni har på hjärtat, men Jon här vill säga några ord först."

"Ja, det har varit en otroligt tuff tid. Som arbetsgivare har jag varit tvungen att gå till botten med det här, en skyldighet enligt lag att se till att vi har en god arbetsmiljö. Vi har," han nickade åt psykologen, "kommit fram till att vi ska hålla ett heldagsseminarie med hela Transport om attityder och stämning på arbetsplatsen."

"Jag har förstått," sa psykologen, "att det har varit väldigt dålig stämning bland er den senaste tiden och ibland behöver vi en chans att ta upp de känslor som leder till konflikter på arbetsplatsen under mer ordnade former. Därför har Jon bett mig hålla ett seminarium, som inte bara handlar om det här bråket mellan Mauro och Christo, utan även det som hände i höstas, jag tänker på de sexuella trakasserier som kom fram."

"Har den här dåliga stämningen, som ni funnit, något att göra med att arbetsledningen kroniskt bryter mot lagen, att dom inte kan bemöta rent livshotande brister i vår arbetsmiljö?" frågade jag, där jag höll på att krevera av vrede.

"Det har inte framkommit något sådant i mina samtal med Jon och killarna," sa psykologen.

"Nej, jag såg ju i tidningen att den dåliga stämningen kommer ifrån vaktmästarnas djuriska natur," sa jag.

"Det här kanske inte är rätt forum... för..." sa Jon.

"Du sa att det är arbetsgivarens skyldighet att se till att arbetsmiljön är god, men det verkar bara gälla när den används mot vaktmästare!"

"Jag förstår inte riktigt..." sa psykologen.

"Vi kan inte ta upp allt det där här," sa Mauro av alla, "det har varit en lång dag ändå."

"Jag tänkte att vi kunde ta ett varv runt bordet och höra om det finns något ni har att säga om det här eller kanske vill fråga Mauro och Christo," sa psykologen, som gick tillbaka till manus. Vi gick laget runt och de flesta sa på något sätt att det som hänt var mellan Mauro och Christo, och att det väldigt litet berörde deras egen situation. En äldre herre, som växte upp på en farm i södra Afrika innan hans öde, och UNITA, sände honom ut i världen och hela vägen till Patientsidan på Transport tog till orda, "Jag känner inte dessa pojkar något närmare, och kan inte säga att deras tilltag påverkat mig personligen i någon utsträckning. Deras ursäkt och ånger verkar dessutom vara uppriktigt menade och väl mottagna. Det jag tagit illa upp av, är den artikel i tidningen där min chef, Tore Häst, egentligen säger att det är så här vaktmästare bara kan förväntas att bete sig, som om vi alla vore vilda djur här nere. Jag tog mycket illa upp av den allmänna beskrivningen av vaktmästarnas låga natur."

"Det är naturligtvis så att Tore inte hyser någon nedsättande syn på er vaktmästare. Det han kommenterade var den hårda stämning som rått under hösten," sa Jon.

"Varför säger han det då, om han inte menade det. Finns det ingen koppling mellan ord och mening för er?" frågade jag.

"Om det var allt," sa psykologen, som nu ignorerade mig,

224

och såg sig runt, "så hoppas jag att vi ses till våren. Tack till Jon, och tack till Mauro och Christo."

Jag gick till trucken med en arg utmattning. Jon förstod inte ens kopplingen mellan det han säger och det som pågår omkring honom.

Borta i korridoren utanför kväverummet stod Santiago och orerade med stora gester. Jag kunde inte se vem han pratade med bakom pelaren. Santiago slog ut med armarna och viftade med pärm och papper, han slog sig för pannan och knäade. Det var nästa lika bra, att se honom som att höra honom.

När jag distanserat kört ut mina vagnar, gick jag trött in och satt mig i bunkerns fikarum. Henry satt där med skagenröra och gratistidning med ifyllt sudoku. Jag hade slutat att räkna hur många koppar kaffe jag stjälpt i mig sen sex i morse.

"Jag såg *Zombieland* igår kväll," sa jag till Henry, "Den var över förväntan."

"Ja, den är hyfsat välgjord... but zombie kill of the week I think not." "Double tap!" "Woody Harrelson är skön."

"Jag tycker det gått för långt med zombiefilmerna nu," sa en ung patientförare inne i hörnet, "zombiesarna springer för mycket, så var det aldrig i dom gamla filmerna... i en Romero-rulle."

"Du glömmer öppningsscenen i *Night of the living dead*, dom är på kyrkogården för att lägga ner en krans... *they´re coming to get you Barbara...* brodern blir anfallen och Barbara flyr till bilen. Zombien kommer efter henne, springer faktiskt upp till bilen. Han ser sig om, och plockar upp en sten och slår sönder bilrutan. Romero´s zombies både springer och använder tillhyggen!" sa jag triumferande.

"Är det en zombie, eller bara en hillbillie som fått spel, flyr från zombies och försöker car-jacka henne?"

"Jag tror," sa jag, "att man ska anta att det är en fullfjädrad zombie, inte en ghoul eller en galen hillbillie. Barbaras bror blir ju zombie sen... men frågan är intressant."

"Är den det," undrade Henry och läste sin tidning som en

söndagsfar, "är den frågan verkligen intressant."

"Vad är det för skillnad på en zombie och en ghoul?" undrade patientföraren.

"Jag skulle säga att en ghoul är någon som håller på att bli en zombie, som har fått hungern, eller känner av den starkt, men som fortfarande kan tänka som en febrig människa," sa jag, "Våra chefer är ghouls!" "There´s one, shoot´im in the head!"

## 13.

Våren var i antågande även om den tidigare värmen hade gett med sig. Varje sälg utmed Åriket hade svarat på årstidens revolution. De mörka, leriga strandbankarna doftade mustigt och vägarna var grusiga spår av en istid. Bland fjolårslöven i alléerna bortanför Kungängsleden borde de första Kungsängsliljorna snart sticka upp med sina stora, rutiga klockor. Jag gick, som jag brukade när jag ältade saker och ting, och skapade stora tal som skulle vinna mig seger över världen, men jag tittade ändå efter landskapsblommorna.

Jag åt ett äpple uppe i ett fågelskådartorn vid Övre Föret. Man kan se den platta Uppsalaslätten breda ut sig. Man kan se IKEA och resten av Boländerna; Danmarkskyrka med Linnés Hammarby bakom. Det går inte att urskilja, men jag vet att Sävjaån slingrar sig bort mot Falebro och Morastenar vid den gamla Norrtäljevägen. Det är här ute jag kommer ifrån, borta på andra sidan Kungsängen i Alsike. Man passerar förbi där precis när man satt sig på tåget mot STHLM, alldeles innan Knivsta. De är bara så långt jag kommit här i livet. Halvvägs över kungsängsgärdet.

Det retade mig oerhört att Jon, efter det korta meddelade att han fått mitt kränkningsärende på sitt bord i Oktober, överhuvudtaget inte varit i kontakt med mig om saken. Jag frågade runt bland mina kollegor som hade varit på samma möte som jag, om Jon hade pratat med dem, och fått deras bild av vad som hänt, men ingen hade hört av Jon eller någon annan i ärendet.

Jag mig och åkte upp till Jons kontor. Jag knackade på dörrkarmen till den öppna dörren innan jag steg in.

"Jag har en gås oplockad med dig," började jag. Uttryckslöst tittade han upp från datorn, men sa inget som vanligt. Det gjorde mig ännu argare att han inte ens fattar vad jag pratade om.

"Jag tänkte höra hur det går med mitt kränkningsärende," sa jag och försökte behärska mig.

"Ja, jag hade tänkt att ta kontakt med dig om det där. Jag har avslutat ärendet," sa han ock lät nästan upprymd.

"Jag vet att du har avslutat ärendet. Jag loggade in och såg att du hade ändrat status... jag undrar vad du kom fram till?"

"Jag ville vänta med att prata med dig innan det var klart med seminarierna vi ska ha i Maj."

"Men, vad har det med mitt ärende att göra?"

"Det är viktigt att vi tar itu med den hårda stämning som funnits på Transport, och som fått en del tråkiga yttringar."

"Jag blev kallad hund av en person som talade för arbetsgivaren, vilket jag anmält... du fick den anmälan. Vad har du gjort åt det?"

"Jag har pratat med de som var med på mötet," sa Jon tvekande.

"Jag har frågat de som var med på mötet, men ingen av dom har haft någon kontakt med dig."

"Jag har fått en bild av det som sas på mötet."

"Pelle och Roger alltså."

"Ja, jag har pratat med dom, ja."

"Vad sa dom, då?"

"Det spelar mindre roll i sammanhanget, jag har en bild av läget."

"Du har inte satt dig ner och hört min sida ens, eller någon av mina kollegor som också tog illa vid sig av det hon vräkte ur sig!"

228

"Det har tyvärr inte framkommit att någon annan känt sig kränkt."

"Därför att du inte har gjort ditt jobb, och utrett saken."

"Jag förstår inte vad det är du är ute efter här."

"När pratade du med Pelle och Roger?"

"Ja... i höstas, när ärendet hamnade på mitt bord."

"Och så la du ner ärendet i Mars. Vad har du gjort under tiden."

"Jag har inte lagt ner ärendet, det är avslutat."

"Utan åtgärd?"

"Jag har ju sagt att vi ska ha seminarier."

"Så en konsekvens av att jag blir grovt kränkt är att ni med ett halvårs fördröjning fortsätter med informationen om DO:s arbete?"

"Jag vet inte vad jag ska svara på det."

"Jag accepterar inte hur du har sköt det här. Jag kommer att anmäla dig för det här. Jag kommer att gå till facket eftersom ni inte klarar att granska ärenden av den här sorten."

"Du får naturligtvis vidta dom åtgärder du tycker är rätt."

"Det är väldigt litet som står rätt till här, men nu vet vi var vi har varandra."

"Jag kan inte påstå att jag vet var jag har dig," sa Jon uppgivet.

## 14.

Jag såg inte till Santiago så mycket längre. Husvaktmästar-projektet höll honom sysselsatt högre upp. Han hittade mig trött och slutkörd en vanlig grå måndag på trucken där jag satt och väntade på matvagnar vid 85:an.

"Har du hört vad som hänt," ropade han.

"Nej, men goda nyheter förstås," sa jag.

"I fredags när du var ledig så la Pelle fram arbetsrotationen för gruppen. Det var en mot en som gällde, och dom krävde att vi skulle ta nya arbetstider. Kör man patient så har man patienttider. Så gruppen röstade ner förslaget."

"Så han passade på alltså," sa jag, "gav dom ett idiotförslag som han visste att dom skulle neka på."

"Det är så jävla fult gjort," sa han uppgivet, "Nu är det truckgruppen som satt sig på tvären och hindrat arbetet."

"Gav han dom ett val? Det här är ju något som måste hända. Arbetsgivaren har ju inget val, då kan dom väl inte rösta och lägga ner saken. Fattar dom inte att det kommer att ske och om vi säger nej så får vi inte vara med och utforma utvecklingen. Vi har ju hela tiden hävdat att det var vi som stod för förslagen och dom som motsatte sig förändring, och nu har dom vänt på det, satt oss i underläge!"

Ursinnigt körde jag in mina vagnar och gick sen och letade upp Conrad.

"Va fan!" sa jag och slog ut med armarna.

"Jag vet," sa han, "Det gick fort, för fort. Här är förslaget,

230

ja eller nej, liksom. Jag vet ju att jag inte kan ta tiderna, det funkar inte, men... jag tänkte försöka få in det sen... och så röstade dom. Fanns inget jag kunde göra... ingen ville ha Pelles förslag."

"Så vad händer nu?"

"Vad tror du... ingenting. Nu har vi sagt nej och Pelle lägger inte två strån i kors för att få det att gå igenom eller ta fram något nytt."

"Satans jävla helvete!"

"Det värsta är att dom andra sa att det inte behövs längre, att det har löst sig med lyften nu. Dom är rädda för att bli tvingade att börja gå i rotation nu."

"Så då sa dom att allt är bra nu?!" jag tappade hakan, "men då är det ju kört för mig... allt jag har sagt om arbetsmiljön är ju bara skitsnack nu... allt är ju bra... jag tror inte..."

"Jon trodde inte heller sina öron. Han gav dom alla en chans att säga att allt var ok nu, gick laget runt och ställde en rak fråga till var och en, är det löst med lyften nu, och dom sa ja allihop."

"Hur kan dom kasta mig till vargarna så här!" stönade jag, "Jaha, det var det. Nu är enda chansen att Arbetsmiljöverket får ändan ur vagnen och kommer hit, men dom har ju inte svarat, dom har inte ens bekräftat att anmälan kommit in. Det är kört... helt kört."

Det här är det stadium när man inser att man är ensam i ett hav av zombies. Jag skulle snart vara bortom all räddning. The Last Man on Earth. Jag är inte ens en god människa längre.

## 15.

På jobbet gick jag oengagerat igenom momenten. Soprundor, läsa, köket, läsa, sopor, kök, sopor och gå hem. Vecka efter vecka. Jag läste George R. R. Martins sång om eld och is, och var i krokarna där man börjar få verklig sympati för Jaime Lannister. Att läsa Martin är som att bli en nedstucken Mercutio, man ligger blodig på gatan och förbannar alla de nobla husen.

Santiago hittade mig strax innan fikarasten vid tio.

"Vad är det som hänt?" undrade han uppjagat.

"Jag har inte hört nått," sa jag, "är det nått på gång?"

"Pelle letar efter dig, han pratar om nått möte med facket."

"Jag har inte något möte idag," sa jag förvirrat.

"Det verkar som om du har det," sa han, "jag tänkte gå med dig om du vill."

"Det vore schysst," sa jag, "har du hört nått om vad det gäller?"

"Bara nått om helgen... jag måste rusa men jag kollar upp när mötet är så ses vi där." Jag gick olustigt in och tog mig en kopp kaffe.

"Mattias, vad bra," kom Pelle instormande med andan i halsen, " har försökt att få tag på dig."

"Hörde precis nått om det, men vad är det frågan om?"

"Vi har lite frågor om incidenten senast du jobbade helg."

"Ja, det var riktigt blodigt," sa jag.

"Det är just det," sa Pelle, " det blev tokigt det där och vi måste reda ut det här... få höra din sida."

"Min sida?"

"Ja, jag har kontaktat Lasse på kommunal, vi kommer att vara uppe på mitt rum kl 13."

"Det är väldigt svårt att försvara sig om man inte får veta vad saken gäller," sa jag som började förstå att jag var under attack.

"Nej, nej, det är inte fråga om disciplinära åtgärder... än, vi vill bara höra din sida. Det blir så ensidigt att bara gå på det *Natten* säger."

"Det *Natten* säger, vad har dom med det här att göra?"

"Vi tar det på mötet kl 13, tycker jag, när alla är samlade."

Jag fortsatte tröstlöst med mina sysslor. Det tog mig med mina vagnar bort till 85:huset, som är neurologernas hemvist. När jag stod där böjd mellan vagnarna och skar mig på de vassa, kärvande dragen kände jag plötsligt en oro, att något inte är som vanligt. Som en ögonvråns psykologi. Jag såg upp från mitt värv och såg en mänsklig form som sakta kom emot mig från hissarna. Det var en kvinna i patientkläder, en vit särk och en enkel landstingskofta. Halva hennes huvud var nyligen rakat, och hon hade blont lockigt hår på den orörda sidan. Det var svårt att avgöra om hon var 50 eller 25 år gammal. Hon såg på mig med ett öga, som en fågel, med en ordlös angelägenhet. Hon tog små barfota steg mot mig, som en fattig liten gumma. Det surrealistiska ögonblicket skingrades av ett utrop.

"Herregud, hur har du kommit ner hit!" Det var en sjuksköterska som precis kom ut från omklädningsrummet. Hon lade en arm om kvinnan och vände henne mot hissarna. "Kom så åker vi upp och tar reda på var du hör hemma," sa hon vänligt, omhändertagande.

För mig var det scenen med det första mötet med en odöd, där jag skulle ha försökt tala med personen, den här lilla kvinnan, om den hade fått fortsätta. "Mår du bra?" "Behöver

233

du hjälp?" I scenen hade hon utan att reagera på frågorna, stapplat ända fram till mig, och gjort ett klumpigt utfall. Det är ögonblicket som avgör karaktärens fortsatta öde, om man klarar av att freda sig mot det första anfallet i sin bedrägligt bräckliga form. Man är tvungen att försvara sig med bara händerna vid det första mötet med den odöde. Man kanske först skjuter ifrån sig den konstiga, okoordinerade varelsen som utan anledning griper och hugger efter en. Det verkligen förvirrande är att det inte är vanlig aggression som driver överfallet, men en frånvarande obeveklighet, en fumlig, mekanisk dumhet.

Lite senare, efter det onaturliga mötet på 85:an, plockade jag upp Santiago och så åkte vi upp till Pelles kontor. Santiago satt bak på min truck och pratade hela vägen, men jag hörde knappt något av vad han sa över bullret. Jag ropade "Va" över axeln då och då, men han fortsatte sin berättelse. När vi kom upp till godsmottagningen och parkerade trucken ursäktade jag mig, "Jag kunde inte höra ett ord du sa."
"Jag sa bara att vad dom än kommer att komma med så kan vi verksamheten bättre än dom. Dom kommer alltid att vara beroende av vad vi säger för att driva transport."
"Bara så länge cheferna tycker att det är viktigt att det dom gör motsvarar verkligheten."
"Dom har aldrig tyckt det var så noga, men det märks ju om vagnarna inte går fram."
"Dom märker ju inte när vi tappar ett par ton tvätt mellan Rudbeck och Patologen."
"I och för sig, men vi kan säga vad vi vill idag på alla deras *hur vad det här då*, frågor."
Jag var inte övertyga om vår maktställning när vi gick upp för trapporna till kontoren. Pelle var redan på plats, och han visade oss in på Jons rum där det finns ett litet bord och några fåtöljer. Så kom Lasse, med ryggsäck på en axel, och Roger som är Patientförarnas gruppchef. Roger är mest en vid

bröstkorg och vit stockholmssvada från någon av de norra
förorterna, de som tycker att de är förmer än Märsta. Och så
Gun Håle... Hon spände ögonen i Santiago mitt i en kvittrande
hälsning.

"Men du, Santiago, behöver inte vara här," sa hon, " det är
bara Mattias som är kallad idag."

"Jag tänkte sitta med som stöd," sa Santiago så naturligt
han kunde.

"Jag har bett honom att följa med," sa jag.

"Det här är inget öppet möte," sa hon, "Du får bara ha en
representant."

"Får jag bara ha en representant," sa jag, "vart står det
någonstans?"

"Så är det i alla fall nu, du får välja om du vill att Lasse ska
sitta med eller Santiago."

"Det är ok," sa Santiago och reste sig, " det får bli Lasse
då, jag går ner och väntar så länge." Gun såg otroligt nöjd ut
när han tog sina papper och gick sin väg. Dörren stängdes och
mötet drog igång.

"Så, vad har du att säga Mattias?" sa Gun frågande och alla
männen tittade på mig.

"Jag har inte fått veta vad det här gäller," sa jag, " så det är
nog bättre att ni börjar." Blickarna skiftade från mig till Pelle
som kanske borde ha informerat mig vad det verkar.

"Jag har fått klagomål på att du inte körde dina sopor i
lördags när du jobbade helg," sa Roger

"Jaha... jag meddelade ju Pelle vad som hänt, varför jag
inte hade kunnat ta soporna på 96:an," sa jag trevande, och
försökte få ögonkontakt med Pelle, men han stirrade ner i
bordet.

"Det här gäller lördan, va, och inte bara söndan, dårå," sa
Roger," Jag har fått rapporter om att du inte körde soporna på
96:an under lördagen, Natten hade fått gå in och packa redan
på kvällen då."

"Ja, jag såg den otroliga röran dom hade lämnat efter sig på morgonen... men menar dom att jag inte skulle ha kört på lördagen."

"Det var ju stopp i soprummet redan tidigt på kvällen, då kan du ju inte ha kört," sa Roger bestämt.

"Det är ju förlossningen som kastar där," sa jag, "det kan bli väldigt mycket där inne beroende på hur många som är inne och föder. Vi som kör vet att det kan smälla till där. Jag körde mina rundor på lördagen."

"Då kommer vi till söndag," sa Gun, "Vad var det för problem då?"

"Det var väldigt blodigt inne på 96:an när jag kom dit på morgonen. Det låg upprivna säckar med blodiga trasor på sopbordet. Det rann blod över en stor del av sopberget. På golvet låg det säckar i stora blodpölar. Jag tog det jag kunde, det som ändå inte var blodbemängt, omkring en tredjedel, och lämnade resten till sanering."

"Du kan väl inte bara lämna allt!" sa Roger upprört.

"Hur menar du att jag skulle ha tagit hand om skiten då?" sa jag.

"Man kan väl inte bara stänga dörren och gå därifrån!"

"Skulle jag ha lagt öppna, bloddrypande säckar på våra öppna sopvagnar och sen kört genom hela sjukhuset upp till maskin. Då hade hela sjukhuset fått stängas av och inte bara ett soprum."

"Mina gubbar sa inget om blod," sa Roger surt.

"Det måste ha varit svårt att missa. Det rann längs bordet och samlades i stora pölar på golvet!" sa jag.

"I mailet dom skickade stod det att det bara var en del blod," sa plötsligt Pelle, "men dom tyckte inte att det var så farligt."

"Då har dom väl för fan nämnt blod," sa jag argt, "och kan det ha runnit ut mer blod efter att dom hade varit och rivit upp säckar och kastat på golvet som rabiata tvättbjörnar!"

"Det dom sa var att det var väldigt lite blod," sa Roger.

"Hur uppfattade du blodmängden på måndagsmorgonen,"

236

sa jag till Pelle som tomt såg på mig, "När du inspekterade soprummet på 96:an efter min anmälan om blodigt kaos, vad ansåg du då?"

"Jag var aldrig dit och tittade," sa han och skruvade på sig, "Jag fick inga indikationer från dom som körde där på måndagen att det skulle vara något blod där... dom sa att det var otroligt mycket sopor däremot."

"Så din reaktion på att jag anmäler att ett soprum är nerblodat, är inte att se till att sanera rummet, eller ens att bilda dig en egen uppfattning om läget, nej din reaktion är att anklaga mig för att ha fuskat med mina rundor!"

"Om jag hade fått några signaler om att det var blod där..."

"Jag anmälde att det var blod på 96:an, det är en jävla signal! Om det finns några frågetecken så får du väl gå ut och kolla hur det ligger till."

"Nu gjorde jag inte det..."

"Så du har inte satt in någon sanering än?"

"Nej, det har jag inte."

"Så det är fortfarande blodigt där inne alltså."

"Det är ingen som har nämnt något, sen dess... så."

"Så du behöver inte göra nånting. Ingenting alls."

"Nu tycker jag att vi kommer ifrån saken här lite grann," sa Gun irriterat, "Du säger alltså att du lämnade *Blodiga* säckar i soprummet, vad hände sen?"

"Jag fortsatte mina rundor och sen skickade jag ett mail till Pelle som förklarade läget på 96:an," sa jag.

"Det är det här jag inte fattar, att du bara slänger igen dörrn och går, va," sa Roger och skakade på huvudet.

"Du skickade ett mail," sa Gun till mig och avbröt Roger, "Gick det inte att ringa Pelle, omedelbart? Vad jag förstår så skickade du mailet på kvällen. Varför väntade du?"

"Det brukar inte gå att nå Pelle på journumret på helger och kvällar, och jag tänkte väl *vad kommer dom att göra på en söndag.*"

"Så du valde att vänta med din anmälan," sa Gun, "Du

237

skulle ha hört av dig med detsamma till Pelle, så rummet hade kunnat göras i ordning omedelbart. Det var ett allvarligt hot mot patientsäkerheten att kvinnokliniken inte kunde kasta sopor på lördagskväll och hela söndagen. Ditt handlande orsakade den situationen."

"Må så vara, att jag borde ha gjort mer för att få fram informationen till Pelle på söndag, när jag körde på lördagen var det inga problem, men vad skulle han ha gjort på söndagen som han inte ens har gjort på de åtta dagar som gått sen dess."

"Det är väl inte meningsfullt att diskutera vad som skulle ha hänt om han gjorde si eller så," sa Gun häftigt.

"Du verkade ju säga att om jag ringt Pelle så hade inte patientsäkerheten hotats, eller säger du att det bara inte hade varit mitt fel då?"

"Jag förstår inte vart du vill komma med dina vändningar, men du borde ha följt rutinerna och rapporterat händelsen korrekt."

"Jag inser att jag borde ha gjort mer, men vilken är rutinen som du ser att jag brutit mot."

"Ni har väl rutiner för såna här händelser! Vem man ringer till om något sånt här uppstår."

"Har vi det ?" sa jag och tittade på Pelle.

"Det har vi väl... inte.. egentligen," sa Pelle.

"och har du telefonen påslagen på helgerna?" frågade jag.

"Jag ska bli bättre på det," sa Pelle tyst.

"Jag tycker att Mattias har förklarat varför han agerat som han har gjort och hur läget uppstått, och han har accepterat att han borde ha gjort mer, men att det saknas tydliga rutiner för hur han skulle ha agerat i det här fallet," sa Lasse.

"Rutiner..." fnös Roger, " det handlar om sunt förnuft, om arbetsmoral, man skickar inte bara igen dörren och lämnar ett fullt soprum utan att göra allt för att lösa situation, va."

"Jag tycker att det är sunt förnuft att inte få HIV, att inte ge alla på sjukhuset Hepatit C. Jag tar inte blodiga säckar. Och jag är faktiskt lite förvånad att ni bryr er om det här fallet.

238

Nästan varje helg är det något soprum som havererar, oftast på 70 eller 50. Det blir stopp och driften måste kallas in efter ett eller fler dygn och ingen kan kasta något under tiden. Varför har den här händelsen en särställning? Och om det var ett allvarligt driftstopp på soprummet varför kopplades inte driften in?"

"Jag vet inte något om den saken, men tillbaka till blodet... det här är ju ett sjukhus, det är väl klart att det kommer att finnas en del blod på grejerna ni kör," sa Roger.

"Jag vet inte vad du tänker på för sjukhus nu, men det är inte normalt att det förekommer blodkontaminering på det här sjukhuset, och det ska inte heller förekomma. Blod är klassat som riskavfall, allt blod, och riskavfall som inte är korrekt hanterat ska vi inte ta. Det här är grundläggande hygien-bestämmelser på sjukhuset."

"Så om det finns en liten fläck blod på en säck så tar ni inte den," undrade Roger förbluffat.

"Det är principen," sa jag, "Vi har ju nolltolerans mot blod."

"Vem har det?" undrade Gun.

"Vi har den rutinen på Transport," sa jag.

"Ni måste väl köra soporna fast det skulle vara lite blod på dom!" sa hon.

"Vad tror ni egentligen... att det är fullt med blodigt material som ligger öppet ute på sjukhuset. Allt blodigt ska hanteras av avdelningarna och förpackas så att det är helt förseglat tills det går till förbränning. Det ska inte komma något blodigt ner till oss, och om det gör det så tar vi det inte."

"Så kan det inte vara," sa Gun.

"Ska vi ta blod nu," sa jag upprört till Pelle, som inte sa något. "Ska vi ta blodiga säckar och lådor nu? Har du ändrat dig på den punkten? Gäller inte det vi sagt?!" Han såg plågad ut men sa inte flaska ens.

"Det verkar råda en väldig oklarhet om vilka rutiner som gäller här på Ackis," sa Lasse lugnt, "Jag kan inte se att

Mattias skulle ha gjort sig skyldigt till något annat än ha väntat obetydligt med den rapport som ändå inte beaktades i någon vidare utsträckning av Pelle här. Avser ni, arbetsgivaren, att ta den här saken vidare?"

"Det är ingen sak," sa Gun, "Vi behövde bara höra Mattias här på grund av de allvarliga klagomålen mot honom."

"Och han har svarat på frågorna, och kommit med, vad jag tycker rimliga förklaringar på vad som hänt, så är vi klara?"

"Om inget mer skulle framkomma," sa Gun kort och mötet skingrades som en sjuk dröms miasma. Jag skakade hand med Lasse och gick ner till godsmottagningen där jag hittade Santiago.

"Shit, det drog ut på tiden... vad sa dom," sa han. Jag gick förbryllad igenom det som sagts och avslutade:

"Pelle bara sitter där, helt jävla aningslöst. Om han bara hade sagt till Roger att hans patientgubbar också är ansvariga för att rapportera blodspill på sjukhuset, och att det ibland blir mycket över natten i en del soprum och att det inte per automatik betyder att tryckmuppen har fuskat, så hade hela saken aldrig ens lyfts upp, men han kan inte ens gå ut och kolla om det regnar när jag säger att fördämningarna brister. Han bara sitter som nån jävla grönsak och dreglar!"

"Det är väl klart att vi inte tar blodbemängt material, va fan, vi måste ta det här med gruppen... det är inte okej det här."

"Dom trodde att dom hade mig på det här... Jävla Gun Håle," sa jag kokande av vrede.

**16.**

Strax efter Johannes Döparens dag, när jag släpade mig till jobbet lät Pelle meddela att han ville visa det nya schemat han arbetat fram. Hans entusiasm fick mig nästan att tro att han lyckats ta fram något godtagbart.

Santiago var på semester, men Conrad och Ibrahim var i bunkerns fikarum när Pelle kom och började dela ut papper till oss med de nya rundorna. De andra satt alldeles tysta och såg på texten och jag kunde inte tro min ögon.

"Jag tror att det här kommer att lösa många problem... och att vi..." sa Pelle och tappade tråden. De andra var fortfarande dödstysta.

"Men vad i helvete är det för jävla skit du kommer dragandes med!" utbrast jag ursinnigt och tappade all civilitet.

"Vad... menar du," ryckte Pelle till.

"Du har haft mer än ett halvår på dig att komma fram till något radikalt och så har du kopierat det gamla schemat som vi övergav i höstas!"

"det är inte samma schema..."

"Nej, jag ser att du har lagt till en del småuppgifter, men det är ju exakt samma sopturer som förr."

"Det är inte så stora förändringar," sa Conrad, "men om du vill att vi kör så här så får det bli det här som gäller."

"Jag förstår inte," sa Ibrahim, "det är ju så här vi kör."

"Nej, nej," sa Pelle, "dom här tjänsterna kördes av timmisar, men nu har jag tillsatt dom, eller ska... dom är

241

utlagda som vikariat."

"Vi ska alltså inte minska lyften, utan köra mer vagnar åt avdelningsköken," sa Ibrahim.

"Och jag verkar ha lunch klockan 9.30, och i 40 minuter," sa Conrad.

"Det har inte varit så lätt att lägga det här schemat på egen hand utan hjälp och jag tror att det här kommer att funka."

"Funkar, ja, kanske, men det uppfyller inte målen alls," sa Conrad.

"Det här är så jävla illa," sa jag, "du har inte tagit till dig ett ord av den diskussion som förts det senaste året. Har du över huvud taget förstått vad som pågått omkring dig, mötena vi har haft, kraven vi ställt. Och nu kommer du med det här."

"Vi får väl se till att det funkar," sa Conrad rakryggat.

"Ja, sitt i båten för fan, gör inget som stör lönesättaren!" sa jag med aningen högre röst än omgivningen, och så gick jag därifrån i den besvärade tystnaden som följde på mitt utbrott.

Det regnade […]

Jag hann jobba i en hel vecka innan Pelle kallade in mig igen på kontoret.

"Jag har fått klagomål från dialysen," sa han. Han var ensam den här gången. Jag stod mitt emot honom på hans kontor, han satt bakom skrivbordet.

"Dialysen," sa jag, "du får nog ge mig mer att gå på."

"I fredags, när du jobbade, så var du tydligen uppe på dialysen för att hämta riskavfall och återvinning."

"Ja, det stämmer."

"Hände det någonting då?"

"Ja, större delen av deras riskavfall var felaktigt hanterat. Jag påpekade felet för en som stod och höll på med lådorna precis, bad dom att gör rätt. Hon snäste bara av mig och skällde om att hon minsann inte behagade bry sig om de riktlinjer som gäller på sjukhuset."

242

"Vad hände då?"

"De fyra lådor som inte var korrekt hanterade blev kvar på avdelningen."

"Avdelningen ringde boken och så fick man skicka ut en annan vaktmästare att göra jobbet," sa Pelle.

"Så istället för att göra rätt så klagade hon och då skickade ni okritiskt ut en annan vaktmästare för att ta dom för tunga lådorna?"

"Du skulle ha rapporterat det till mig så hade jag kunnat sätta ut rätt resurser. Du kan inte bara lämna lådorna."

"Jag lämnade inte lådorna. Jag bad avdelningen, som hade gjort fel, att rätta till problemet."

"Vi har haft den här diskussionen förr, Mattias. Det känns som att du tar varje chans till att sabba."

"Varför har vi satt en maxvikt på riskavfallslådorna?"

"Det var väl för att minska lyften för Transport."

"Så vad händer med det riskavfall som inte följer reglerna."

"Det är ju vårt uppdrag att köra undan riskavfallet. Vi kan inte börja välja och vraka bland arbetsuppgifterna hur som helst."

"Så Transports uppdrag gäller oavsett hur det påverkar säkerhet och hälsa. Vi har ju satt upp regler som ska skydda mig som vaktmästare, men det gäller alltså inte... *uppdraget* går före!"

"Vi kan ju inte bara strunta i att köra om det inte passar oss."

"*Inte passar oss...* här har vi en avdelning som trots tillsägelse väljer att bortse från Akademiskas fastslagna regler, regler som är till för att skydda mig från skadliga lyft, och du säger *passar inte!*"

"Vi kan inte ha en situation där jobb lämnas åt andra vaktmästare, du måste ta lådorna och rapportera så jag kan göra en avvikelserapport, och sen samlar vi anmälningarna och kan gå till avdelningen och få en förändring till stånd."

"Jag lämnade inte jobb åt någon annan vaktmästare. Det

243

var avdelningen som trots att dom var fullt medvetna om felet ringde in en ny vaktmästare."

"Du måste rapportera."

"och vad hade du gjort? ...om jag hade rapporterat."

"Jag hade satt ut så många som behövdes för att göra jobbet."

"Det behövdes ingen vaktmästare, avdelningen behövde bara följa de riktlinjer som gäller."

"Det måste gå genom vissa kanaler, rapportering och avvikelser, så kan vi trycka på mot avdelningarna så att dom inte gör fel."

"Jag hade en person framför mig som öppet utsatte mig för en skadlig arbetsmiljö, och jag påpekade för henne reglerna och syftet med reglerna, men hon valde att trampa på mig och sen har hon mage att klaga på servicen!"

"Du skulle ha tagit lådorna och sen flaggat det till mig."

"Jag tog det med källan till problemet istället, men nu rapporterar jag att dialysen medvetet utsätter Transports anställda för en skadlig arbetsmiljö, och jag kräver att dialysen avstängs från vidare tjänster från oss!"

"Vi måste se seriöst på det här."

"Ja, vi måste låta dom behandla oss hur som helst! Reglerna gäller inte för Transports packdjur!" Min röst var väldigt hög och sen smälldes Pelles dörr igen bakom mig när jag gick ifrån mötet.

Senare på kvällen fick jag ett märkligt SMS från Pelle.

*På måndag 10/9 13.00 är du kallad på möte 13.00 på Regnell. Det gäller förra helgens incident när du arbetade. Du kommer att träffa mig och Gun Håle. Du får kontakta facket om du vill att de skall närvara. Med vänlig hälsning, Pelle.[sic]*

No shit, att jag vill att facket ska närvara, tänkte jag. Jag försökte flera gånger att på fredagen, när jag var ledig, få tag på Lasse, men han var borta på möten hela dagen. Jag skrev ett mail till Pelle på eftermiddagen att jag inte kunnat få tag i Lasse på kommunal, och att jag inte kunde gå på mötet utan representant. Jag fick med en fråga om vad saken egentligen gällde. Pelle svarade vagt att de ville ha ett samtal om helgrutiner och anspelade på någon incident under helgen utan att precisera vad det handlade om.

Jag skrev tillbaka till Pelle att jag inte hade något att säga om helgrutiner, ni måste själva kunna avgöra vad som gäller och meddela mig sen. Jag deltar inte i några samtal, skrev jag kort. Om ni har några specifika anklagelser eller klagomål så måste ni faktiskt meddela det innan mötet så att jag kan bemöta dem och får en chans att försvara mig. Pelle skrev inget svar på mitt andra mail.

## 17.

Helgen var rent surrealistisk. Jag hade för länge sen slutat att berätta några detaljer om striderna på jobbet för Maria och vi var mitt uppe i att packa och ordna allt för en stundande New York resa. Vi skulle vara där i en vecka och åka på tisdagen den 11 september. Barnen skulle vara hos mormor och morfar i kusinlandet. Jag behöll den infekterade tryckkokaren för mig själv, min arbetsgivares upprepade försök att sätta dit mig, och försökte glädjas åt att få se New York. Det var inte som att åka till Istanbul eller Bangkok, som har som ett avlägset Marco Polo sken över sig, det är inte ens som att åka till London eller Paris som är verkliga städer för mig. I New York kan vad som helst hända. Det är ju Ghost Buster's stad, Jack Kerouac's stad, och Andy Warhols fabrik. Min tidsålders Florens, och Gotham City allt i ett. Det här är inte en plats som låter en komma aningslöst.

Måndag på jobbet, dagen innan vi skulle åka var dagen för mötet med Pelle och Gun, deras dåligt maskerade bakhåll. Jag hade kollat min mail innan jag gick hemifrån på morgonen, men det fanns inget svar på min direkta fråga på om det var ett obligatoriskt möte jag var kallad till. Jag kände att min ork var på upphällning. Jag valde obstinat att skita i hela saken. *Dom har fan inget på mig!*

Men så skulle Pelle leta rätt på mig när jag satt och fikade.

"Vad bra, Mattias," sa han, "mötet blir idag klockan 13 nere på Regnell. Jag har satt David på att köra din tur tills du

246

är tillbaka."

"Jag har inte fått tag i Lasse," sa jag, "så jag kommer inte att kunna gå. Jag går inte utan facklig representant." Jag körde ner huvudet och fortsatte läsa min bok. Pelle blev stående, och jag tänkte att nu kommer orden att inställa sig, oavsett, men han bara stod där och såg dum ut.

"Jaha," sa han plötsligt och vände på klacken och gick ut från fikarummet. Jag andades ut och åkte till Amerika. Ja tyar inte mer nu, Kal Oska. *Med lite tur blir Pelle påkörd av en buss när jag är borta*, tänkte jag mörkt.

Vi skulle mellanlanda på Island, och det var turbulens. Jag satt vid fönstret och såg på glaciärerna och de vindlande spåren av avsmältningar och en karg geologisk vår.

"Det ser ut som ett oförstört Mordor där nere," sa jag entusiastiskt till Maria som inte tycker om att flyga. Nere på Reykjaviks flygplats vågade vi inte köpa någonting. 1200 bagare för en Toblerone, "va tusan står den isländska kronan i egentligen?" Den ekonomiska krisen måste ha slagit hårt här.

På väg till städernas stad var jag nervös över vad som väntade, om man blir skjuten på fläcken på Penn Station. Jag kände mig inte ens så här när vi åkte till Kapstaden.

Hur coolt kommer det att vara, det är ju Lou Reeds stad, The Strokes stad. Kommer jag att bara stå där på 42:a gatan och glo på skyskraporna med de andra turisterna? Om man inte fixar New York vad är man då?

Det börjar redan ute i Jamaica Bay och det är skarpt läge från första steget. Inte att komma in i landet genom flygplats-säkerheten som alla pratar om, utan att ta Long Island Railroad och åka ner genom Queens. Tåget gör en vid panoramasväng så att man ska få Manhattan silhuetten innan man passerar genom mörkret under East River. Och så är man faktiskt på Penn Station, precis som Neal Cassady. Om vi bara kunde hitta Hector´s cafeteria, men den låg visst vid en busstation på 50:e gatan, "Men här är vi i NY, älskling, och även om jag inte riktigt har berättat om allt jag tänkte när vi korsade Atlanten

247

och speciellt då när vi mellanlandade på Island som påminde mig om problemen jag har på jobbet så är det alldeles nödvändigt att vi skjuter upp alla dom vardagliga tingen och på en gång specifikt börjar tänka på allt vad vi vill uppleva på den här resa." Ah, the holy con man!

Vi kom ut från stationen tidigt på kvällen lokal tid. Dofterna och ljuden, betongen i gatan, allt fanns där. Varma galler som andades tunnelbana. Vagnar med småbröd, kringlor, och vatten. Den bästa köpa-bröd-på-gatan staden är ändå Krakow med sina rökta små ostar.

Vi gick över 6:e avenyn, och 5:e, Broadway någonstans där i krokarna. Hittade vår gata där vi skulle bo, och det visade sig vara mitt i Koreatown. Dofterna från alla restauranger var fantastisk. Hotellet vi bodde på drevs av Sikher och det såg ut som nästan alla andra hotell i världen.

Hemma i Sverige började klockan närma sig midnatt och för småbarnsföräldrar är det något anmärkningsvärt. Det är inte ens självklart att sitta upp på nyårsafton för oss längre, men vi lämnade väskorna på rummet och gav oss ut på stan. Vi gick uppåt på Broadway för att känna att vi hade landat.

Det var inte så mycket trafik som jag hade trott, och på avenyerna fanns det här och där små parker. Det var verkligen människor överallt, på väg i alla riktningar, och alla i sin egen takt. Det här var det mest fascinerande golv jag någonsin sett. Det är Frank O´Hara´s musik, när han gick med händerna i fickorna och räknade sina pengar och funderade på vad han kunde få för lunch för de få slantarna, och kände sig som en galen ryss.

Vem kan köra truck när världen är full av under?

Jag älskar Bleecker street och alla de magiska tillflödena, som Macdougal. Hela det här området är en helig ursprungsplats. Det mesta jag högaktar och tror på har kommit till mig från eller igenom det här stället. Pilgrimsleden slutade för mig på The White Horse Tavern med ett redigt stop öl, men ingen whisky.

"This day winding down now, At god speeded summer's end!" "I see the boys of summer in their ruin!" Hördes jag säga med hög luguber röst. Jag höjde min bägare för de många porträtten av barden, Dylan Thomas.

Det finns ett Walesiskt talesätt att man bör hålla sig väl med barder, man vet aldrig vad man får för eftermäle annars. Food for thought.

## 18.

Jag kom hem till en allt mer regnig sommarhöst. Fyrisån såg ut att ha en evigt brusande vårflod. På Vädret rapporterade man att det under Augusti och september kommit mer än dubbelt så mycket regn som normalt, och på sina platser så mycket som tre gånger den normala nederbörden. Uppsala låg, inte oväntat, i den högre ligan.

Truckgruppen var öde och tyst. Santiago hade börjat plugga, Ibrahim hade fått ett vikariat på bilsidan och sågs inte till, och Conrad hade börjat lära upp sig som arbetsledare, så att han skulle kunna hoppa in om Pelle eller Roger var borta, och hann inte fraternisera med de meniga. Det var förlusten av Santiago som betydde mest, som påverkade mig mest. Det att mista mitt dunkla orakel, höljd i rök. Santiago är både partikel och våg, både spindel och vinden genom nätet. Utan honom saknade jag känsel och frihet. Omkring mig fanns bara ruiner och onda andar.

En särskilt dyster dag upptäckte jag ett brunt gammalt cirkulationskuvert i mitt postfack. Jag brukade aldrig få något där, så det är inte det första stället jag går och kollar efter nyheter. I den begagnade mappen låg ett vit A4 kuvert som var uppsprättat och slarvigt igentejpat. Det hade valsat runt med internposten vad det verkade. I kuvertet låg i sin tur ett delgivande om beslutet att ge vaktmästaren Mattias Stolt vid truckgruppen, Transport en skriftlig varning.

Jag stod mållöst och såg på meddelandet en stund. *Här har vi svaret på om det var ett disciplinförhör,* tänkte jag. Beslutet var motiverat med en del tendentiösa beskrivningar av att jag blir arg och smäller i dörrar, att jag lämnar sopor och inte sätter service och patientsäkerhet främst.

Nästan den enda reaktion jag fick av mina kollegor var avvaktande misstänksamhet, som om jag var smittsam. En del sa pliktskyldigt, "Så får det inte gå till, oj, oj," och, "låt dom inte köra med dig, hörru." "Det är ju förjävligt... verkligen tufft."

Christo klev fram med ett stort leende och tryckte min hand och sa, "Välkommen in i varningsklubben, då!" Den enda gemenskap som återstod.

Och det här är vad som kom av det hela. Jag kan inte få det att betyda något annat än en total förlust av ställning i samhället. Det är här det sluttande planet blir en abrupt avgrund.

Den påtagliga tystnaden i truckgruppen var inte av rädsla för repressalier från arbetsgivaren. Jag var inte ett varnande exempel. De vet att jag är en idiot och idioter råkar illa ut. Den utbredda tystnaden var en diamant av den oerhörda meningslöshetens tryck.

Efter ett par veckor, i november, dök Jon upp och satt den officiella, den slutgiltiga, skriftliga varningen i min hand. Han såg knappt på mig och och malde på om sitt beklagliga arbetsgivaransvar i den här affären, "Jag står bakom beslutet, ändå." *Så mycket för den tråkiga plikten,* tänkte jag.

"Handen på hjärtat..." sa han och lade huvudet på sned, "vad trodde du skulle hända?"

*Ruiner och onda andar.*

Jag gick topp tunnor rasande ut och satt mig på trucken. *Det måste finnas något bättre än det här,* tänkte jag, *Jag vet att jag kan bättre.*

Jag körde iväg med ett skramlande och krängande släp. Det

var dags att köra in matvagnarna till köket efter lunchen. Se mig på ryggen när jag åker. Det är ändå ingen som håller räkningen.

[kör eftertexten. Bakgrundsmusik: David Bowie, Heroes.]


- SLUT -

# BARCELONA
(Genom porten)

# 1.

Den första gången jag var i Barcelona hade jag inte något Själv eller förväntningar. Det var en aningslös dröm som sattes i verket av krafter bortom min kontroll. Jag har nämnt det förr, utan att gå in på detaljerna, hur jag och Emma stack iväg den gången och gjorde staden vid havet. Hon var den som hade visionen och vittring på det katalanska äventyret. Jag kände bara att det var något nytt för mig, det okända. En dörr som jag borde öppna och passera genom för att bli den jag var menad att vara. Säg inte nej. Det var på den resan som jag tatuerade mig. En androgyn matador som drar undan sitt skynke. För mig är det *magikern* i tarotleken. *Dåren* som kommer först i leken hör ihop med den hebreiska bokstaven Aleph, som betyder oxe. Vad är det tjurfäktaren dansar omkring? Det som följer i den stora arkanan, tolkar jag som brud och Mor, och sen brudgum och Far. Det finns ett varmt framåtskridande under stjärnorna, visste du det? Visste du om att vi existerar? Har du blivit till än och lever du? Låt oss återupptäcka The Doors, Jim Morrisons alla dikter. Vi behöver storslagna, gyllene samlag.

Den här resan var inte för min skull. Min vän, Åsa, fyller år på

Valborgsmässoafton och det försvinner lätt i den stora förvirring som är Uppsala den sista april. Jag har skrivit ingående om den dagens betydelse annorstädes, varför jag inte firar den högtiden längre. Så när det bestämdes att vi skulle ta med Åsa till Barcelona på hennes födelsedag gick jag i bräschen. Det är gott att göra en poäng av att inte vara i Uppsala på Valborg, inte bara undvika Slottsbacken och Fyrisån, utan hela Uppsala.

Det var gänget från Istanbul som skulle åka. Jag har andra vänner, men de är såna som alltid jobbar och aldrig har några pengar. Det är ett avancerat trick med speglar. De jobbar hela tiden så de har inte tid att göra något och samtidigt har de inga pengar att röra sig med. Jag är inte ambitiös nog för att påverkas av världsliga ting. Det är på ren vilja jag går ut i världen för att balansera på eggen men det är ett plant fält. Det är ett spel av föreställningar och spänning. Inget blir som man tänkt sig.

Utan känslan av hastighet och kraft närmade vi oss jorden igen. Genom molnen kom plötsligt havet. Jag satt med ett leende på läpparna vid fönstergluggen. Den ockrafärgade jorden tog emot oss. De första Katalanska färgerna och det mystiska fiskbensmönster som jag föreställer mig. Som ett fossilt avtryck i landskapets färger. Jag tror att idén kommer ifrån en tavla, en billig souvenir från det fascistiska Gran Canaria som hängde hemma hos min gammelfarmor. Den kan ha varit målad på lera. Det skulle kunna förklara de många mönstren i färgen. Tavlan föreställde ett enkelt vit hus, en ännu enklare vitklädd bonde med en bredbrättad hatt. Jag tror att han hade ryggen mot betraktaren. Jorden var senapsgul, den lilla grönskan på marken var tjockt olivgrön. Himlen var skarpt ljusblå utan kontraster. När landningshjulen tog i asfalten kom jag ur minnet av det andra och berättelsen tar sin början.

Naturen omkring en landningsbana är alltid så avskalad och vindpinad. Ett eller annat förtvinat träd som slagit rot i en bortglömd sänka. Det är motorvägen förvandlad till en arena.

Fabriken är punkten, motorvägen linjen och landningsbanan fältet. Det är en pytagoreisk utveckling av industrialiseringen som saknar rymd.

Ett ocharmigt hav kan som här vila mot den grova land-fyllningen och låga blå berg rama in dalen söder om stadens disiga vagga. Precis som det pseudo-arktiska nejden mellan Arlanda och Knivsta är det ett landskap som inte ljuger. Det är vad det är; en transportsträcka.

Vi följde strömmen av folk genom flygplatsen till det avlägsna bagagebandet. Alla skyltar som ledde genom den internationella labyrinten. I en grön bärsjal hade Maria Nova som sov och hade sovit nästan hela flygning.

En bebis får ha lika mycket handbagage som föräldrarna. Jag bar på allas våra carry-ons. Efter alla långa korridorer och rulltrappor kunde vi ta våra väskor från bandet. Det är alltid lite extra nervöst med barnvagnen. Tänk om den inte kommer eller har gått sönder. Den mjölkiga plastsäcken kom i alla fall till slut på bandet. Jag fällde snabbt upp den och monterade bilbarnstolen som vi använde som insats när vi var på resa. Jag pumpade däcken med pumpen jag hade i handbagaget.

"Jag önskar att jag hade klockat det där depå-stoppet," sa Dennis när jag stuvat undan pumpen och borstade av knäna.

"Vi tar väl tåget?" "Ja, det är väl smidigast."

Vi rullade självsäkert luftgången från ankomsthallen, över buss- och taxifilerna nedanför, mot spåren. Det står alltid ett tåg inne som går in till Plaza Espanya, eller någon annan stor knutpunkt inne i Barcelona. När vi väl rullat på vagn, väskor och sällskap på tåget stod det snart klart att vi på grund av något spårarbete skulle vara tvungna att byta tåg halvvägs. Nu satt vi redan på tåget. Någon som äger en taxi borde nämna det för de som kliver av planen. Bara så ni vet... väldigt krångligt idag med tågen. Bery dificul!

Vi bytte tåg efter en kort resa någonstans mitt på linjen och kom snart in till en större station inne i staden. Jag kände inte igen mig. Vi bar iväg mot tunnelbanan med all packning.

257

Många trappor senare tog vi en färg mot Espanya där vi sen måste ha gått en stor del av sträckan underjord mot Liceu innan vi kunde kliva på den gröna linjen. *La proxima estacio paral-lel.* Det var det längsta någon någonsin har varit tvungen att gå och klättra mellan linjer på bara en punkt på en metrokarta. Vertikalt hade vi rört oss hundratals meter i alla trappor både upp och ner.

Vi klev utmattade av vid Liceu, operahuset på Ramblan. Det är en kort trapp upp till gatuplan, men jag hann ändå bli erbjuden marijuana av den förekommande lokalbefolkningen. Vi kom upp i den ljumma havsbrisen som fläktar under de skuggiga Platanerna. Det här var innan det gick riktigt inflation i Barcelona-turismen så det gick att andas på Ramblan, man kunde bara stå och känna in stan, komma hem.

"Är det långt till där vi ska bo?" undrade Åsa.

"Vi är nästan framme," sa jag, "vi ska bara in på nästa gata en bit så är vi där."

Lägenheterna vi hade bokat låg på Carrer Nou de la Rambla, en livlig tvärgata som korsar den ruffiga stadsdelen Raval. Det är en gata som man först tycker är smal men sedan förstår är en viktig genomfartsled. Jag försökte samla ihop gruppen något, se att alla var med upp från tuben, medan vi tog oss den korta biten ner till vår gata.

"Vi är i höjd med Plaza Reial," sa jag, "bra att minnas."

Vi tog vår packning och slog in på våran gata i stan. Gatuplan dominerades av små matbutiker och billiga souvenirer. Palau Güell, som är en av Gaudis skapelser, med sin medeltida, fantasy karaktär sätter en tung prägel på kvarteret. Güells palats höll fortfarande på att restaureras och var inte öppet för allmänheten. Långt där uppe kunde man skymta egensinniga skorstenar bakom byggnadsställningarna. MH apartments stod det på en liten skylt på en annars anonym grön ytterdörr mellan en närbutik och en smal tapasbar tvärs över gatan från palatset.

"Här är det," sa Maria. Hon plockade fram mobilen för att

ringa uthyrarna och be dem komma och släppa in oss. Vi stod självmedvetet exponerade som turister på gatan och kunde inte annat.

"Där borta ligger Mont Jüic," sa jag och pekade i riktning bort från Ramblan som vi kommit från. "Det är en ganska brant stigning här så man får ta bergbanan. Det går linbana nere ifrån hamnen också."

Det kom en kille på moppe som stannade vid oss och frågade efter Maria på engelska. Han skakade hand med alla och visade oss in i det smala trapphuset.

"Era lägenheter ligger på tredje och fjärde våningen," instruerades vi. Maria tog hissen med barnvagnen och en eller två väskor, medan jag, Bella och Dennis tog trapporna efter uthyraren. Åsa, Gabbi, Therese och Gustav, som skulle bo i den ena lägenheten, väntade med sina väskor nere vid hissen. När jag tagit mig några avsatser upp hörde jag Therese och Gustav med vardera två rullväskor på väg upp efter oss. De körde fullt bootcampläge.

Uppe vid lägenheten gick Bella in med uthyraren medan jag och Dennis hjälpte Maria ut ur hissen.

"Ni kommer att få lägenheten en våning ner," sa jag till Therese och Gustav som oberört flugit upp till det som var sjätte plan men kallades våning fyra. Det var knappt rum att rulla vagnen på den smala avsatsen från hissen. Maria fick kontrakten att skriva på och lyssnade på den spanska introduktionen tillsammans med Bella. Jag plockade upp Novaknytet ur vagnen och gick runt lite och kollade läget. Enkel komfort, kan man väl säga. En trestjärnorsvistelse med rena IKEA ytor. Vardagsrummet hade en rymlig, men något sliten, bäddsoffa, en relativt ny platt-TV och ett stort matsalsbord. Det fanns en balkong som sträckte sig längs hela lägenheten med dörr till både vardagsrummet och köket. Dennis stod redan ute på balkongen och tog in den brokiga bilden av takåsar, terrasser och balkonger. Rakt nedanför oss hade en restaurang en öppen uteservering. Det såg ut som ett djupt schakt till uteplats. Ut mot Ramblan stack precis toppen av Platanerna upp ovanför taknocken. Vi hade havet i ryggen där vi stod. Stora vita måsar svävade mot den molnfria blå duken.

"Nu är vi framme, Em, kan du känna?" sa Dennis.

"Fick känslan av den första palmen," sa jag.

"Vad står överst på agendan?"

"Egyptisk tapas," sa jag, "Alltid det första stoppet!"

"Ja, det där stället efter Bouqerian, va? Jag minns. Bra val! Egyptisk tapas, jag är med."

Balkongdörren till köket gick inte att öppna utifrån så vi gick tillbaka in i vardagsrummet för att fortsätta inspektionen. Maria och Bella höll ännu på med formalia, en deposit som skulle betalas i kontanter.

Köket var enkelt, utrustat för fyra gäster vad det verkade. Gasspis, litet kylskåp.

"Vi måste snarast få tag i lite att lägga på kylning," sa Dennis allvarligt, "Väldigt dåligt med complementary cava på det här stället tycker jag."

"Donde esta el cava, dårå, liksom," sa jag, "Hur svårt ska det va?"

Innan man kom ut på balkongen från köket fanns det en skrubb med tvättmaskin och varmvattenberedare. Det kan vara bra att ha möjligheten att tvätta när man reser med ett litet spädbarn.

Jag hörde att uthyraren tackade för sig och önskade oss en trevlig vistelse. Det nedre gänget fick sin nyckel och började bära ner sin packning.

"Vi tänkte byta om men sen går vi väl ut meddetsamma?" sa Åsa.

"Vi behöver göra en frukost handling nere på hörnet också," sa Bella, "jag och Dennis kan gå, följer du och Therese med och handlar till er lägenhet."

"Ja, det är en bra plan, Vi träffas här om tio minuter," sa Therese och stämde av med armbandsuret. Mission time hade obevekligt börjat räkna ned.

Jag stuvade in våra väskor i rummet som jag och Maria skulle sova i. Maria tog Nova för att amma. Jag lade mig på den andra sängen med min röda anteckningsbok och synade den långa listan med platser att besöka, saker att göra i Barcelona. Den var lång och både tematisk och geografiskt upplagd. Jag hade inte tänkt göra allt men det fanns något uppslag för alla eventualiteter föreställde jag mig. Många olika bollar i luften. Det blir aldrig som man tänkt sig.

Vad som är egyptiskt med *Den gamla egyptiern* är svårt att säga. Det är ett typisk tapasställe. Smal ingång där man passerar den höga disken. De enkla borden som står utanför verkar komma från ett konditori och eftersom det ligger vid Ramblan är det lätt att ta för en turistfälla, men innan finanskrisen var det just såna här ställen som verkligen levererade. Vi plockade upp Nova och fällde ihop barnvagnen och banade oss bestämt in. Det finns en trappa upp till en mezzanin ovanför köket där vi tog ett stort runt bord. Lyckligt fick jag den gamla laminerade menyn, den perfekta listan på tapas, i handen. Innan Dennis tog sig an menyn beställde han in cava till bordet, och sa "Nu gör vi det här rätt, tycker jag." Maria som ammade fick säga sitt för resan första, "tiene cervesa sin alcohol, por favore?"

Sen följde en lång parad av gamla vänner. Patatas Bravas och piementos de patron framförallt. Lock efter små lock bars in och rensades eftertryckligen.

"Jag skulle vilja gå till en bra skaldjursrestaurang nere vid havet sen," sa Åsa.

"Det finns flera bra att välja på väg ut mot Barcelonetta," sa Dennis,"så det ska nog gå att ordna!"

"Och jag är sugen på sushi," sa Therese, "Jag läste om en som jag skulle vilja gå till."

"Vågar man ta en sån där chilifrukt?" sa Gustav, "Är de väldigt starka?"

"En och annan kan vara lite stark," sa jag, "men de flesta är bara som vanlig paprika."

"Så det är lite som rysk roulett alltså."

"Lev lite farligt nu, Gustav!" skrattade Bella och fortsatte, "Hörde jag en skål!" vi höjde cavan till bifall och drack oss själva till.

När vi var färdiga och betalat notan krånglade vi oss ut ur den nu helt fullsatta restaurangen. Maria hade Nova och jag vagnen och skötväskan. Vi tog oss ut på gatan och började montera vagnen.

"Vad tycker ni att vi ska göra nu?" frågade Maria.

"Ni som varit här förut får bestämma," sa Therese.

"Jag tänkte att vi kunde promenera lite bort mot Parc de la Cuitadella," sa jag.

"Är det långt?" undrade Therese.

"Det ligger inte runt hörnet men ganska nära. Så får vi se lite på vägen. Få en känsla för stan."

Maria lade ner Nova i vagnen och Bella tog upp den lilla tigerfilten ur skötväskan.

"Vill ni se något magiskt?" sa hon och strök filten mot barnets kind. Han somnade direkt till allas förtjusning. "Tänk om allt kunde vara så enkelt, va."

Vi satte kurs mot den breda Via Ferran på andra sidan Ramblan. Kvällen hade lagt sig över staden.

Mesta delen av promenaden spenderade jag och Dennis småspråkande utanför alla butiker med barnvagnen eller långsamt röra oss ett eller annat kvarter före eller efter det shoppande sällskapet.

När vi till slut nådde parken hade det blivit lite kylslaget. Jackor och halsdukar hade plockats fram och tagits på. Jag var fortfarande bararmad och entusiastisk.

"I våras, när jag kom från andra hållet... Nova och jag var ute och promenerade," började jag berätta, "kunde jag inte hitta någon ingång till parken. Hela bortre sidan är en enda hög mur. Jag kunde bara se toppen av fontänen... hästhuvudena! Jag följde muren ner mot havet, men det var helt fel håll. Hade jag bara gått åt andra hållet."

Vi stod på den stora grusplanen framför den enorma fontänen. Varje havsvidunder var upplyst.

"Kan man gå upp i den?" undrade Åsa och pekade mot trapporna som gick upp längs sidorna på det trevånings höga monumentet.

"Ja, och vi får kanske upp värmen om vi tävlar till toppen!" sa Bella.

Hela sällskapet gav sig av upp och jag och Maria körde ett tyst chicken race om vem som skulle stanna med barnvagnen vilket ledde till att båda blev kvar.

"Tänk nu är vi här igen," sa jag och lade armen om henne.

"Fryser du inte?" frågade hon.

"Nej, det är en skön kväll."

"Jag tror att det kommer att börja regna snart."

Efter en stund märkte vi att de andra vinkade från toppen. Maria försökte fota med kameran istället för med mobilen för att kunna zooma ordentligt men det var egentligen för mörkt för skärpa. Vi kunde följa deras nedfart i kvällsljuset.

"Fontänen är ju mäktig och så, men vad finns det mer här?" sa Åsa när sällskapet började återsamlas.

"Kan någon gå och hämta Bella och Dennis så vi kan börja röra oss," sa Therese.

"Dom kommer där uppe nu," sa jag, "Jag tänkte att vi kunde kryssa tillbaka hem förbi Santa Maria del Mar och genom Barri Gotic. Pinchos i La Ribera och tapas i barrion."

"Är pinchos såna där baskiska tapas på tandpetare? Det måste man ju testa." sa Gabbi.

"Är ni hungriga igen?" sa Therese, "jag kan inte få i mig en bit till."

"Det är bara som smakbitar man plockar och så räknar man ihop sina tandpetare när man ska betala sen, har jag hört," fortsatte Gabbi.

"Precis, man kan ta en eller ett par här och där. Natten är lång!" sa jag upprymd.

De första regndropparna började falla när vi lämnade parken. Jag höll åt vänster och ledde en väg närmare havet än den vi kommit på förbi den gamla saluhallen El Born.

Det lätta regnet hade packat in folk på alla små barer och restauranger. Vi hittade dock ett ställe på en sidogata bakom kyrkan med en markis som täckte större delen av gränden. Jag och Dennis ställde oss med vagnen utanför vid en stor tunna som tjänade som bord. På tunnan stod ett fullt askfat och en handfull av restaurangens visitkort låg utströdda.

Resten av sällskapet banade sig väg in till disken för att beställa. Bella kom strax ut med varsin öl åt oss, och sa, "vi håller på att kolla läget med maten, men det verkar vara mest kött, Em. Maria undersöker saken." hon försvann in igen.

"Hur ser det ut på jobbfronten, då?" frågade Dennis när vi smakat av malten.

"Det är mest konflikt på konflikt."

"Va tråkigt."

"Det finns inte ens några slag kvar att utkämpa längre. Får se hur länge jag blir kvar... Det får bli som det blir."

Maria kom ut med två fat.

"Den här är med kött," sa hon och ställde framför Dennis, "och den här verkar var mest sötsaker, men det är vegetariskt i alla fall. Dennis kanske kan få en ändå."

"Härligt," sa jag. Dennis njöt av den lufttorkade skinkan medan jag prövade en vad jag trodde var en sorts gräddbakelse. "Men vad i..." utbrast jag förvånad när jag insåg att det var färsk getost med kvittenmarmelad, "det är inte grädde, Dennis... Chevré! Och här står vi med öl som fullkomliga galningar... är riojan slut, eller!"

"Säga vad man vill om malt men dessa djur kräva vissa drycker!"

"Vi får helt enkelt Kajsa Varg:a oss genom den här

katastrofen."
"Skål för det!"

Resten av kvällen kryssade vi långsamt mellan regnskurarna och barerna genom den gamla stan. Jag hade tagit på mig jackan, men jag var i ett bekymmerslöst tillstånd. Jag förstod inte då hur ansvarslös, rent av vårdslös jag ansågs av stora delar av sällskapet. Dricka rusdrycker och handha barnvagnen.

Gatorna var mörka nu och fulla av märkliga figurer. Jag tyckte allt var fantastiskt, bekant till och med. Jag och Dennis hade en bra kväll i täten medan svansen huttrande inte såg charmen med den överhängande överfallsrisken. En del butiker hade fortfarande öppet vilket kompenserade något.

"Dennis," ropade jag,"borde jag köpa en hatt?" Jag stod med en allt för liten Fedora på huvudet framför en långsmal spegel på ett solglasögonställ.

"Kanske något som är lite mindre Magnus och Brasse i så fall."

"Vad är det med semester som gör att man tror att man passar i hatt?"

Det blev ingen hatt, jag hängde skrattande tillbaka fingerborgen, och snart var vi hemma i Raval. Vi samlade ihop gänget utanför den gröna dörren och gjorde uppstigningen till lägenheterna.

"Vi kommer med upp till er och gör upp planen för imorgon," sa Gabbi.

Vi kom in från det ekande trapphuset och vi som var hemma sparkade av oss skorna i den smala hallen. De som handlat plockade åt sig påsarna som låg i korgen under vagnen. Jag plockade upp Nova som vaknat.

"Så vad säger ni om imorgon?" sa Gabbi, "vi behöver väl inte ta så lång sovmorgon, eller."

"Nej, vi kan väl komma upp i hyfsad tid," sa Bella.

"Ska vi åka upp till Parc Güell, vad tycker ni?" sa Maria.

"Ja, den måste man ju se," sa Åsa.

265

"Hur tar man sig dit?" sa Therese.

"Tunnelbana," sa jag, "Vi är inte på rätt linje här så vi måste byta en bit upp."

"Ja, men det är ju bara några stationer och så ett litet byte bara," sa Dennis.

"Bra, ska vi säga klockan åtta," sa Therese.

"Nja... nio kanske," sa Bella, "tror knappt de har öppet innan ändå."

"Nio, då. Bara vi kommer iväg något så när tidigt."

Det hade varit en lång dag, vi sa godnatt till det nedre gänget och började göra oss redo för sömn. Jag och Maria hade två enkelsängar som vi beslutade oss för att skjuta samman. Det verkade inte finnas något sätt att låsa dem men det fick gå ändå.

Maria satt sig på sin sida för att amma. Jag låg på min sida och läste Knausgårds *Kamp*, 2:an tror jag att det var. Det här var när serien fortfarande höll på att komma ut på svenska och alla vittra jävlar övervägde att ta till sig norskan för att slippa väntan på nästa del och nästa. Bara Ibsen har åstadkommit det historiskt. Det är bra att bryta den nordiska självgodheten svenskarna lider av. Vi tror att vi beter oss naturligt och väl-villigt men drar bara ett löjets skimmer över oss, och har man en gång blivit löjlig är allt man gör olidligt tillgjort och man kan inte komma tillbaka efter det.

**2.**

Nova sover otroligt bra på nätterna. Jag har det intrycket för att jag inte var den som ammade, har det anmärkts. Det var hur som helst lugna nätter med Nova och den här natten var inte annorlunda. Jag hade nog bara varit upp en enda gång.

När jag gick upp höll redan Bella på att duka fram frukost. Jag öppnade balkongdörren. Det var redan varmt ute trots nattens regn.

"Synd att vi inte har en terrass att sitta ute på," sa Bella.

"Tur egentligen," sa jag, "annars blev vi kvar på den hela dagen."

"Du tänker så, du." Bella fortsatte dona med frukosten och det såg fantastiskt ut.

"Jag sätter på kaffe," sa jag, "och hur gör vi med äggen?"

"Dennis får stå för äggen när han kommer upp."

Med doften av nybryggt kaffe i lägenheten kom snart Maria ut med Nova på armen. Bella bar in det sista fatet med smörgåsmat och vi satt oss till bords.

"Tror knappt vi behöver äggen med allt det här," sa jag och gnuggade händerna.

"Vi spar dem till i morgon," sa Bella.

Dennis stack in huvudet och sa, "god morgon alla. Sovit gott? Vad ser jag, Pata negra framdukad och duschen är ledig!"

"Sjusovarens ljuva dilemma," skrattade Bella.

"Spar lite åt mig," sa han och försvann in i badrummet.

"Ska bli kul att komma upp till parken idag," sa jag och

267

laddade brödrosten, "Men vet ni att jag aldrig varit borta på Tibidabo."

"Var jag och Maria där före din tid?" sa Bella.

"Jag tror att det var minst två år innan," sa Maria.

"Ja, det var ju med fotbollsgänget, och Fidel bodde här då, eller hade han bara åkt hit från Madrid... hur det nu var."

"Jag tror det var Fidel som körde oss till Tibidabo."

Brödet hoppade upp och Therese kom in i salongen.

"God morgon!" började hon, "jag skulle bara kolla att ni var vakna."

"God morgon," sa Bella, "Jodå, vi är allt igång."

"Är Dennis i duschen eller?"

"Ja, och vi andra står på tur."

"Bra, jag har duschen om..." hon kollade på armbandsuret, "fyra minuter. Åsa är där nu."

"Oj, vi har inget sånt schema men vi ligger inte så långt efter... tror jag."

"Vi sätter lite fart," sa Maria, "kommer ni upp när ni är klara?" Och så bestämdes det.

I ett *raska på Alfons Åberg*-montage åt vi frukost, duschade och packade barnvagnen. Hela gänget gick iväg mot tunnelbanan i den tid vi avsett utan att det gjordes någon sak av det och efter två korta hopp med tunnelbanan började vi den manuella uppstigningen mot Parc Güell. Först är det brant, sen kommer rulltrapporna, och sen är det brant igen. Jag intog Sisyfosposition med barnvagnen och pressade på. "Går det bra?" "Jadå!"

Ingen hade sagt att parken var stängd och vem hade kunnat veta.

När vi kom upp till ingången möttes vi av vändkors och vakter. Meddelandet löd att om man hade biljett, vilka var slut, var nästa insläpp klockan 13.

"Vad gör vi nu då?" sa Maria vänd till gruppen.

"Det verkar bara vara torget, liksom, som är avstängd," sa

Bella, "resten är ju öppet."

"Ja, tar vi stigen här kommer vi nog upp ovanför och det var väl ändå där vi tänkte äta vår pic-nic," sa jag, "Det här blir nog bra."

Jag började säkert förklara att Parc Güell från början hade planerats som en exklusiv förort men att knappt några tomter hade sålts. "Torget är en vattencistern," sa jag säkert och pekade ut den öppna grusplanen, "det finns pelare under som det filtrerade regnvattnet rinner ner genom." Vid någon punkt blir föreläsandet tvångsmässigt och mer och mer irriterande.

Den stenlagda stigen svängde stigande runt torget med ett överhäng av Guldregn. Vi fann snart en platå omgiven av höga smala träd med en fantastisk panoramavy över staden och havet. Vi slog oss ner på några bänkar. Det var mycket folk i rörelse på de branta stigarna både ovanför oss och nedanför så vi kändes oss tursamma där vi dukade fram vår skaffning. Bella och Dennis hade tänkt ett steg före när de varit och handlat frukost dan innan. Fram kom Cavan som sig bör. Jag fick ett högt glas i handen och kunde inte förmå mig att sätta mig ner. Jag vände mig lyckligt mot utsikten, solen i ansiktet, och tillbaka mot sällskapet med öppna armar snurrande som en dervish.

"Har ni märkt att det är så här vi hänger nu för tiden," sa jag där jag snurrade, "på weekend-resor som om Europa var vår trädgård, vår *gå ner på stan och ta en fika*. Eller är det bara jag? Träffas någon hemma längre?"

Vi bröt bröd och doppade i röra efter röra, för, "på pickenicken har man inget smör, som pappa Marcello säger," sa Bella.

Det slog mig plötsligt där och då att jag inte hade tagit med mig en ring, men det kommer väl fler tillfällen, tänkte jag. Det var inte något vi pratat om, giftermål och så och jag tänkte inte gå ner på ett knä, men det varma framåtskridandet pockade på.

Jag drog Maria till mig och sa, "Jag älskar dig."

269

"Vi har kollat upp en restaurang till i kväll," sa Dennis till gruppen när vi så smått började plocka ihop lägret, "Det lät ju på dig, Åsa, som att du ville gå på en riktig fiskerestaurang och nu har vi hittat ett ställe här, nere i hamnen som kanske skulle passa bra. Bifalles förslaget kan vi boka bord till ikväll."

"Kanske man skulle spara den restaurangen till på Söndag, som är födelsedagen," sa Therese, "jag menar, om den är speciell och så."

"Jag förstår vad du säger, och om det fanns en risk att vi skulle få slut på fantastiska restauranger här i Barcelona så skulle jag hålla med dig... och Söndan, oj oj oj, där är vi igång med de stora kanonerna. Vänta bara!" Dennis fick gruppens gillande och gick lite avsides för att telefonera.

"Vad lätt vagnen blev nu," sa jag när vi började rulla, "jag insåg inte hur mycket packning vi hade med oss."

"Ja," sa Bella, " och nu är det nedförsbacke hela vägen hem."

Bordet var bokat till långt senare på kvällen så vi åkte tillbaka till lägenheterna för att ta igen oss en stund.

Det blev lugnt och stilla när alla gick till sitt precis som hemma i Uppsala. Maria gick in med Nova på kammaren.

Jag gjorde mig en kopp snabbkaffe och gick ut på balkongen. Boken låg hopslagen bredvid koppen på det lilla runda gjutjärnsbordet. Nedför mig bredde ett lapptäcke av tak och terrasser ut sig. Singulär tillvaron på varje avsats. Det fanns inget sätt att gissa sig till hur folk tog sig till sina reden i virrvarret. Hesa spanska röster flödade rappt i luften. Måsar skriade. En stor gråraggig hund skällde på en balkong mitt emot mig. Stel tvätt hängde på tork. Småväxta bleka palmer i stora terrakottakrukor. Suckulenter med långa svärdliknade blad. Gistna fönsterluckor med flagnande färg. Rostfläckig cement. En ung man gick omkring i sin lägenhet i bar överkropp mellan olika speglar och sprejade sig poserande med parfym lite då och då. När han började hade han en handduk om midjan. Han försvann en kort stund och kom sen tillbaka i kalsonger för att fortsätta spreja sig. Detta fortsatte en lång stund innan han släppte in den grå hunden från balkongen.

Om jag hade gjort Hitchcocks *Ett fönster mot gården* hade den varit två timmar av det här.

Mitt kaffe hann kallna.

Vi knuffade oss fram genom kvällsfolket på Ramblan. Och jag med barnvagnen. Tjejerna i den nedre lägenheten banade väg. Det är varmt och man ser inget i trängseln.

"Är det långt?" undrade Therese som klättrat upp på sockeln till en vacker lyktstolpe.

"Lite till bara så är vi nere vid havet."

Vägen öppnar sig långsamt, vidgar sig försiktigt där medeltiden släpper sitt grepp. Den blir ett torg, som blir en rondell. Luften klarnar och man får lite mer armbågsutrymme. Thalatta, thalatta! Man ska läsa grekerna i original, vet du, din gamle jesuit.

En skog av tunna vita master fyllde marinan och otaliga ljusslingor tindrade på vattnet. Över vågorna gick en böljande gångbro ut till ett affärscentrum. Havsbrisen svalkade våra solröda nordiska kinder. Vi tog vänster längs kajen mot Barcalonetta och stranden.

Det öppna havet var mörkt. Sandstranden var bred och långsträckt. Bella och Therese tog av sig skorna och sprang barfota ner till de rytande vågorna.

Efter en kort promenad svängde vi in mellan två höga, vita, moderna hotell.

"Här har vi restaurangen," sa Dennis och ledde in oss i en enorm vestibul. Ett stort vitt segel var uppspänt i taket. Det fanns knappt några andra gäster vid borden. Dennis gick fram till personalen och ordnade ett långbord till oss. Jag fick vagt intrycket att det här inte var stället han försökt boka bord till

271

oss tidigare, men han visade inget och vi fick ju plats utan problem. Det var fortfarande tidigt på kvällen för Medelhavet. Det är bara svenskar som måste äta direkt när de kommer hem från skogen.

Jag satte mig ute på ena kanten med barnvagnen och kollade snabbt igenom menyn medan det beställdes in cava per tutti.

"Hittar du något, Em?"

"Något ska det väl bli."

Cavan kom in till applåder och så började de gå igenom den omfattande listan på fisk- och skaldjursrätter. Det skulle komma att ta en lång tid. Servitören hann komma förbi både två och tre gånger innan vi hade bestämt oss.

"Har du hittat något, Em," undrarde Dennis," en paella kan man väl få?"

"Nej, det är svårt... paellorna är stora och tänkta för två eller flera."

"Så vad blir det?"

"Lite grönsallad och pommes frites," sa jag uppgivet.

"Vänta så ska jag prata med dom." sa Dennis och gick iväg till personalen.

"Dom fixar en vegetarisk paella för en," sa han när han kom tillbaka, "Inga problem."

"Härligt! Tack, Dennis."

Stora fat med calamares, musslor och ostron bars in. Grillad tonfisk och havsabborre. Paraden var säkert längre men jag satt långt ifrån huvudrutten. Min paella var tillagad i en liten panna och var torr som om kocken försökte göra en poäng av det vegetariska. Det var ris och krossade tomater och två tunna konserverade vita sparrisar på toppen, som grönsaks-landets spöken

Det fanns mycket av husets blanco y blanco i alla fall.

**3.**

Nästa morgonen, efter en äggfrukost, samlades trupperna i den öfvre lägenheten. Planen var att åka till Sagrada Familia, den ofärdiga katedralen.

"Men vi vill inte åka tunnelbanan." "Nej, vi vill inte åka tunnelbana."

"Den luktar." "Ja, den luktar." "Och den låter illa." "Jag får ont i öronen."

"Det är bra bit att gå," sa jag.

"Då får vi se lite av stan." "Ja, då får vi se oss omkring." "Vi har inte bråttom, heller." "Nej, hellre se lite av stan."

"Ja, ja, vi kan gå," sa jag, "men det kommer att ta en stund och det finns inte så värst mycket att se på vägen."

Vi gav oss av i alla fall upp längs Ramblan innan vi sneddade genom Barri gotic på jag vet inte vilka vägar.

"Här nånstans ligger väl Palau de la musica," sa Bella när vi korsade torget framför Barcelonas katedral.

"Den ligger en bit längre upp," sa jag med guidebokens utvikningskarta, "tror jag." Vi kom aldrig dit eller så missade vi den helt enkelt.

De vackra gamla gränderna vindlade dunkla i något så när riktning men vek ofta av mot Placa de Catalunya om man inte såg upp.

Vi korsade en stor väg och gatumönstret redde upp sig i rakare kvarter med rader av moderna bostadshus.

"Är det långt kvar?" "Ja, är det mycket kvar?" "Det är

273

väldigt varmt."

Vi fortsatte på de allt varmare, öppna gatorna mot Diagonal där jag hoppades att vi snart skulle kunna se de märkliga spirorna.

Utanför Sagrada Familia stod turistbussarna i dubbla rader. Vi kom utmattade fram till den ljusa Subirax-sidan. Det var svårt att ta sig fram med barnvagnen. Det är ingen som ser vart de går, alla är hypnotiserad av katedralen.

"Vi går inte in, va?" sa jag till Maria och sällskapet delade sig på det slaget utan diskussion.

De som inte varit inne i kyrkan, den nedre lägenheten, ställde sig i den ringlande kön, men innan de gick upp i massan frågade Therese om vi visste någon bra ätställe i närheten.

"Ja, det kommer ju att vara lunchdags när vi kommer ut," sa Gabbi.

"Nedanför kyrkan," sa jag och pekade, "ligger Carrer de Mallorca och på den gatan ligger ett rekommenderat tapasställe, enligt guideboken."

"Härligt," sa Gabbi och noterade namn och adress till cervecerian.

"Ring oss när ni kommer ut," sa Bella, "vi sätter oss nånstans så länge."

Vi lämnade dem och gick runt till den mörkare Gaudi-sidan med den gröna dammen. Sidan som är Planet Gaudi. Utomvärldslig och tornande, och den är inte ens färdig.

Är det vackert?

Den har en sjuklig längtan, det tredje kortet i svärdsviten ovanför det tredje kortet i bägarsviten.

Mellan de två spretande träden där man får det bästa fotot står det alltid två tjejer som måste ta den perfekta selfien.

Vi hade bilden sen länge och gick i strömmen och knäppte från höften. Mer som det sjunde kortet i stavsviten. Det är sällan man tar sig tid att skriva en hel limerick på toalett-

274

båsdörren, ibland får man helt enkelt bara klottra dit ett *Kuken* och nöja sig.

"Vi måste hitta nånstans att sätta oss nu," sa Maria.

"Vi kan försöka med den gatan," sa jag och pekade uppför en gata i bortre hörnet av Placa de Gaudi. "Domenech ska ha ritat ett sjukhus som ligger där uppe... tror jag."

"Den har vi inte sett förr," utbrast Bella förtjust.

"Bara det inte är långt," sa Dennis.

"Jag klarar nått kvarter," sa Maria.

Det var uppförsbacke.

Vi kämpade oss upp till en mossig mur i slutet av gatan. Ett enastående exempel på modernista-arkitekturen skimrade som en såpbubbla framför oss. Moriska trädgårdsgångar lockade mellan flyglarna.

"Kan vi säga att vi sett den nu," pustade vi utanför grinden och vände om utan att blinka.

Vi satt oss vid första bästa servering på gatan och fick håglöst in varsin öl. Stolarnas kalla stålben skrapade mot trottoaren. Vi fann få eller inga ord och stillheten gjorde oss gott.

Plötsligt ringde Bellas telefon.

"Är ni ute redan." "Ja, ja." "Ok, då sätter vi lite fart." vi sitter på en uteservering ovanför Sagradan." "Vi kommer." "Hej."

Hon la på och vände sig till oss.

"Dom andra är ute nu," meddelade hon, "och dom börjar gå mot restaurangen, sa dom."

"Kunde dom inte ha väntat," sa Dennis.

"Dom ligger väl inte så långt före," sa Bella, " och då fixar dom bord och så."

Vi gjorde oss snabbt redo att sätta av efter den förlupna gruppen.

"Är det uppåt eller neråt," undrade Dennis när vi kom ner till Carrer de Mallorca.

"Det är en bra fråga," sa jag och började leta husnummer.

"Det är neråt," kom jag fram till efter en stund, "Men problemet är att gatan fortsätter på andra sidan Diagonal i all oändlighet. Har vi otur kan det vara hur långt som helst."

"Kollade du inte adressen före," undrade Dennis.

"Jag såg bara att det var samma gata."

"Dom andra är väl redan framme vid det här laget," sa Bella, "Det är snart gjort."

Med långa steg gav vi oss av på tvären genom Eixample. Husnumren sjönk otroligt långsamt. När vi tagit oss över Diagonal fick Bella ett textmeddelande från Gabbi som sa att de inte kommit fram än och att det verkade vara långt kvar.

Två kvarter senare kom ett nytt meddelande. Fortfarande ingen cerveceria.

"Men varför går dom fortfarande?" sa jag, "om vi hade varit tillsammans hade vi kunna ta ett beslut."

Ytterligare ett kvarter senare sa Bella med telefonen i handen, "nu sitter dom på ett sushiställe lite längre ner. Vårt ställe hade stängt."

Efter en lång promenad kom vi fram till den japanska restaurangen. Borden såg ut som skolbänkar med nivåer av små hyllor. En futuristisk ränna serverade maten på löpande band.

Den nedre lägenheten började tigande plocka ihop sina saker när vi andra kom in.

"Vi måste också få något att äta," sa Maria

"Ni satt ju på en servering när vi ringde."

"Och tog en öl, ja," sa Bella självklart.

Jag såg mig om. Det fanns ingen tydlig service.

"Finns det en meny," undrade jag.

"Man tar det man vill ha."

Det nedre gänget stod och tittade på sina klockor medan vi kastade i oss några munsbitar. Jag åt en klibbig risboll som inte hade någon fisk omedelbart på sig.

När vi kom hem till lägenheten lade jag undan guideboken och mina anteckningar.

**4.**

På lördagsmorgonen vaknade jag tidigt och gick upp med
Nova. Ihåligt gjorde jag mig en första frukost. Jag slog mig ner
med stjärnbarnet på vardagsrumsmattan. Jag placerade ut
några leksaker som Nova med låg tyngdpunkt ålade mellan.
De ställdes upp och slogs omkull, ordnades på led och sking-
rades igen.

Efter hand kom de andra upp. Den stora frukosten dukades
fram medan jag låg kvar på mattan.

Gabbi var in en vända som ombud för den nedre lägenheten
och gjorde upp dagens agenda.

Jag låg på golvet med rösterna dämpade ovanför mig. Efter
en stund kom Maria från bordet och plockade upp Nova.

"Dom andra tänkte shoppa idag," sa hon.

"Ok."

"Vi tänkte åka upp på Mont Jüic istället."

"Visst, det låter bra."

"Och gå på Miro-museet."

"Ok, det blir bra."

Många fler ord växlades och många sevärdheter passerade
förbi när vi gjorde den magnifika staden vid havet den gången
men det är inte min berättelse. Jag kan inte höra sången längre.
Det gick mig ur händerna och när man gjort sig olidligt löjlig
går det inte att komma tillbaka. När idioten slutar drömma blir
han stum. Jag vill bara landa.

277

Jag sitter här med mina fantasivärldar med sina förenklade, blottlagda konflikter, och det är litteratur det, utan att vara säker på vad jag ska göra nu. Vad är nästa steg.

Inget blir som man tänkt.

- Slut -

# INNEHÅLL

@emstolt

#esa